烟书

著

中国友谊出版公司

——这世上，帝王变换，将相轮番。

什么法理正恶，换张嘴说，黑的就成了白的，白的就成了黑的。

但凡时候到了，是个东西都能变个颜色，可就一样除外——

金子。

目录

CONTENTS

据史实及民间故事而撰

阅者自鉴

章壹
守夜

掌灯时分，粉子胡同一个院子里，赛青把梯子架到墙上，无声无息地上了去，像只黑色的猫。

京城这几日没完没了地下雨，让长了草的屋顶和墙上滑得像冰面一般，于是赛青格外仔细。

其实就算好天里，他也从不敢着急忙慌，生怕自己一长一短的腿不小心惹出麻烦。

他先蹲在墙上，张望了小半炷香的工夫，才从兜里择了几颗小石子，手指扣着，向要走的屋顶断断续续弹了几颗，又学了几声猫叫。见没人喊叫，他才跃了过去，短的左腿发力，长的右腿落地。

今儿，稳当，赛青心说，一脚下去心里有了谱，但还是稍微待了一小会儿，才弯腰小跑。

这时候，整个京城笼罩在大雨间歇的夜色里，黑灰色的屋顶如同波浪延绵，各家开伙后的烟在雨后的雾气里片片升起，很难散去。

人们都早已回家，街上人迹稀少，只能听到院子里的猫四处叫春，它们在从高处看如同条条阴暗地道一般的胡同里追撵着，发出凄惨的嘶叫。

北京城这会儿可丁点儿谈不上威严伟岸，倒像阴曹地府。

赛青在教坊司附近跑了好几年，早熟透了，哪儿好走哪儿不好走，比谁都认得，就算在弯刀月或者多云下雨的日子，照样走得明白。

要去的勾栏在粉子胡同靠西边，不临街，在个拐角，屋顶上能看见不远处的牌楼；在附近勾栏里排场不算最大，鸨儿也不是最好，这里出的案子却最多。

赛青归结了原因：一是往来方便又隐秘，来狎妓的人从牌楼处进来，走两步就拐了，不引人注意，来的人就放心，所以多；二是这儿的鸨儿除了教坊司出来的，还夹杂着民妓，不似官妓受过调训，就不大晓得规矩，或者晓得也懒得听从，能耐又不怎样，大多只能和狎客闲扯，狎客话多了，更容易出案口；三是这里房顶的瓦片，似是从太平府运来的，较寻常瓦片宽大，且更薄，挪开时声息全无，听头好下。

锦衣卫在教坊司守夜还是洪武年间起的头，逮的是来狎妓的逾矩官员，到了如今，勾栏一家家改头换面，规矩也烟消云散。

现在官员、富商来这儿比回自己家还勤，守夜也早就不是当初的缘由——现在魏忠贤掌管锦衣卫，派人守教坊司，为的是搜罗非富即贵之人的把柄。说好听点，叫守夜；说不好听，就是拿锦衣卫当贼，做本该东厂番子干的活儿。

以往赛青是和别人一起盯，总共四个人。现今杨涟、左光斗等人被捕，正是抓逆党的时候，平日一起的兄弟，不少转去干了操刀子的活儿，于是赛青只能独自一人守着十几家勾栏。当然他有他自己的打算，盯就盯自己最熟悉的所在，不熟的，不去也罢。

到了之后，赛青一直在房顶上趴着，近了亥时，才守来了第一批。两个武官结伴而来，都是便服，脸也是生的，许是随地方大员进京的，口音一个是陕西，另一个是广东，进院子后不多言语，彼此也不说话，没要酒喝，更不挑人，鸨姨带来的鸨儿连换都没换，直接办事，连时间长短都出奇的一样，且全程没话，两膀子力气，把鸨儿折腾得又打滚又叫苦。

二位大人幸会，二位大人辛苦，二位大人真我大明脊梁。赛青心里哼着曲儿，手里却没停下，两间房，撬开了瓦，左右一起盯着。两个武官，连带嫖的鸨儿，在本子上好像是活的一般，相貌容颜一丝不差。守这种外地上京的生脸武官极考画影的手艺，也考记性，要先把人画出来，再死记住长相，然后再入各省的馆驿对号。所有一切，画影最难，这手在黑暗里盲画的能耐，是他能当锦衣卫的看家本事。

要没这手活儿，他也绝当不上锦衣卫。

他家祖籍河南，几代人吃武差，爹是个捕快，后来出案子废了腿，半生躺在床上，好在瘫之前生了仨儿子，俩大的是双胞胎，都是铁打的刚硬汉子。偏赛青，怀他时他娘动了胎气，生他时难产去了，也让他落了一身毛病，长短腿，长不高，骨松筋散，拳脚能耐决然练不出来。这也就罢了，他偏喜欢细碎的手艺活儿，许是各路手艺名家转世合在了一处，才六七岁的年纪，竟能拿竹片子削尖搭篾扎耗子。再大了些，打铁钻铜、造消息儿、做拓，但凡用手做的事，除了打架比画，什么都玩得娴熟透顶，倒成了前后左右知名的巧匠，顶讨邻居喜欢。可他爹看不上他，当他是废物玩意儿。后来两个哥哥入了锦衣卫，随军死在了萨尔浒，他爹如同绝了后一般，大病一场，几乎一命呜呼，赛青拼死拼活地伺候，才算抢回了他爹的命。但老汉已然得了癔症，隔三岔五地流口水发疯，只有见着两个儿子穿过的锦衣卫黑袍子才能平稳下来。不得已，赛青就总得扮两个哥哥，可那两件袍子让人收了回去，只能拿寻常黑袍子改，当他爹明白过来时，就抄起棍子打他，打挨得多了憋气，赛青便去投锦衣卫的征召。

原本就是赌气，但没想到萨尔浒一战让随军的锦衣卫损进去几百条命，元气大伤，急需补充，赛青竟然赶上了锦衣卫最不挑人的两年。虽然身有残疾，但不妨碍活动，不仔细盯着，倒也不太能看出来，又有会画影、造消息儿的本事，也算是锦衣卫里的偏才，于是正经地穿上了卫服。只是赛青一直被配在教坊司盯勾栏，要画嫖客狎妓的春宫，难免要带回家，被老汉不小心看见，脑浆子都快气迸出来——这你娘的算哪门子锦衣卫？于是又打。一来二去细算下来，挨他爹的打，好似比当锦衣卫前更多。

但就算这样，仍难改赛青是个孝子，每天伺候老爹吃喝拉撒，一样没短过。

这辈子就这样了，修来世吧，他总是说。

当晚第二拨来的安徽商人，个子都不高，却都腆着肚子，走路晃荡着。

没见过。

早前带赛青守教坊司的师兄曾说，外省来京的商人，越是第一次来的越值得盯，他们不知道京城深浅，又想吹名堂，通常会撒泼一样胡说八道，一顿酒下来，能把在京城的所有底细全抖搂出来。

但守了半个多时辰之后，他才发觉不是那么回事：这群人吹的牛只有三样——古玩、酒、嫖过的鸨儿，半句和京城官员有关联的话都没有，生意的事也一句不提。

做买卖的，越来越精。

这也难怪，如今太监一党和东林党快打出脑浆子来了，东林党背后的商人金主，谁敢在明面上讲自己与官场的交际？

断断续续，这伙商人有人醉倒，余下的也都是强挺着才能撑住。为首的一个拍了拍手，鸨姨马上就闪身进了来。

全北京耳朵最灵的不是锦衣卫和番子，是这群鸨姨。

“各位爷喝得可开心哪？”鸨姨挥舞着手里的绢子，看似在摆好看，其实是在扇风，房间里酒味极重，赛青在屋顶都能闻见。

为首那人已经说不清楚话了，耷拉着的脑袋猛地一扬，搭在身旁鸨儿肩胸上的手有力没力地抖了一下：“住下……都……住下！”

不住能给你扔街上？这女人等就等你这句话。果真，鸨姨“哎”了一声，响亮脆生。

全北京城，今晚上你们花钱最多，赛青想，一伙八个人，唤了十个鸨儿，八个陪着，两个在边上伺候倒酒，连吃带喝，叫了七出曲子，现在又叫了八间房，还得换八个能陪宿的鸨儿。前前后后，这一晚，不到两个时辰，他们花了自己二十年的薪俸，只多不少。

他脑海里一闪而过的，是他爹三天前被破碗划伤的手，鲜血淋淋，喝的是稀粥，抹的药是香灰。

修来世吧，赛青心说。

跟着几个龟奴进来，和鸨儿们一起架着人离开栏厅，上了楼，去了二楼偏房，早有老妈子把各房间点上了灯。

从这里看不清开的是哪儿间房，赛青必须换个地方。他赶紧合上砖瓦，向正对二楼的那一侧移，在这当口，园子门口龟奴又请进来一位。

一看，赛青眼睛一亮。

此人个子不高，是寻常文人的装扮，看身形和行姿是个文官。武官骑马惯了，走路腿画圈，且走路中间；商人酒色重，走路不稳会晃荡，还爱四处乱看打听；唯有文官，脚步碎细，略弯腰，眼神仅盯着脚前一尺，且只走靠墙一侧，像一只琢磨心事的耗子，这衙门里练出来的姿态样子，赛青见得多了。

果不其然，走过灯火处，看到了眉眼。

欸？

蹲了半宿，才来了一条肥鱼！

那张硬脸，刀削斧砍似的，京里的官，数这张脸好认。大理寺右寺丞谢启光，辅大理寺卿，官虽不算太大，但是管的事厉害。

赛青脑子里盘算着这个人：祖籍山东，天启二年入大理寺，住什刹海什么胡同来着？平日不怎么出门，交游不多，也没相好的，光身白条一个，教坊司周围没见来过。

他来狎妓？没想到啊。谢大人，小人赛青，给您问个安。

喘了两口气的工夫，赛青就悔得嘬嘴：瞎琢磨这些干吗？耽误了脚，谢启光走进了赛青视线里的死角，进了主厅。他是上楼了，还是留在主厅里？从现在的位置再回去，只能盯主厅，若他直接进了房间，是哪间，又只能从现在的位置才能看到。

进退两难。

怎么办，留下还是过去？赌，留下！这人独自来，家里又没女人，许是为了泄火，那就不会在厅里，赌他再开一间二楼的房，只要灯再亮起一盏，那就是他。

快亮！赛青盘算，赌半炷香。

半炷香后，赛青眼前八间亮着灯的房间和四个黑暗的房间，一直没变。

欸？

不对！赛青猛然醒悟，他不在主厅，也不会单开房间，他就在这八间房里，他是来找这些人的。

两拨人，是商量好了的！

这么一想，赛青汗毛一下就起来了。

这可不是狎妓这么个小事了，赛青脑海里旋转着谢启光和这批安徽商人可能的关联：大理寺管要案复审，谢启光管的是案务核查、定罪，但这些案子必是过刑部或者诏狱再出来的要案，找大理寺的人，是要给这些案子里的官员翻案，或者，是让大理寺找别的地方要案子。

现在正在审的案子里，谁呢？东林党的？徽商认徽官，是安徽出来的官？诏狱里几十个东林党人的名单在他脑子里乱转着。别乱！赛青心说，找大理寺寺丞的，小不了，从上往下捋，没捋几个就出来了。

左光斗，左都御史，安徽安庆桐城人。他？谢启光要帮左光斗和东林党？谢启光可不是东林党啊，册子里没他。要引火烧身，得是硬交情。对，交情是条线，得再往里琢磨，谢启光和左光斗，谢启光和左光斗，谢启光和左光斗、杨涟，逮着了！万历三十五年！杨涟、左光斗、谢启光，三人都是万历三十五年的进士。同年赶考，同年入朝做官，必有交情。

稳了，线头是徽商密会谢启光，要救同乡左光斗。

流油的案子！

左光斗和杨涟一样，是东林党魁首，现押在诏狱。谢启光要救他，铁定要串通朝内有分量的东林党人，或亲东林党的，没准还得有宫里的，从哪条线跟，都能跟出更大的鱼。

赛青心头一热，这案子，通了天啊！搞不好能改了自己的命。

可眼前，八间房，谢启光在哪间？赛青一间间望去。九个人凑在一起议事，不能！在京城任何一个地方，即便是自己家都不安全，这八个人演的一出好戏，喝酒是假、狎妓是假，见谢启光是真，戏演了全套，必定七人是掩护，只由一人见谢启光。

赛青又看了一遍这八间房，一刹那就有了判断。二楼八间房里有一间房最靠西边，那间房东接着其他房，北西两向什么都没有，向南的窗户下是回廊，不能站人，是这间！如果我选，一定是这间。

不容赛青再多想，他又掏出石子，再次往回走，仍是一路边弹边走，得快，如果说的真是要事，最多几句话。

但是要路过那七间亮着灯的屋，屋里都有人，这可要了赛青的命。即便这几年练轻身能耐下了狠劲，但再怎么练，他也没法把短的那条腿练长。寻常走路还好，在屋顶上趴着腰走小碎步，一长一短的腿，就是一轻一重，要走得快，谈何容易？短短十来丈，要快，还要不惹到人听见，简直是赛青这辈子最难走的路。

七间、六间，过主厅，五间、四间，脚越来越沉，汗落在眼里，让他眼一花，不敢用手擦，只能紧闭着眼，甩了甩头，再一睁眼。

天！

心似被人狠狠攥了一把，血涌进了嗓子眼。

眼前，屋顶梁上站着一个人。

再一瞥，看清了！是人！

这人身形枯瘦，肩却宽得离奇，散着发，黑色大褂似是悬挂在身上，手背在身后，略耸着肩，一张脸，大鹰钩鼻子深眼窝儿，像一只铁黑色的海东青，从上往下盯着他看。

这人天上飞下来的？是神仙还是鬼？来路可就我这一条啊！

原本想当猫，却成了耗子！赛青想动，腿却不听使唤了。

脚动不了，那就用手！手一挽，赛青一颗石子打了过去，奔向那人面门。

这不是要打，这是要逃，虚晃一枪，好翻身下房。

想什么想，跑吧！一跟头翻下去，下面是回廊，赛青双手一撑，腰再发力，贴着滑下去。回廊顶受这一冲，砖瓦哗啦啦响，放平日这是大忌，现在无所谓。

瞬间，几间屋的灯就灭了。

滑下回廊时赛青拿余光看着那人，石子奔他面门去，没见他躲闪，也不见他招架，浑似无动于衷一般，那石子，好像凭空消失了。要么他用什么看不见的招收了石子，要么就是他硬拿脸扛了这一下。不管哪种，都是轻描淡写，抑或快如闪电。

这一石子，可是我全身的本事啊。赛青来不及害怕，不犹豫，翻身而下，从回廊下到庭院，落地后借着落势向前一个滚，让力受在臀背上，避开脚和双膝，然后借势前蹿，躲在树后，喘起了粗气。

院子里黑，我看不见，他也看不见。落了地，赛青心里稍微踏实一点，但仍是汗如雨滴，嗒嗒打在地面上，顾不上擦，他侧过身子，耳朵向着靠房一侧，清了心听着，没声音。

手里没刀，护身够悬。

赛青不喜欢刀，他两个哥哥从小使刀，最后却让刀给斩了。他更习惯石子，那些石子都是他一颗一颗磨出来的，使着踏实。于是他又择了两颗略大一点的卵石，这种石头使起来压手，力量够大，圆滑的表面使之破空无声，劲头也足。对方是自己一辈子难碰上一次的高人，能不能活着出这勾栏，不好说，得问命。

赛青压住心蹦，把气弄顺。现在的位置到园子门口，四十步上下，直着跑过去，不行，太远，他要真想杀我，足够了。

等！真要杀我，刚才就杀了，岂不更容易？赛青一下就想到点子上了，仿佛看到了生机，于是脸贴着树皮，向屋顶又望去。那人仍是站在那里，仍是那姿势，只是略微转了下身，朝向赛青。

这海东青，原来不想吃耗子，只是想轰我走？是了，在京城内城，杀个锦衣卫，天南海北他都逃不了。这一晚上徽商没说错话，也没让我近了谢启光身边，听到、画到才是证据，没有，就犯不上要我的命。

就这么走出去，不信他会杀我。

这时后院传来脚步声，灯亮了起来，是赛青下来时的响动引来了护院的。

来得好，送我走。赛青大声咳嗽了一声。

“谁？”那下人被吓了一跳，“树后头，谁？”

“你过来。”赛青沉着嗓子答道。

听他这么一说，护院的也被唬住了，提着灯小心着走近。是个高个儿，灯的高度正对着赛青的脸，一看赛青是个乌黑脸的矬子，穿一身黑，以为是个贼，作势就要打。赛青手快，正捏住他手腕，另一只手按下他的灯，照到腰上的锦衣卫腰牌：“别不要命。”

这牌子在京城的分量，能让小孩止啼、恶汉跪地，哑巴见了这牌子，都能现学会说话。护院的不傻，当时就软了：“卫爷，您这是？来玩？”

“别问。”赛青又侧过身，瞥了眼房顶那只“海东青”。

房顶空空荡荡，人没了。

天！两句话的工夫，人哪儿去了？

赛青一脸惊愕，足足愣了两口气儿，才扭过头。

不管了，此地一刻都不能多待。但问题是去哪儿。回家？绝不能，也许这人没法在勾栏下手灭我的口，要出了院才好下手，引到家里，搞不好连老爹都得搭进去。

去卫所，这会儿守头半夜的该回了，人多安全。

“劳你驾，跟我出趟门。”赛青说。窝囊就窝囊去吧，谁让自己不会能耐，让他跟着回，多一个人在身边，那人下手就得多一分犹豫。

护院的几乎快吓死了，大半夜从天而降一个锦衣卫，让自己跟着出门，不明不白，搞不好自己会死在路上，但又不敢说不。

“到地方你就回，不留你。”没空跟他多说，赛青又打量了一下左右，手里攥紧了石子，大步走了起来，“我走前，给我照着。”

护院的不敢不跟，一路小跑，走向大门。守门的正在蹲着，看见来人了，还是生脸，刚想问，护院的跟上来，给瞪了回去，于是麻利地开门。二人闪出门外，快步走向牌楼。

回卫所，多叫些人来？叫也白搭，刚才这一番闹腾，这会儿人铁定早跑了，再回去，哪怕搜个底朝天，也寻不到半个影子，反倒让人笑话锦衣卫窝囊，搞不好自己还落下埋怨。

报这个案就够了，虽然没画上影，也没记下话，但只需把这条线掐到了，就是大功一件。想到这儿，赛青心里一阵激血。这条肥鱼捡的，可以！

拐到了牌楼，路上就有人影了，护院的心里实在害怕，问：“卫爷，我能回去了吗？离了院子，东家急眼。”

赛青看了看街面，打了烊的店家为了防盗，都在门口亮了守夜灯，到卫所的一路应该都亮着，打更的这会儿也在街上。再往前走两个胡同口就出了教坊司，前面是各省馆驿扎堆的地方，武官在，守卫也有，海东青真在那儿下手，也没那么容易，只要贴着房檐走，到了馆驿附近，就不担心回不到卫所了。

不为难这人了，他点了点头：“规矩你懂？”

护院点头哈腰地回：“懂！懂！懂规矩，卫爷放心，小的是跑稀，没塞紧挤腿里了，回家换裤子去啦。”

“去吧。”

护院的如释重负地跑走了，赛青也不敢耽搁，在店铺的屋檐下一路快跑，手里紧捏着卵石，生怕半路里海东青杀来。还好果真没来，平时走路要一会儿，跑着回去，说话就到了，但这一路提心吊胆，跑得极累，到了卫所，他几乎喘不上气来。凭着腰牌叩开了门，还来不及关上，他就靠在门内，弯着腰捯气儿。

“咋啦赛爷？玩没给钱？”守门口的锦衣卫揶揄他。

吕渭你个王八蛋。

赛青摆摆手，好半天才说出话来：“杨大人在？”

“刚回来，正训着话呢。”吕渭低声跟他说，“里头不知道啥事，正火着，你没喘足气就先别进，说不利索挨打。”吕渭总问赛青要春宫画，算是卫所里和赛青最熟的一个。

赛青点头，卫所上官是百户杨振，性子极烈，经常打骂手下。

“啥啊？守着啥了？”看赛青一脸凝重，吕渭也不再嘻嘻哈哈。

“肥的。”

“流油？”

“嗯。”

“往哪儿流的？”他们这个卫所守的是教坊司周围，内城靠西，各部衙门隔得远，见不着大线头。

“先跟杨大人说。”他还没听，你先要问，上下不分，找打呢？

“对对对。”吕渭往后一缩，伸了伸拇指，“赛爷今儿晚上行，行！”

差不多了，进去吧。赛青直起腰来，向卫所主厅走，还没掀开帘子，就听得杨振在破口大骂。他犹豫了一下，还是掀开了帘子进门，迈脚就吓了一跳，跟着一阵恶心。

地上扔着几具尸首，都挨了狠砍，一排锦衣卫站在一侧，杨振正扇着其中一人耳光。这些人和赛青同期入锦衣卫，但分工不同，司抓捕。

“回总旗大人，人犯陆向岑一家拒不服法，举刀伤人，按大明律正法。”一人在队尾朗声说道，领队挨打那人，是他哥。

好汉子，要把打引到自己身上。赛青心里一酸，他想他俩哥，想他们以前在树上给自己摘枣，想他们在他爹揍他时把自己护在身后。

“真有回嘴的啊？”杨振循着声过去，果真，那人也挨了巴掌，更狠，脸登时就肿了。杨振打完撇着嘴讥笑：“行啊，大明律都知道？你娘写的？”

挨了人犯的伤，又挨自己人打，算什么事儿啊这？不过也是命，一群锦衣卫都是草头百姓出身，注定是挨打的。听说杨振他爹是南镇抚司的千户，生下来就能打人，赛青也挨过他几次打。

“你们能耐行啊，会玩刀是吧？我瞅瞅。”杨振拿脚磕了磕地上的死人，看了看刀口，“嗯，齐，腕子劲可以。校武场演武会，你也上一场，给咱所争个脸？”

众人沉默着，没人搭话。杨振看上去也打够了，背着手说道：

“再说一遍，东林党人贪污成风，必须清缴赃款。上面一再说，今后捉拿清查务必活捕。”他顿了一顿，“遇到点抗法的，就把人给砍了，钱从腔子里掏？”

见众人不说话，他又提高了嗓门，喝了句：“都听了吗？再让我看见，谁都甭上街。”

“听了！”众人答。

杨振摆摆手，众人把地上的尸首收了，一一下去。

赛青一直在门前候着，待杨振看到了自己，忙快步上去：“禀百户大人，刚在教坊司，拿着了线头。”

“说。”杨振坐下，端起茶碗。

“大理寺寺丞谢启光，在粉子胡同见了一伙安徽商人，许是要救左光斗他们。”赛青压低了声音。

果真，听见大理寺和徽商，杨振扬了扬眉毛：“画了吗？”

“遇了拦路的点子，没能画。”赛青想过，还是如实禀报。

“没画？”杨振肩膀动了动。

赛青就把今晚判断谢启光串通徽商要救左光斗，以及海东青从中作梗的经过讲了一遍。

“对方是高人，小的……”赛青话还没说完，就挨了一巴掌，正打在颞颥上。

“废物玩意儿非都一晚上出？今儿犯冲什么皇历？”杨振吐了口唾沫，“要么拿人，要么拿据，空个手回？你怎么不抱个鸮儿回来？”

这一巴掌把赛青打蒙了，竟不知道该怎么答好。

“小的……”

杨振拿茶盖磕了磕赛青脑袋，又说道：“大明京城，锦衣卫干吗的？给皇上拿案！守教坊司，又他妈不是做贼，你躲啥？还分不清守和查？该守的时候守，是为了不惊了羊，不丢了线，不是让你当耗子，线掐着了，还他妈藏着？该亮牌子就得亮！”

杨振虽然行事粗鲁，但有些话说得在点子上，若是今日换了其他锦衣卫，可能真不会如此处理。是自己胆小吗？其实不是。赛青只是知道自己不能死而已，死了，爹没儿子了。

“小的明日去守大理寺。”

“能再让你逮着一回？你当大理寺的人蠢？再说，就你这么个窝囊崽子，配盯大理寺？淘粪坑的兴许都比你能耐。”

“那请百户多匀些兄弟，跟着那些徽商的线查。”赛青心里也有了火：我一个人，守一片教坊司，弄得比鸨儿还累，你还想咋的？但这话他不敢说。

“咱人富裕？人富裕我用你个瘸驴？”杨振踹了踹他短了的那条腿。

你娘！人是不富裕，全替你去东林党家里抄钱了！赛青只能在心里犟嘴。到这份儿上，他知道再说也没用了，这一晚上，当白忙活了。

“那这案子该怎么办？要不要禀报骆大人？”杨振是试百户，上面还有个百户，兴许报到他那儿会有用，赛青仍是心有不甘。

“怎么着？你去报个功？”杨振眼睛轻蔑地一抬，赛青就知道自己说错话了，越级报案，这可是大忌，大忌中的大忌，忙低下头：“小的不敢，只是觉得丢了这案子可惜，兴许骆大人知道之后，能多留个意。”

“百户大人那儿，一天八百个案子，东林党现在是刚从土里钻出来的知了猴儿，拼了命想上树叫唤，四面八方地找活路，谢启光和东林党勾结，兴许百户大人早就掐着了。”杨振阴沉着嗓子，眉毛又一挑，“案子，得找合适的时候报，什么时候能报，等我信儿吧。你，赛什么来着？”

“单名青。”我都来四年了，你不知道我叫什么？赛青心里苦。

也难怪，我是守夜的，又没出过好案子。

“嗯，赛青，案子就到这儿。在谢启光和教坊司那边破了脸，这地方你也待不了了，明儿拾掇拾掇，守外城。”

啊?

外城?

两个字像捅了赛青一刀。

外城？你娘！你没疯吧？外城是什么地方？是臭水沟，是野狗，是要饭丐子和那些拉粪车；是把式街，是猪市，是各种各样的穷可怜人露宿的街头，是大明朝活在北京城外的一群野草。

“杨大人，小人守惯了教坊司，翻墙撬瓦下听头，没人比小人在行，这一走，怕是教坊司没人守得利索。再者，这外城连间像样的房子都没有，小人这本事，也没地方用。”清醒，一定要清醒，不能说错话，别耍脾气，命不由己。

“嫌那儿脏，是吧？”

“小的岂敢！”赛青单膝跪地。一道城墙内外，一天一地。

杨振哪会理他，掸了掸袖子上溅的血，歪着头说：“猪市到三里河，这些日子外省人来得太多，杂了，原本东厂的人在盯，东林党闹得他们人不够，求我们给人。你破了脸，按规矩，这事，你躲不了。”整完，掐指头节，咯咯作响。

我是锦衣卫，你手底下的人，盯官的！你让我去干东厂番子的活儿，祸害老百姓？赛青直愣愣地看着杨振。你怎么不干脆让我割了鸡子儿去当太监，给魏忠贤他们洗洗臭脚丫子？

“得了，盯几天，人还是归我这儿，什么时候回来你听我信儿。”

说完杨振从椅子上站起身来，晃了晃腰，进了后堂。赛青也跟着起来，看着杨振的背影消失，心里像被火烧过一样。

回卫所后院的班房，赛青走得很慢，一路上反复琢磨，心里难过得要死。明明是大案子，却成了个小屁事；明明想邀个功，却挨了罚；明明是个锦衣卫，却成了东厂的番子。

外城，外城。那都是什么东西？赛青想起就恶心，河里浮起来的人头，一柜子被风干了的幼童，被扔在井里沉底直到水变了味才被捞起来的流着绿脓的尸体。这些还都是报了官的，没报的，没发现的，不知道有多少。

就算报了官，又能如何呢？外城藏着的，只有番子，他们只关心谁在夜黑之后说东厂的坏话，谁在暗中替东林党人在外城跑腿。况且那些东厂的番子，杀人的手段似乎并不比那些凶徒慈悲多少。

修来世吧，赛青心说。自己除了不会叫唤打滚，跟那些鸨儿差不离。

进了班房，没人，点上了灯，终于能叹口气了，他想找个人说说这一晚上的憋屈，屋里却只有自己和投在墙上自己的影子。

灶头有两块干了的黄面窝头，还没馊，墙角堆着小半筐咸鹅蛋，赛青拿了两个，又打了碗凉水，就蹲在房门口吃了起来。

不对，鸨儿还有口热的。

以后晚上守完了夜去哪儿？外城恐怕连个歇脚的地方都没有。赛青看着天，似乎又要下雨，湿气堵在嗓子眼儿，也堵在心里。

更糟的是，不知道自己这一去，要什么时候才能回来。杨振几年来都没记住自己叫什么，能记住叫自己回来？

还有老爹怎么办？带他搬去外城？那地方他能住？每天夜里儿子不在家，疯老头子一个人在家，左右邻居又不认识，一晚上还不得招八批贼？家里倒没什么可偷的，就是担心老头子一辈子抓贼，到老了要是让贼欺负了，是自己的不孝。

赛青越想心里越酸，剩下的半个窝头也不吃了，扔了回去。

真还不抵鸨儿，要不自己改行进勾栏算了，不就是撅屁股嘛，在这儿也是撅，不过不知道来不来得及。

苦笑一声，逗自己一个开心得了。

上房，房顶待会儿。赛青几年来大半的时间是在房顶待着，有个不顺心就上去，已经成了习惯。

班房连着兵械库，兵械库连着机要库，再往前就是卫所大厅，赛青从班房上房顶，一路沿着房脊，向大厅走去。从那里能看到黑压压的煤山，真像个煤疙瘩，旁边便是闪着光的什刹海，天气好的时候，从这里能看个大半，鸭子滑水飞起激出的白线，棋盘一样纵横。他守夜，耳力胜过常人，海里大鱼拍水的扑通声，隐约能听见。

这是夏天北京城最让人舒心的地界儿，到了外城，见的就是臭水沟了。

归根结底，是自己不会贿赂。同期的锦衣卫，每月给杨振一半的薪俸，现在都是小旗了。自己一毛不拔，就成了兜里的石子，想往哪儿扔往哪儿扔。

赛青掏出石子，在手里搓弄，刚搓了两下，猛地脖子往后一缩，侧身躲在房脊后面，下面来人了。

是卫所的正百户骆隐，杨振的上司。和寻常锦衣卫的黑袍不同，百户是白袍，黑夜里，很是显眼。

赛青又看见杨振小跑着出来，跟骆隐说了句什么，没听清。

“流到哪儿的？”骆隐听完，似是一愣。

流，流油？

杨振又小声说了句，赛青听不到了。

骆隐听完，又是一愣，天黑看不见脸色，但显是有所反应，又说：“我屋说去。”跟着就大步向厅内走去，杨振小跑着跟上。

流油的，不就是谢启光吗？赛青心里咚咚跳了两下，杨振嘴里说的是不着急给骆隐听，却又立即上报了，这是怎么一回事？

赛青挪了挪脚，侧躺着琢磨，他要是报给了百户，自己是不是也该去听一耳朵？

在卫所大本营偷听，是玩火啊，要是被抓住，搞不好真得割鸡子儿，去勾栏撅屁股。但又一想，得听，得听他怎么说，万一提了我，搞不好百户能改了他的令。

打定了主意，仔细点！听！

赛青往厅堂边上移，百户的屋是最里头那间，窗外一洼水，和水之间有片草，窗边有假山，躲假山边上，能听，也没人能瞅着。

赛青走房顶，比他们还快，悄无声息地落了地，压稳了呼吸，正好两人进了屋。赛青取出听头，顺着窗缝递了进去。

耳朵刚放上，就几乎让赛青闷了过去，是骆隐："这么好的线，你怎么都没画影？"

"点子太滑，带了人，靠不近身，我怕破了脸，就只能从远处盯着。"杨振说。

这话，比杨振打自己那下还疼，直闷在心口。明白了！这王八蛋压住了他的案子，想把功劳揽在自己身上；发他去外城，是想堵住他的嘴。

"没听见，却看见了。"杨振又说，"一个屋，俩影儿，待了小半个时辰，看清了。"

赛青肚子里又拱起了一团团火，直想冲进去撕了他。

"是事儿！"骆隐又说，"杨涟、左光斗都在诏狱，打了小半年，硬是打不出话来。田大人、许大人也在犯愁，要是大理寺在外头闹，文官们跟着一起哄，搞不好案子就得转到他们那儿去，只要人一出诏狱，就不好办了。"骆隐背着手踱步，自顾自地说着，"魏公公在大理寺安没安人，谢启光在没在里头，我得虚着问，如果没有，那这事可就不小。"

杨振在旁弯腰听着，一句一点头。骆隐踱了几步，又“嗯”了一声：“不小！肯定是不小！我得给你报上去，单掐住了这条线，就能让诏狱里办案加快，杨振，功！”

杨振铿声道：“是百户大人给指的这条线，功是百户大人的，晚辈只是跑腿。”

杨大人，你这叫唤是在勾栏学过啊？欺下媚上王八蛋！你怎么不再给他挠挠腚子，唱个曲儿？

“起来起来。”骆隐扶他起来，“当年要不是你爹，哪有我？这案子，都是你的！说什么也得把你弄成正的。”

杨振大喜，脸上却一副忧愁样：“晚辈不敢和大人平级。”

“欸！”骆隐拉着长声，“东林党这案子天大的事儿，只要一结，案子里的人必定都往上，到时候你还跟着我。”

意思是，你到时是千户，杨振是百户？真该恭喜二位大人升官发财！想请问，有个不大一点的黑矬子揪着的这根线头，姓赛，单名青的，人在哪儿？赛青呢？我赛青呢？赛青咬着牙，心里堵满了恨，这案子，是我掐出来的！

“晚辈赴汤蹈火！”杨振声震屋瓦。骆隐跟魏忠贤似是沾着远亲，杨振拍他马屁，有他的道理。

“来人！”骆隐唤了个下人，“弄两壶酒，喝他两盅。”

行啊！再给你俩铺张床，你俩乐和乐和？要不小的帮二位大人画上两笔助助兴？海东青，这人叫杨振，你记住了，见了他，可别像对我那么慈悲，千万别慈悲！

赛青咬了咬牙，转身走了，边走边捏紧了拳头，咯咯作响。

憋屈，这辈子没这么憋屈过。他只想大声喊上几声，好泄了这一身的邪火。

去哪儿？去哪儿能让自己舒坦点？去哪儿能叫上几声？

翻身，上墙，赛青又上了屋顶，脑顶上一亮，闪电划破了天，也瞅见了南边一片雨。

往雨里跑!

赛青拔腿就走，他没再管脚下的动静，去他妈的，最好全北京城都知道屋顶上有锦衣卫，全都打着灯笼出来照，照得锦衣卫谁也不敢再出来。

他没跑出多远，雨点便砸了下来，房顶像开了锅，哗哗作响。冰凉的雨点打在身上，冒出细微的热气，赛青觉得自己像被水打过的炭。

痛快！赛青趁着打雷，大声地叫着。

这时已经过了子时，大雨里的街上，空无一人，房顶上的鸽子、猫，也都躲到避雨的地方。东边，看见了宫墙，里头住的是皇上一家。

自己从没进过宫，听说皇上、皇后的夜壶是金的，魏公公的夜壶是银的。给皇上、皇后擎伞出城的，是仪表堂堂的锦衣卫；给魏公公护身拿案的，是能耐通天的锦衣卫；给这些住皇城里的人当贼的，是自己这样屁也不是的锦衣卫。

“就你这么个窝囊崽子，配盯大理寺？淘粪坑的兴许都比你能耐。”在杨振的嘴里，自己连淘粪坑的都不如，他却把自己淘来的粪扣在脑袋上。

前面往东不远，就是六部衙门府，他倒要看看，淘粪的能不能去？赛青一拧身，奔了东去。

雨越下越大，遮盖了眼前的一切，雾气如同帘子遮盖了世间万物，也盖住京城里的一切愁苦。

赛青已经辨认不出方向，只能任由着双腿，一间间房翻过，屋顶越来越华丽，瓦越来越结实，路面越来越宽。

赛青找了间最高的房，向北望去，一道闪电划过，脚下的前方是六部衙门，红墙青瓦，再前面，两坛、太庙把守着中间稍远那巨兽一般横卧的皇城。闪电划过，那里连成一片的金色屋顶如同巨龙盘踞，一声震天动地的雷声响起，似乎是那巨龙的仰天嘶吼。

他心里咒骂着，骂着杨振，也骂着住在那巨龙身子里的人。

这他娘什么世道？

脸上是雨水还是别的什么？不知道，也懒得擦，就任由它掉下来。

赛青在雨里站了有一炷香的工夫，此时早已被雨水浇得全身湿透，委屈和身上的热乎气都渐渐少了下来，高处的风吹过，打起了冷战。

他刚想咒骂一句，耳朵却是一动。

听到了脚下的响动。

有人？

“是这儿？”屋檐下有人说了话！

赛青一哆嗦，微微滑了一下。这时候，这雨，街上还留着人？

“花子说的，是这儿！”又一个人答道，雨声太大，这人是半吼的，“俩大狮子把门，都是歪嘴，是户部！”

两个人的外省口音怪得离奇，赛青几乎听不懂，只听懂了“户部”二字。他抬头一看，脚下的对面，是户部衙门。

“在这儿等一宿，还不得泼死？”

另一个答道：“两年了，还差这一个晚上？带着这么个要命的东西，你不怕？”

这次听懂了几个字——两年，要命的什么？

赛青卧在房顶上，悄声挪了过去，微微探头，看屋檐下的两个人，破衣烂衫看不出个颜色，都是头发及腰，从上往下看，看不清长相，只能看出脏。

更要命的是臭，顶着风雨，身上那股味道都熏得眼疼。

两个花子？

“明早，啥时候有人？”一个又问。

“花子说，天一亮就有人，管事的啥时候到，可难说。爹可说，这东西必须只能给管事的、能耐最大的人看。”

“咱俩这个样，进得去才怪哩。咋办？”

“管他，横竖这东西拿出来，就能见到。”

这次听懂了“东西”“管事的”“拿出来”。

“东西还在不？你看看。”一个又说。

另一个显是不耐烦了：“一天看八回。那老沉的，咋丢？”

这次听懂了“沉”和“丢”。

“你再看看，你看看，丢了咱可回不去了。”

“你可烦。”另一个从身后把口袋拽了过来打开，拽出几团破布，还有两个破碗，把包裹最下面用柳条和破布包裹的一个东西拿了出来，用口袋上沿挡着，把一条条柳条和破布拆了下来，取出一样东西。

一道闪电再次划过，咯噔一下，赛青心跳都停了！

天！

那东西赛青一生都没见过，不对，是全天下人几乎都没见过，但所有人铁定都认识，那颜色，长眼的就认识。

金。

那物事小臂长短，有粗有细，弯曲着好似生出爪来，还有个头，如同飞龙的金块，像皇城的金色屋檐。

赛青的眼睛几乎瞪了出来，这东西，是个金龙啊！

两个花子，大下雨天，拿着个惊天动地的宝贝。这是什么怪事？

“线掐着了，还他妈藏着？该亮牌子就得亮！”好像杨振在耳朵边儿暴喊了一声。

赛青一咬牙，攥了攥腰上的牌子，对付不了海东青，还对付不了两个花子？

跟着远处一道闪电又亮起，赛青算着数，跟着雷声，翻身下了屋檐，正落在二人面前。

“别动！”赛青暴喊一声，如同神兵天降。

“妈！”

两个花子“嗷”的一声，鬼哭狼嚎地抱作一团，手中的金块被甩了起来，重重地砸在卵石路上，清脆又有些沉闷，那是金石之声，在黑暗里闪着金色的光芒，浑然天成，绝不是出于人手。

这真是一块马蹄金！

我的个祖宗！

命，又改了。

这一晚上，真他妈邪透了！

此刻赛青心中激血，浑没在意那似有似无的一丝恐惧。

记不住呢?

涂文辅恼了，训斥着端来点心的小侍童：“皇上洒过雨露，元阳走得多，得吃性温偏阳、生精敛气的，拿来的这些，都不对路！”

涂文辅跳着脚说的，显出着急的样子，其实这只是装给旁人看看罢了。在这儿，此刻，他只需是个眼里除了皇上起居之外没其他事的老太监，忠心、勤快、老实，仅此而已。

“去，这饼，换成石榴花的，耗子都知道节气，你不懂？能随便逮着什么放什么？伺候的是皇上，不是你爹！这么大一块鸭肉脯子，放的时候脑子给火铳崩了？是这大下雨天吃的？还有那酒，说多少回，端到这儿的时候还得是烫的，到皇上喝时才是温的，都不长记性！”

被他这叽叽喳喳地一吓，小侍童战战兢兢：“公公教训得是，我替公公骂他们去。”

“可快点吧。”涂文辅知道天启帝每次行房大概要用多长时间，盘算着，也快差不多了。

不一会儿，换好了回来，涂文辅检查了一遍，扔出去两块不整齐的，算是没有了大毛病，才端着托盘进了里面。

今天的临幸和往常不同，先是换了张床，这床非是全由工部木匠造的，而是天启帝自己上手搭了架子，再让木匠做些细活儿，算是他自己造的。活儿好活儿坏涂文辅看不整齐，只知道是个龙凤大拔步。古往今来，能自己动手做出张床来的皇帝，恐怕也只有这位。

又是新地方，因是新床，寝宫里旧床还没来得及挪出去，别的地方，也摆不下这么大一张床，就只有摆在天启做木工的房里，周围都是散落的木头和木工活计，这还是他自己提的。在这地方和摆设里临幸女人的皇帝，这位也是祖宗。

新床新房，自然也是新人，今天两个都不是宫里的，往准了说，甚至都不是大明的人：一个西域黄头女子，高鼻大眼薄唇；还有一个南洋的，发乌黑，皮肤也黑，却细滑如丝，噘着嘴，能站着把腿翻到头上。

这是魏公公特地安排的，有他的道理，皇上是青春年纪，要多吃多用，不能每日里总黏着奉圣夫人。

这倒好，在木工房里、自己做的床上，宠幸两个番邦女人，这位天启帝，真是应了年号，开天辟地第一位。

涂文辅心里这样想，嘴里却说："新床、新人、新地方，好兆头，想我大明必有一番新业！恭喜陛下。"

果不其然，天启已经完了事，说了句："进来吧。"

涂文辅把帘子微微打开一角，侧身入内："给陛下上茶。"天启此时裸着坐在床沿，两个女子也裸着，正给他披上睡衫，见涂文辅进来，也不慌乱，伺候好天启穿衣，才拿起衣服遮住羞臊地方，各自出去穿戴好，再进来服侍天启吃食。

"番邦女子，不晓礼数，陛下可如意？"涂文辅在床边一侧，弓着身子问。

"人，是还行，可这床，差了点东西。"天启挑了眉毛。

涂文辅心一紧，这孩子其他的事好糊弄，但手艺活儿，还真应付不了他，得说实话："陛下说的，可是包金的地方？"

"其他的地方，都是朕过了手的，唯独包金，朕犯了懒，你们竟然糊弄？"

这床门面上，按天启的图，该有两条纯金造的龙凤把着左右，每个都是一人多高。还有床围和窗上雕花，按天启的想法，也都得有纯金块子穿插。其他不少零七碎八的地方，也该有纯金，但做出来，都是包金的。

既然问起了，那就躲不过去，涂文辅做出慌张跪下的样子，磕起了头："涂文辅胆子再大，也不敢糊弄陛下。"

"当初说了，四角立柱要承重，拿金做角做不来，许你们包金，可这其他地方，分明可做实金的，缘何不做？拿包金凑合事，我看不出来？"

这是欺君之罪，认不得，当初做的时候，魏公公就有交代，若陛下察觉，只管把他抬出来就是。

既然有交代，那便直说了："老臣不敢欺君瞒上，只是如今内库实在是没金子可使了，又不敢跟陛下说，免得陛下心烦。魏公公和臣四处筹措，魏公公把自己家里的金子全拿出来化了，才勉强包好了这些地方。我等为陛下倾家效忠，望陛下恕臣等无能。"

把魏公公搬了出来，果真好使，天启脸色稍平了些，但也没让涂文辅起来，只是问："国库呢？没金子？"

"陛下，"涂文辅拉长声音，"洪武帝设内库，是为了补充国库之金银所需，而非以国库补充宫内所用。况且，今日国库，金子也不多了。"

前面说的是给你个样子看看，再怎么胡闹，祖宗立下的规矩，你破了就是你的不是。重点在后半句，这把火，得烧到别处去。

果真，天启往前一弯腰，离近了他：“有两个库，不是你管的吗？”

来了，涂文辅回道：“臣代管的两个库，钱都交给魏公公使在了辽东，笔笔可由陛下和魏公公亲审。至于其他几库，臣在内廷，不敢乱嚼外廷的疙瘩。”戏扣子要做悬。

“讲！”

还是小啊。涂文辅不动声色：“其他几部主的是和，一个铜板子都不愿意出，问急了，就两眼一瞪，说没钱。魏公公不信，四处查了大半年，才发现确实没钱，原先那钱，正在人手里转着圈！”

“什么意思？”扣子又进了一层，天启犯了疑。

涂文辅继续说道：“廷臣之间，寻官避祸的事太多，那些文官平日满口圣贤经纶的，要起贿赂来，那架势倒像个武将。那几部库里的金子银子，他贪一点，我挪一点，在这些人手里你转给我，我转给他，但就是不回到国库里去。”

扣子这就算全布好了，来吧陛下，问那句最要紧的。

“怎么没人查？都察院呢？御史呢？”

戏桅子到了，涂文辅长叹了一口气：“回陛下，怕的就是他们查，御史大人们都巴不得多查点案子，话说得好，花钱消灾。拿了钱，手上脏，谁敢不给御史们打点？大家要脏一块脏，下手时才有顾忌。去年报给您的杨涟、左光斗就是，审了大半年，两位御史大人才认了事，一人两万，兵部姓熊的给的，一直想挑陛下哪天心顺时说呢，又怕扰了……”

“杀。”

欸？

“杀了。”

哎！

天启轻描淡写，仿佛这两个字根本不是从他嘴里说出来的一样：

“查准了，该杀就杀。”

还以为你会琢磨琢磨，怎么脱口就出来？行，这孩子行，比你爹利索。杨涟、左光斗，那可是把你从内宫里抢到前殿的人，你能顺当儿地当上皇上，全拜这二人豁出命撑着，现在你却说不要就不要，涂文辅心里一阵激血。

大敌可除！

在人看来这是忘恩负义，可在老朱家，这算是家法。再者说，移宫到现在五年，三司六部、各个衙门口，乃至各地州府遍布东林党，群嚣成党，这要是太祖、成祖在世，天天能看拍屁股，到你这儿，老朱家的血现在才算醒了。

事成了，不多待。涂文辅赶紧磕了个头：“遵旨。他们捞的钱，臣也会想办法补回国库。”

“还有个事。”天启又问，“那金矿，能开吧？”

涂文辅心一跳，脑子里线头乱转：说的是那事，抓着的那块金子？不会！昨夜里才出的案子，线现在还掐在自己这儿，会这么快到你耳朵里？不对，一天他都在做木工，没出过这屋，这屋里头的人都是我的，又都没去司礼监。但还不敢保，就问：“陛下说的矿是……”

“金子缺了，户部册子里的那些矿，再采些吧？”

放心了，不是我那事。

“回陛下，万历那会儿，浙江哪儿来着，出了场矿害，那真是奇了，打那以后咱大明就没出正经金子。跟着后些年山东的矿民造反，逼得先帝禁矿，算起来得五年了吧，从那之后，各地再开矿采金银者一律法办。现在要是再开，怕是那些文官又要骂街上吊了，说什么断龙脉违天意之类的浑话。”

“那怎么办？”天启看了看周围，“咱内库，就只剩木头了？”

“见到魏公公，臣等商量下这事，想办法给陛下筹措金子。”

是得和魏公公商量金子的事，不过不是商量你想要的金子，而是另一块金子。

辞了天启，今天算是解决了一件大事：杨、左二人终于可以除掉了。多亏昨夜锦衣卫守来的案子，掐着了谢启光伙同徽商要救人，那个谢启光一直在东林党和自己这边摇摆，贼得流油，若不及早解决，以大理寺查案名正言顺，再加上徽商不计钱财上下打点，这人，说不定还真能从诏狱里出来。

现在天启张了嘴，涂文辅一下就踏实了，剩下的工夫，全给那块金子了。

司礼监离天启的木匠房不算很远，又是近子时，内宫里空，也就不在意样子，两个小太监在后面给提着袍子，涂文辅三步并两步，不一会儿就到了。

门口早就有侍童候着，见他来了，连忙迎了过去，奉上擦脸帕子和洗手水。涂文辅爱洁净，受不得汗，每次回来都要擦脸洗手，但这次例外，直接就进去了，太监忙端着盆跟着走。

“都到了？”伺候皇上的嗓子，也换成了另外一副，冰冷、阴沉。

“是！田大人、许大人、崔大人，还有他带来的一个人，小的没敢问是谁。”

“再来的，除了魏公公，一律不许进。”

“是！”

进了院子，涂文辅又看了看两边：“院子安排几个手脚麻利的，四下看看，守在角落里。”虽说是自己家，也得做十足的小心。

安排好了，也到了厅堂，四下灯火通明，几个人分坐两旁等他。

他是司礼秉军太监，虽职位不高，但内廷之中，也是数一数二的首脑，又紧守在皇帝和魏公公身边，在皇帝身边是奴才，在这儿是主子。

侍童向四下站着的其他人招了招手，众人就跟着出去。涂文辅落座正中，端起茶杯："先说诏狱，杨涟、左光斗的事，可以办了。"说完喝了口茶。

田尔耕紧跟着接话："陛下有旨？"

怎么，你不信？

涂文辅眉毛动了一动，归根结底，这锦衣卫大统领田尔耕跟其他人不甚一样。

"有了。分着办。"涂文辅说，"魏公公的意思，一下太多，外头的麻烦也就多。"

田尔耕点了点头："老许？"

一旁的许显纯也点头："记下了！"跟着他又补了一句，"受贿的钱，怕是搜不出。几家都抄得快挖祖坟了，也没见着什么。"

是你搜出来也不会说吧，那些人背后都由富商顶着，谁家没钱？涂文辅不动声色，这点小钱，让他们底下人拿了算了，锦衣卫也得吃肉。

于是点了点头："回头找我，再想点办法。"他能感觉到许显纯心跳快了几下。开心了？

"说那东西，怎么回事？"涂文辅挪了挪身子，手臂向后微曲，搭在官帽椅的扶手上，搓弄着椅子光滑的扶手边缘。

晚上伺候皇上之前，众人急匆匆地拿来那件东西，只一眼，他的魂就被勾走了，当时来不及细问，让他这一晚都抓肝挠肺的。

是啊，谁不喜欢金子呢？何况是个天造地设的宝物。

还是许显纯接话，人也是锦衣卫拿的："昨夜守教坊司的一个校尉，多跑了几步，在户部门口拿下的两个点子，子时，俩点子在那儿等户部早上来人，要献这个东西。"

"拿人的校尉，在哪儿？"

"留在我那儿。"

“什么底？”又问。

“入卫四年，一直在教坊司画影守夜，俩哥都是锦衣卫，都死在萨尔浒，家里剩一个动不了、半疯的爹。”

“有相好的吗？”

“查过，不多，都是一个所的。”

涂文辅想了想，许显纯见他迟疑，就问：“要不转到诏狱？”

要封他口？没必要。

涂文辅说：“不转，给升个官，找个别的由头，再赏俩钱，嘱咐好别乱说，然后调个地方，离眼皮子近点盯着，之后的事，再说。”家里有过锦衣卫，知道规矩；独苗带个爹，肯定惜命；又是个校尉，穷，给点甜头，应该不敢乱说。封这种人的嘴，未必一定要用刀，至少，现在不必。

他又问：“拿人的时候，户部没人看见？”

“没，昨夜雨紧，打更看夜的懒了，校尉拿了人，半路才遇上，没敢多问，那校尉也机灵，知道东西蹊跷，就什么都没说，押着人送到了就近的所，偏巧了我在。”

涂文辅点了点头，还不放心，嘱咐：“这几天，扫扫街面，听听有没有风出来。”跟着又问，“那俩点子，人在哪儿？”

田尔耕接过话：“诏狱。”

涂文辅点了点头：“张嘴了吗？”

“进去还没问，就张了，就是口音实在难懂，耽误了些工夫。人是云南元江府一带的，两个矿民，说是一坑人在车里司和元江府中间一带山里偷着采铜，摸着了金脉，出了这么块东西，再往下打，大石头堵了，火爆、酸爆都弄不开，得上火药。可火药是军管，寻了两年，就近的元江、广西、广南没有，云南、大理也没见着。现在矿主害了病快死了，想死前光宗耀祖，索性派了俩机灵点的来京师献了这块金子，兴许能讨个官当，顺便探探能不能搞来火药接着采金。这俩点子，就一路跟着花子帮来了京城，打听出土里的事都归户部管，就守了户部，还没等到见着人，就被锦衣卫拿了。”

涂文辅仔仔细细听了下来，不再说话，抬头琢磨。这番话，猛一听上去，似乎都是疙瘩，但有疙瘩的地方，似乎又都能摸圆了。

涂文辅先把疑点择了择，留在心里：“现在吐的，未必作数。”

“是。”田尔耕看了看许显纯。

许显纯忙道：“尽快上架。”上架就是打着问。

“打之前，先过一道池子，能吓唬明白最好，要打手也轻着点，毕竟不是罪。”田尔耕说。说完他看了看涂文辅。

先看诏狱里别的人犯上刑的样子，吓唬吓唬，这是过池子，然后再打。

心还是不够硬啊！魏公公这个大儿！涂文辅心里叹了口气，面上却冲他点了点头。

“记着了，打完养两天，再先甜后酸，再打，两遍，七八天，若真是个山里人，该出实话了。”许显纯接口说。

先甜后酸，是用女子诱之，女子都是教坊司训出来、不入勾栏的瘦马。打过了之后，再让他享福，尝到了甜头，然后再打，拿享福勾着，往来两遍，穿插着不停地盘问，一个问题无数次地问，直至吐出真话，这是诏狱里对付人的办法。

不纠结法子，让他们弄吧。

“这条线上的人，还有谁呀？”

“都是自己人，都是铁的。”田尔耕答道。

涂文辅点点头，这些人之后再说吧，先问出来要紧。

这时，半天没说话的崔呈秀接过了话口：“里面应该差不多了，公公移步？”

涂文辅站起身来，众人随后，进了内堂。内堂是个比议事厅小点的屋子，摆设显是都撤下去了，只留了一个长条桌案。一人穿着长袍，四十岁上下，满脸堆笑在桌前等候。守着他的太监见来了人，就退了下去。

是个生脸。

涂文辅低声问："谁？"

"工部懂矿的库事，姓柳，找来验这块金子。"崔呈秀答。

"铁？"

"还不是。"

"卑职柳省龙，叩见涂公公。"那人也不顾他二人在悄声说话，就尖着嗓子跪下。

"他一直想。"崔呈秀又说。

"怎么进来的？"

"藏在宫里轿子，从家里直接找来，上下都没人看见。"

那也不保。

涂文辅转过头，对柳省龙说："麻烦柳大人。"

柳省龙"哎"了一声，把面前的一块红布掀开，露出了里面那块金子："公公请看。"

虽然早前匆匆看过一眼，但再看见，涂文辅仍是心中一动。

自己掌着太仓和节慎两库，金货不少，内库里更多，但都是人打的玩意儿，不是天生的。这一块不仅是天生，而且比那些都好看，更大、更奇，让人一看，眼睛就拔不出来。

从样子上看，是一条要上天的金龙，再侧一点看，又像一道劈过夜空的闪电，上头坑坑洼洼的点，似乎又是紫红色的。整块金子看上去不经任何雕琢，却又比任何雕琢过的都华丽，便是在灯火通明的屋里，仍闪着光，金中带红的光芒。

好一会儿，涂文辅都没说话。柳省龙不长眼，自顾自地说道："户部的矿库里，大大小小的带胯金、麸麦金、糠米金都有，唯独没见过成形的生金，卑职祖上不知道是烧了哪门子高香，才能托涂公公洪福，开一回眼，见一回老天爷给的真宝贝，真是三生有幸，卑职……"

涂文辅微一皱眉，崔呈秀喝了一声："拣要紧的说！"

柳省龙吓了一跳，忙住了口，说："金重八斤十五两，卑职所记没错的话，前朝康定年间，出过九斤六两的狗头金，但那块半金半石，做不得第一。而这一块，并不含杂石，卑职斗胆判断，天下有载以来，没见过这么大的生金，恭喜公公，贺喜……"

"怎么知道是金子？"这人啰唣，还不如自己问。这么大一个东西，若是满金的，实在是匪夷所思。

柳省龙清了清嗓子："回公公，自古断金，先从望起，七青八黄九紫十赤，公公您看这金，是不是坑洼处带着紫红之色？"

涂文辅点头，问："九紫？不是十？"

"因是生金，间杂些恶物，许是铜或银，若是炼了，就是十赤了。"

田尔耕在耳畔小声说："当地出铜和银，和矿民说的能对上。"

涂文辅又问："看之外呢？"

"卑职试给公公看。"柳省龙从桌上包中取出一块乌黑的石头，"这是江西信江出的试金石，断金皆是靠它。方才求公公们杀了只鹅，这石头在鹅汤里煮过，再放凉了，便可试金。请公公细看。"

柳省龙用布包了那块金子，仔细捧着，拿金子边缘轻轻划过石头几次，留下了几道金色的细纹，好似飞鱼服上的线。划好后，柳省龙又小心翼翼地把金子放下，从包里掏出另一块手指节大小的金块，对比之下，小得像个扣子。"这是前朝宋庆元年间，益阳出的一块马蹄金，面相相仿。"然后在那块石头上刚划过的地方之上又划了几道，"两处金痕，若是成色一致，便可比对，公公请看。"他把试金石递给了涂文辅，又从包里拿出一个西洋来的水晶片子，贴近了看，寻常东西一下就放大数倍。

涂文辅眯着眼，上下比对，当真是两道金线分毫不差，于是点了点头。

“拿这试金石试了金，就不必再过咬和摸了，是十足真金。”柳省龙也跟着点头。

“此金是在山里采的？”涂文辅又问。

“回公公，您看这金侧，略有坑洼，这是被水冲刷而成，水金相，另一侧金体棱角分明，这二者同在一体。卑职判断，该是山里洞中所藏，一侧在山岩之中，另一侧则是被岩中万年流水冲刷而成。这种金相，前朝的典籍也有记载，是造化而成。”

田尔耕又小声说：“这和点子说的，也对得上。”

“本朝典籍呢？可有记？”涂文辅问。

柳省龙一愣，回：“回公公，自太祖起，本朝采的都是前朝留下的旧矿，没见过大的生金。头些年派出去矿监采金，也是旧矿，出的金子又都进了内库，户部见不到。再后来先帝禁了矿，就再没见着金了，自然也没有典籍可录。”

这倒说得对，万历派出去的矿监，没听说过哪个往户部交过金子，再往前，也没听说过哪里出过什么大金坑。

涂文辅略一点头，想起一事：“这金出于元江，可有法子断定？”

柳省龙一躬身：“侍郎大人也问过，卑职就斗胆带了些家伙什儿，在几位大人面前献献丑。”说完他从包里又拿出一个口袋，打开拿出几块石头，“云南水文山石，大同小异，这是先前户部存的云南楚雄银矿的存样……”

涂文辅眉头一皱——你从家直接来的？这一小会儿，前后又是金子又是银子的，你家东西可不少啊！工部的人，家里却放着户部的矿样，比你手长的，怕是还有舌头。

柳省龙自是不知道大难临头，仍接着说："……上头的土都是原地的，楚雄和元江是同一条脉上的，土种差不离，卑职就从这石上取土，给公公比对。"接着拿出一根鹰尾上的长羽毛，揪干净杂毛，只留羽梢上的一小撮，慢慢刮着石头，下面放着掌心大小的一片细纸接土，待刮下一层土之后，放到一边。又取了一根鹰羽，如法炮制，也取了金块上的土。待到两种土数量接近时，他便停了下来。

"金块罅缝坑洼之处，存有土泥，对比即可知。"说完他从桌上挪过两个西洋造的琉璃管子，管子晶莹剔透，透明中带着微微的蓝色，内注进了水。"斗胆有劳两位大人各拿一个，挨在一起，务必对齐平稳。"田尔耕和许显纯各拿了一根管子，对齐，柳省龙小心翼翼地一只手拿一张纸，说，"请涂公公移步到这管前，卑职放沙土进去。这水里兑了稀过的藕汁，能让沙石落得慢些，放的分量也一样，请大人待会儿注意这里面的沙石，落到底处的过程若别无二致，便是同一地的。"

涂文辅盯着琉璃管子，果不其然，柳省龙放土后，两管中碎石在前，沙土在后，缓慢落下，几乎同时落入管底，别无二致。

"公公再看。"柳省龙又递来水晶镜片，涂文辅弯着腰，仔细看着管底沙土，挑不出不一样的。待他看完，柳省龙又仔细地对比了好半天，回过身，一脸得意："回公公，各位大人，是云南的土没错。"

涂文辅直了直腰，问："元江府，以前出过金吗？"

柳省龙回道："元江府本地，有铜，但金在铜之下，并无记载出过。前朝周密有本《癸辛杂识》，提过广西出生金，大者跟瓜子差不多，碎的如麸皮，这在元江府东边不远，是山金；再早，汉《论衡》也有提到永昌有金，此外丽水丽江府一段也有，大的像禾粟，在水沙中，这都是水金。元江府在几地中间，又各距几百里，合上了前人讲的‘金分千里’一说，再又是荒山野岭，所谓硬山狂水出丰金，看这块金子，是说得通。这金块之大，实在闻所未闻，卑职断定其下必有个巨大金脉，这实乃我大明之福啊。若不是先帝禁矿，卑职定赴汤蹈火，也要为陛下鞠躬尽瘁……”

涂文辅没等他说完，就打断了他的话：“柳大人果真是行家，今天就麻烦您了。来人，安排柳大人出宫，回去路上稳着走，南门出。”

说的是东厂暗语，其他几个人都听不懂。安排就是下手的招呼，出了宫，路上下手，稳着走就是抹脖子，埋到南边外城。

这人嘴太滑，怕是没出城门就得吹牛，不出半天，全北京都得知道他给一屋子人相了块大金子，不封口不行。

“卑职给涂公公、魏公公磕头，今后卑职鞍前马后，死不足惜。”柳省龙磕了个头。两个侍童过来，带走了他。

回到议事厅，涂文辅把金子放在桌上，又端详了一会儿，才喝了口茶。小太监在他们离开时已经把茶点摆好，还支了壶暖身的姜汤。

“怎么看？”他问。

“金子是真的，只是这一路从云南到了北京，听起来悬啊。”崔呈秀说。

话对，也是涂文辅听到时的第一感觉。两地相隔数千里，路上要走大半年，两个人竟然能带着一大块金子，没被官府截着？菩萨给他们保佑了？且过大大小小几十个城关都没事，偏到户部门口被按着了？这疙瘩不小。

涂文辅点了点头：“田大人呢？”

“崔大人提的，确是犯疑的地方，两人没路引，一路到北京，按说不对劲。但细一琢磨，似乎又有可能。”田尔耕答道，“若是买卖人和寻常百姓，自是难免不了要查，偏这两人是花子。老许，讲讲。”说完，话口扔给了许显纯。

许显纯接过话："回公公，两人浑身脏臭，旁边都站不下人，按卑职看，要是说守门的官兵嫌脏，懒得查他，我倒也信。再者说，连皇城都进来了，各地自然也能进。"

似乎也说得过去，守城门的，每天成千上万人进出，挑的是那些看似可疑或者有油水可捞的人，乞丐花子，看都不看也有可能。

崔呈秀又说："挖出来块金子，献到京师来求赏，这也说不通。还有什么赏顶得了这块金子？"

三人皆点头，各自琢磨，不说话。八斤多的纯金块子，实在不是小数目，自己藏了足够一世富足，何必冒险拿出来亮？

又是许显纯："两个花子说，他们矿主快死了，想求赏，封个官当。在矿坑里当了一辈子耗子，天天刨土，到老了，钱上的事看开了，想谋个官光宗耀祖，似乎也说得过去。"

田尔耕又补充："求火药，再开矿，边上的元江没有，广西和广南也没有？当地可有驻军扎着。就算都没有，云南府、大理府，还有四川，该都留过。"

"确实没有，驻军没有，民间更没有。"崔呈秀补充，"别说这几个地方，全国的火硝和硫黄现在都在北京，订多少，各地出多少，每箱的钉封是两个，一个在工部，另一个给兵部，押到京城合在一处才能打开。除了神机营、火药局，辽东一线，全国哪儿都不能有，地方敢留存得掉脑袋。"

崔呈秀按魏公公的安排，过了秋要升到工部去，这些事他清楚，火药是重要军备，现在只供辽东御匪，地方和民间严禁留存。

"拿图来。"涂文辅跳出了众人的议论，"嘴里的话，先按刚才说的，打几天看。先看看这个金坑在哪儿。"

崔呈秀早备好了图，直接铺在了地上："这是去年云南的官图，各部都是同一份。这是元江府。"崔呈秀拿了图杖指了指。

许显纯又补了几句："给花子看过，让他辨认地方，可不识字，也看不懂，只能指出大概的地方，元江府往南的这一带。"

"没有再细的图了？"舆图上，那一带是空白的，只有一道江水。

"云南那边上的，只这张官图，再细的图，恐怕到地方上才能看到。不过花子说，这一带群山七百里，中间隔好几道大江，住的是当地土司蛮夷，都和他一样不识字，没人能画出图来，地名也都是土语，怕是……"

这就麻烦了，涂文辅皱了皱眉头，抬起了头："没有图，怎么去？"

其他三人也不说话了，没有舆图，又不知道地名，还在深山老林子里头，这可怎么办？

"打！打死也得问出来。"许显纯说。

就不能沉稳点？连着两次激血，还惦记上了？上脸也太明显了。许显纯是自己藏在锦衣卫里的人，拿来制衡田尔耕的，可现在越来越嚣张跋扈，也不懂得收敛。

涂文辅心里数落着许显纯，脸上却没露出来，只是又喝了口茶，摆了摆手："打出来的，最多是个名字，不会画图也没用，又得四处去打听，多一个人知道这线，就是多一分麻烦。"

许显纯不再说话，众人沉默了有一袋烟的工夫，目光都锁在了元江府到车里司之间的这片空白。

这矿，该怎么办，拿还是不拿？涂文辅脑海里反复地想，一个看不见底儿的大金坑放在这儿，谁能不惦记？但如果拿，现在还留着禁矿的规矩，东林党刚开始肃清，余党还把持着半个外廷，恐怕一时半会儿还改不了，只要听说魏公公再开矿，奏折和骂声怕是能堵住殿门，实在是个麻烦；再者皇上此刻正缺金子，听了必然激血，到时这些金子变数就太多了。

若要暗中采，这地方够远，地方上又是蛮夷，相对而言省了其他大省的麻烦，采起来可以更为隐蔽，也更随意，远非那些被禁了的、谁都不敢动的旧矿能比，这是利好。

可不好的地方也有：一是地方难找，更难到，怎么去？几千里地，一放出去，少说一年，慢。二是线头多，现在就这几个人知道，但之后呢？只要透出去丁点儿风声，就是无穷无尽的麻烦案子。这是偷着斩龙脉，诛九族的死罪，怎么藏住线头？这难啊！三是谁来做这事？身边的几路人，谁合适？探路、采金、运回，件件都是麻烦事。给东厂？太监番子们虽然无牵无挂，又是自己人，可太贪财，万历派出去的矿监就是例子。给崔呈秀？工部的人倒是懂采金，只是人难说，相好的太多，难免出线头，又都是地方上的熟脸，不好藏。剩下的就是锦衣卫，锦衣卫看上去比其他两批人更稳妥一些，只是……

刚想到这，外面小太监高声喊道："魏公公到！"

几个人说好了似的，腾地一下同时站起身来，垂肩低头恭候。涂文辅停下思考任何事，脑子收敛到了一处。今晚魏忠贤去找奉圣夫人之前，田尔耕给他俩看了这块金子，之后二人就急着去了，想来这一晚他也如同自己一样，被这块金子搞得神魂不宁吧。

果不其然，魏忠贤走得比寻常快出很多，太监刚报完，门帘就开了，大明皇帝最亲信之人、当朝权势第一的宠臣、司礼监秉笔大太监、东厂督主、锦衣卫的幕后大旗主魏忠贤快步走来。

"参见魏公公！"

"参见义父！"

魏忠贤却如同没有听到一般，直直地走向桌子，边走边向两侧甩了甩袖，露出金线袖口中的手来，高大的身体像鹰展开了翅膀，急不可耐地笼罩住了那块金子。

好半天，他不说话，只是手捧着那块金子，一动不动，把背影留给四个手下。

怎么不动了？涂文辅心里嘀咕，于是站了起来，小步挪到魏忠贤身边，低着头说："公公，这金子下面，有条大金……"

涂文辅抬头一看，吓了一跳，"脉"字就生生地咽了回去。

眼前魏忠贤那张原本衰老、布满皱纹和青斑的脸，仿佛一下子年轻了十岁，不，三十岁，金光洒满了他的面颊，他的脸似乎丰润了，似乎平滑了，似乎金子的颜色就是他本来的肤色；那个他毫不理会，只盯着金子的眼神，同样也是涂文辅从未见过的，在那里，震惊、入迷、疑惑、贪婪和凶狠，更多的，是喜悦，轮番变换。这时，大明朝一人之下、万人之上的大太监，仿佛中了魔，又好似成了仙。

赶紧低头，别看！涂文辅压下自己的脑袋，躬身退了回去。

矿拿是不拿，可以不用问了。

章叁
演武

诏狱的尸房外，一老一少两个马脸合力把一具尸体扔到板车上，板车被砸得直晃荡。

老马脸正要转身，瞥见尸体不对劲，就招呼着已经转身离开的小马脸。

“哎，脸没朝下。”

小马脸没理他，又进了尸房，搬下一具尸体。老马脸不乐意了，大声喊：“没听见啊？”

小马脸绷着腮帮子，显然是牙咬得生硬，不理，抓着一具尸体的胳膊，生往外拽。

“你妈。”老马脸迎上去，一巴掌甩过去，小马脸侧了身子，打在了肩膀上。

“还躲？”又一巴掌掴在脸上了，小马脸挨了打，不服，死瞪着地。

“让你搬你没听见？”

小马脸喊：“不搬！”

“欸？”老马脸吼了起来，“这是人家规矩。你还想干吗？”

梁正和卫剑锋在树后墙边的阴影里。梁正知道规矩是这么个规矩，这些尸体是从诏狱里出来的，有秘密处死，也有拷打至死，无论哪种死法，都要在死后把容貌破坏，以免被人认出。即便如此，出来的尸体也一律脸不朝上，免得他们跟老天爷诉苦，说诏狱的不是。掩埋之时，亦是如此。

小马脸吐了口唾沫："不干就不干，天天做噩梦，一群王八蛋狗日的，都有病，给人弄成那样！说他妈带我进城混饭，就他妈干这个？搬死人、埋死人？还他妈让我看？还他妈规矩？"他越说越气，也吼了起来。

半大小子，气死老子，梁正心说。可他连气自己爹的机会都没有过，从他记事起，他爹就是个牌位。

"我敲死你个龟儿。"老马脸一拳头过去，小马脸一把抓住他胳膊，两个人较起劲来。

没完了还？梁正刚想迈腿，卫剑锋快了他一步，拔出刀，从阴影里走了出来。

"活腻了是吗？在这儿闹唤！"卫剑锋嗓音本来就低沉，在这下着雨的黑夜里更是瘆人。

马脸父子着实被吓了一跳，不怕才怪了。卫剑锋个子高得离奇，皮肤惨白，剑眉细眼，又是个深眼窝，眉眼加在一起像四把刀，从漆黑的阴影里悄无声息地走出来，手里拿着明晃晃的刀，活像个讨命的夜叉。两个迁尸人天天和没脸死人打交道，见了这张活人脸，反倒被吓个魂飞魄散。

其实他们更怕的，是卫剑锋穿的锦衣卫卫服。

老马脸还算反应快，扑通一声就跪了下来："爷爷饶命，小娃子不懂事，我不懂事。"砰砰磕头。小马脸傻愣着，看着卫剑锋。

两个鬼催的，闹也不分地方。

“剑锋。”梁正跟了出来，在他身边小声说，“大下雨天，没人听见。”

梁正仪表堂堂，不似卫剑锋凶神恶煞，老马脸仿佛看见了救星，一个劲儿磕头。

本来就没要怎样你，但规矩还是得有。梁正正色道：“在这儿，只能干活儿，不许说话，出门，爱干啥干啥，唯独不许说这里的事，这是规矩。”

“是规矩，是规矩，记住了，求爷爷高抬贵手。”

“走吧，路上别闹，让带队的听见，就走不了了。”梁正声色柔和。卫剑锋却铁青着脸，手上的刀挽了个刀花，跟着斜着一刀挑劈，反八字，斩断了小马脸的帽绳，又再反向，拿刀背又一个挑劈，削飞了帽子，两刀都是贴着小马脸脸皮划过去，一撇一捺，两道冷光划过，漂亮。

“再跟自己爹动手，飞的是脑袋。”卫剑锋阴沉的声音把尸房震出了回声。

对，得立规矩。但拿刀吓唬，还是过了点。梁正心里想着，嘴上没说什么，卫剑锋他爹，也是个牌位。孤儿，打小没爹，怎么见得了儿子打老子？

小马脸吓得魂飞魄散，老马脸一把拽过他：“还不快谢官爷饶命。”见儿子没反应，直拍他脑袋，“傻了你啊！”

“别磨蹭，搬完快走。”梁正催他。

父子俩把最后两具尸体搬上车，慌慌张张地推着板车走远了，一老一少，淋着雨，如同鬼魂。

梁正捡起小马脸的帽子，手腕微微使劲，帽子就像被狂风卷过一般，顶着雨平飞出去，不偏不歪正套在了小马脸头顶。小马脸又吓了一跳，也顾不上回头看，低头猛推猛跑。

什么得了失心疯的人定的这种规矩？害得人人不人、鬼不鬼的。

“看着可怜。”梁正甩了甩手上的水，说，“犯不着为难他们。”

“咱就好了似的？”

梁正一笑，完，又来了。

卫剑锋收了刀，侧过身，抬头看着屋顶流下来的雨水，低声说：“仪鸾校尉梁正、守厂校尉卫剑锋，不是撑伞打旗，就是守夜打灯，说是锦衣卫，干的活儿可不比那俩迁尸的阔气。”

行了行了，你快打住吧，还没完没了的。梁正看了看左右，小声说：“差十两，够你去阜成门，再忍半年就行了。”

卫剑锋抬高声音：“咱一个月几个铜子儿？都拿去贡了，什么时候是头？”他带着气儿，声音有点大。

祖宗！刚走了他们，又换了你？梁正慌忙道：“别喊。多大个人了，咋沉不住气呢？”

卫剑锋扭头走开，梁正赶紧追上。

“明儿演武会，上头给了说法，校尉赢过五场升小旗，进诏狱。”卫剑锋还是铁青着脸，却拿眼神瞄着梁正。

梁正脸色一沉，停了步子：“你想回去？”

卫剑锋没作声。

梁正紧逼着：“死人你还没看够，非想当死人？”

卫剑锋低头不语。

“不行！”

梁正斩钉截铁：“我说什么也不能让你再回那鬼门关。你在诏狱这些年，我天天提心吊胆，你有个三长两短，我怎么跟你爹娘交代？二十八个人里就剩下你我两个，你死了，留我一个人守牌位？”

“咱俩都三十多了，一辈子就这样了？看门撑伞？”卫剑锋急了。

“你爹我爹，孤子营二十六个兄弟，都死在哪儿？都死在诏狱的案子里！刚搬出来的那些尸首，好歹还有个地方埋，这二十六个人，你知道死在了哪儿？你见过他们的尸首没有？见过他们的坟没有？”梁正盯着卫剑锋的脸，一字一顿，“看门撑伞，比死了强！”

咔！

一声响雷，草丛里惊飞一只鸟。二人立即收了声，各自往两边低头张望。

还好，没人。

话硬得能劈开石头，却斩不断卫剑锋的念想。

“没名没姓地活，我憋屈。”卫剑锋侧过去的头没再扭回来，手抚着刀柄，低声说，“对不起我爹给我留的手艺。”

“没名没姓地活，好过有名有姓地死。你爹留的刀本，哪个字写着让你去诏狱杀人？”

兄弟二人对视了许久，眼神仿佛一枪一刀，败下阵来的是卫剑锋。

见弟弟低了头，梁正又柔声说道：“演武会，能去，要是升了小旗，咱去溯春楼吃顿好的，等半年，不去阜成门可以去别的，就一条，不许回诏狱。记着，办岔了那案子，不是害你，是救你！”

卫剑锋没说话，扭头走了。梁正看着他，摇了摇头。

这一晚上，甭想听见他说话了，自己从小带他长大，知道他的脾气。

果真，一晚上没话，卫剑锋都闷着头，哼都不哼一声。梁正也不勾他说话，怕哪句话又把他勾急了，演武会出岔子。

一早，梁正早早就起了，做饭。今天多做了些，白菜平日都是清水过一遍就吃，今天梁正放了猪油炒，白菜一下锅，就是“噼啪”一阵爆香，梁正边炒边大口吸着那油爆香的味道，多少日子没见着了。又蒸了茄子，撒上了蒜末子和盐，临出来时又撒了点葱白。还焖了条鱼，是他在什刹海拿树枝子叉的平背大头，没舍得放酱，就只放了葱姜。又浇了点散烧锅，推车贩子卖的，酒里头兑水兑得那叫一个心黑手狠，饶是梁正心眼子好都想给他两巴掌，但也没辙，买不起好酒，鱼多少还是有点土腥，但就这，也是多日难见的荤腥。

饭、菜留了他俩吃的，鱼留了个尾巴，其他的，都摆在堂前的一排牌位前面。今天日子大，做点好的。

那是梁正、卫剑锋的父母牌位：父锦衣卫梁义辰，母安凤云；父锦衣卫卫华哽，母卫杨氏，还有二十六个和梁正、卫剑锋一样的锦衣卫孤儿。

“四位爹娘，各位兄弟，今天我们哥儿俩演武会，佑咱锋儿拳脚通畅，升小旗！”

梁正跪下磕头，卫剑锋也跪下：“四位爹娘，各位兄弟，锋儿叩请保佑。”

这终于说话了，梁正微微一笑。

闷头吃饭，梁正把鱼尾巴都给了卫剑锋。

以前的演武会都是到北边更远的校场，今年选了离城近的宣武门外。三三两两的锦衣卫从二人身旁骑马经过，扬起尘土。这些锦衣卫身上的卫服是诏狱的，和二人的差别不小，黑色带金边，不似他俩的一抹黑。梁正倒是有件极漂亮的卫服，但那是宫里皇帝出行时，梁正撑伞执牌时穿的，非是那时，绝不能穿出门。

孤子营离宣武门不远，二人走着就能去，犯不上骑马，当然，也没马可骑。

“曾经这衣服、这马、这派头架势，你都有过，犯不上羡慕。”梁正瞥了正盯着他们看的卫剑锋，说，“人得知足。”

一溜儿牌位，就剩两人活着，得惜命。每天早起，梁正都得跟自己说上一遍。

卫剑锋没理他，当没听见。

又一队锦衣卫骑马并列跑过，马脚下一绊，跑偏了些，街边卖窝头的蒸笼被马尾巴扫着，窝头掉了一地，在地上打滚。卖窝头的姨子尖叫，想去捡，但更多的锦衣卫又过了来，马蹄“嗒嗒”，姨子又不敢下去了，只能看着窝头在马蹄子之间蹦来蹦去，大呼小叫地急。梁正看了也心疼，一锅好窝头，糟蹋了。

蹲在屋檐下的一个小花子，许是饿昏了头，不管不顾了，跑了过去，想要捡地上的窝头。

在此时，又一队锦衣卫骑马冲了过来，领头的好似想着心事，全没看着小花子，直着就冲过来。

我的乖乖，要出人命！

梁正看了个满眼，想都没想，从侧里迈大步奔去，两步就撵上了马。

本来是想勒住，可绳子在那人手里，再往前搂那小花子，又来不及了。

妈的！

只能硬扛，撞马！于是梁正肩膀一使劲，筋肉瞬间就硬成了铁疙瘩，给我停！斜刺里一使劲，硬扛马肩，使的力量恰到好处，一声闷响，撞在马上。

没撞躺下马，也没磕到马上人的腿，只是生生把马震得一趔趄，像撑上堵墙，从边上闪过了小花子。马上的人一惊，赶紧勒缰绳，可这一下的劲道还没卸，那马原地又转了两圈。

卫剑锋跟着拎起小花子，闪到一旁。小花子流着鼻涕，一脸蒙。梁正瞥了一眼，这小倒霉样儿，倒像小时候的卫剑锋。

马受了惊吓，骑马人一顿好勒，显然手忙脚乱。身后的一队马也受了惊吓，都停了下来转圈。

完，兵荒马乱了！梁正看了眼自己撞的那匹马上的人，心里咯噔一下，心说要坏，这人薄纱黑罩下面，竟然穿着正经的白袍飞鱼服，是个锦衣卫百户，官大了自己好几级。

我的祖宗！

好死不死，怎么撞上个爷？梁正心头悔出血来。阿弥陀佛！爹娘兄弟保佑这人是个善人，他心里默念，可又一想，善人看见要撞上娃子，会不知道勒马？

赶紧先赔罪！梁正抱拳行礼，话还没到嘴边，那百户猛地劈头一鞭。

快！能耐不弱！梁正反应也快，一侧头，用肩膀硬扛了这一鞭，借势屈膝单跪在地，眉都没皱一下，可肩膀的疼是真的，手劲够足。这人，怎么说打就打？

“小人该死，惊了百户大人的马，请大人恕罪！”

百户见梁正竟能躲开这一鞭，也有些诧异，“啧”了一声，欠身说：“抬头。”

梁正抬头，赔笑着看那百户，这才看清，小眼、狗头鼻，一张恶人脸，拧着眉毛，眼神像要拆了自己。

完蛋，他心说，惹了个瘟神，赶紧又补了一句：“万幸百户大人英武，勒住了马，饶了小人和那孩子一命。”我惹不起您，您大人有大量。

“呦！”百户脸松了下来，“能耐不错，也会说话，就是眼没长好。”

“百户大人教训得是，小人不长眼。”

“给你正正。”说着百户又是一鞭砸下来，比上一鞭更快，且是说笑着砸下来，比上一鞭更邪更恶，又是直奔梁正的头砸下。

这下不能躲了，也躲不了了，罢，挨吧。梁正一闭眼。

却是啪的一声脆响，再一睁眼，卫剑锋手里正攥着鞭头，徒手硬接了百户一鞭，手硬如铁。

我的祖宗！你捣什么乱啊？梁正眼一黑，觉得肋骨头子好像戳进了心里。

我的亲弟弟哎！我是救人，你是犯上！让他打一鞭子，消了气不就成了？又抽不坏我。你倒好，当着这么多人攥住他鞭子，这比还手抽他还狠！

果不其然，在这么多人面前被人攥住了鞭子，那百户哪儿还受得了。他猛地夺鞭，却哪里拽得动分毫。卫剑锋的铁手如同钳子，紧攥住鞭子头。马上的人脸色通红，马下的人脸色铁青，杀气升腾。

“杨振，”后边一个声音传来，“闹什么闹？”再一看，是一个千户和一个百户，千户白袍绣金线，百户白袍绣银线，身后一队锦衣卫护着东厂和宫里的几顶轿子，都被堵住了路。

卫剑锋见来了大人物，于是松开了鞭子。杨振抽鞭子回来，拱手向百户行礼：“千户大人、骆大人。”话里显然带着怒气，说完就狠狠盯着卫剑锋。

“大早起的，动什么气？”百户到了近前，拍了拍他的肩膀，小声说，“把气塞着，今天人多，魏公公、田大人都来，别再惹祸，请赏的事，休要再上脸儿。”

原来是别的事勾的火，梁正耳朵好，听见了百户的话，忙躬身又行礼：“是小人和兄弟不长眼惊着了马，挡了百户大人的路，百户大人没跟我们计较。”说完使劲给了卫剑锋一个眼神。卫剑锋好大不乐意，但也行了礼，让了路。

杨振用手指着他俩，咬了咬牙，拧缰牵马走了。身后浩浩荡荡的锦衣卫，如同黑色的群鸦，穿过了宣武门。

一大早就得罪人了，真不吉利。

“赢到了小旗就收手，多得罪一个都不行。”梁正小声对卫剑锋说，说完跟着队伍往外城走去。队伍中的轿子路过的时候，好像有人打开了其中一扇帘子，看了他们一眼。

难得天放晴了，连下数天的雨把地面弄得泥泞不堪，人又多，没一会儿，平地就成了什刹海边的泥塘子。

校武场四周响起了梆子声，然后是鼓点，从稀疏到细密，从四面八方涌来，汇到了一起，如同大雨瓢泼。锦衣卫在鼓点里列队，横平竖直，随着鼓点低声喝呼。

正前方高台上，摆着几把椅子，两把宫椅在正中，不消说，坐着的是司礼监秉笔和秉军两大太监——东厂大官旗魏忠贤和涂文辅。在他们两侧的，是锦衣卫都指挥使、左都督田尔耕，北镇抚司镇抚使许显纯，以及孙云鹤、杨寰等十几个锦衣卫千户，南北司百户以上的高官，只要在京城的，全部到齐。

以前锦衣卫没有演武会，自萨尔浒一战后，锦衣卫受重创，新补进的人良莠不齐，且数量众多，魏忠贤便创出个演武会，从中选拔能耐较高的。演武会两年一届，所有两年内未升未贬的锦衣卫皆可参加。卫剑锋因为之前办岔了案子，被贬作了守厂，所以上一次没资格参加，在家生闷气。梁正无欲无求，自然也不会来。这一次，算是他俩第一次来。

鼓声响过，田尔耕站了起来，他是所有锦衣卫的大统领，方才随着鼓点喝喊的锦衣卫全都收了声音，场中一片安静。

田尔耕是将门之后，仪容威武，环顾四周一遍，猛然厉声喊道：“锦衣卫！安在？”脖颈上青筋暴起，中气十足，能耐不低。听这吼，梁正就知道这人是战场刀山血海里滚过身子的爷们儿。

话音里，所有锦衣卫齐刷刷单膝跪地，口中大呼：“锦衣卫！候令！”

在场不过千人，却都是阳刚壮年，又都带着能耐，放声呼喊时，声量之大，犹如地动山摇，声势远非寻常军人所能比。一瞬间，梁正汗毛耸起，仿佛自己身处大漠，身陷嘶吼狼烟之中。

喊过之后，全体立即噤声，校场又是一片平静，声息皆无。放如暴雨推倒青山，收似蝍蛉落上枝头，一放一收，都是本事。

好爷们儿，都是好爷们儿！跟着梁正心里一阵酸疼，想起了曾经孤子营的兄弟们。

田尔耕点点头，继续喝道："锦衣卫创自洪武帝，上护天子社稷，下守黎民苍生。今日续锦衣卫忠武传承，再办演武会。校尉连胜五场者，升一级；连胜十五场者，升两级。蒙魏公公恩典，连胜三十场者，不问现居何职，升百户！"

我的天！

台下没人出声，也没人乱动，如同树桩。连落下只鸟，都没察觉人，在人缝中跳来跳去。可梁正知道，所有人心里都有片惊涛骇浪。

田尔耕环视场下，猛然又是一声暴喝："谢魏公公！"

所有锦衣卫把压着的激血一下子全变成了呼喊："谢魏公公！"

这一声声势更胜于上一声，仿佛头顶响起上千声霹雳，硬震得梁正头皮发麻，连泥塘里积的水，都被轰出了涟漪。那只笨鸟，啪嗒一头栽进泥里，生生给吓晕了过去。

这些人得拼命啊。锦衣卫想升迁，明路上要立功，暗地里要行贿，这次来了个既不明又不暗的法子，当场定输赢，拳头够硬就能升迁，而且能升到百户，这种奖赏，简直闻所未闻。

连打趴下三十个，就能改命，锦衣卫间开始交头接耳。

"哥，这规矩以前可没有，难得啊！你也上吧？这场里估摸没几个干得动你。"卫剑锋凑了过来，小声怂恿着。

别想！这一场下来，仇家比咱屋牌位都得多，还都是要拼命的老爷们儿！梁正看了看左右："我不打。记住，你只能打到小旗，打到，咱就走。"

“哥你……”卫剑锋刚想说，梁正一瞪眼，眼里精光暴起，卫剑锋马上闭了嘴，不敢多说。

“拳脚无眼，不伤兄弟，玩家伙什儿的爷，咱都换木器，各位准备准备吧！”东厂的太监们穿着宦服下到场里，一共二十几个，每一个身后跟着几个杂役，搬着桌椅放下，又拿出围杆插在泥里，成一圈，再裹上红布拦着。太监坐在围栏入口，记录上场人名和胜负。

说话间，就有人冲了上去。锦衣卫办案当差讲究的是沉稳，平日难有激血的场面，这演武会，所有人的脑浆子都被热血烧着，叫好声、怒骂声，刹那间就在二十个擂台上响起。看热闹的老百姓趴在城墙上，指指点点跟着叫好，遇到臭的，还起哄。

一共二十场，梁正盘算了一下，每场要上近百人。这校武会是抢官当的，所有人都得拼命，又是连打，冲擂赢了又要守，还要连守多场，绝非易事。

“哥，我上了？”

“上！”也甭挑了，这事成不成，得问命，“记着，不可伤人，不可树敌。”

兄弟的能耐，自己信。他爹走得早，只留下了刀本和拳本。孤子营每一个兄弟，手上都是祖上留下来的玩意儿，二十几年活在一起，每天对练的，也都是各家祖上的招数，百家拳，起点就比寻常锦衣卫高得多。

果不其然，卫剑锋在文书那边录好了，上去就是硬桥硬马，把场上的人打了个趔趄，不等站住反手，侧身双掌一奉顶在那人后腰，就给托出了围栏，托的时候又带了柔，不至于让那人摔得太难看。

倒是听了我的，梁正点点头，不伤人，没拿家伙。再说，卫剑锋的刀重，木刀太轻，使着倒不称手，还不如不拿。

兄弟的能耐，其实在刀上，不拿刀，遇到横的，还是真担心。

果然横的就来了，许是和刚才那人是相好的，上来就带着气，使了家伙，手上劲头不小，木刀带着风，奔的都是卫剑锋的要害。这不是争胜，是要给兄弟抢回脸来。

卫剑锋闪过了一刀，手掌立成刀形，劈在那人腕子上，除了划不出口子，力道不比真刀弱。木刀被这一劈，噗的一声扎进泥里，刀身进去深深一截儿。那人失了手，手腕还挨了一下，更沉不住气，单臂围着卫剑锋猛砸猛打。

完，劲儿使重了，得罪人了。梁正心一揪，喊了出来："剑锋，行了！"

这句本来是叫卫剑锋点到为止的话，说出来反倒成了对方耳朵里的得胜宣告，连带着讥讽了对方，于是打得更凶。倒是卫剑锋沉得住气，找准了破绽，又是双掌撑腰，给这人也托了出去。不似上一个，这人被托出去时心慌，没站稳，摔在泥里。梁正赶紧跑过去扶，被他一巴掌甩开。那人余下的兄弟，又冲了上去。

这一得罪就是一串儿，也不知道这些人是哪个卫所的，今后要再遇上，会是大麻烦。

但依次再上去的几个人，让梁正放了心。最厉害的是第二个，已经被卫剑锋拿下了，再上去的都是凭着一股子血气，没几下就露出了原样。第三个胸口挨了卫剑锋一掌，第四个和第二个一样，也被托了出去。到第五个，这人贴着卫剑锋下盘使腿，手却奔着卫剑锋的脖子。这走的是口外人的摔技，卫剑锋自然没让他揪着，一个闪身过去，在那人身后，拿膝盖骨头硬处，照那人后胯顶去。那人踉跄着扑倒了出去，把围栏还打坏了一截。

妥了！爹娘兄弟保佑，梁正心里扑通扑通，终于完事了，爹娘兄弟听见了自己的话，保了卫剑锋。

卫剑锋也高兴，看着梁正笑了。要他笑，可真是不容易。

那一伙人，指着卫剑锋破口大骂。梁正抱拳行礼：“得罪各位，得罪各位，改日各位来孤子营，梁正、卫剑锋，兄弟二人给各位摆酒赔罪！剑锋！”

卫剑锋刚打完，血气还顶着，又多少有些瞧不起这些人，就只抱了抱拳：“得罪！”

围栏外的太监朗声喊道：“守厂校尉卫剑锋，连胜五场，赏银扣子一枚，升小旗！”

一个锦衣卫的文书在侧，把卫剑锋的名字写在本子上，又从一个绣着银线的盒子里拿出一枚银色的飞鱼扣，戴在卫剑锋领口。卫剑锋喜形于色，梁正也哈哈大笑。

爹娘，锋儿有福，梁正心里竟有些酸，再待几个月，去守了城门，再给他娶个媳妇，这辈子，他也就算稳当了。

“我当是个什么了不起的大手儿。”身后响了个声音，有点熟？二人一回头，梁正心里响了声炮。

冤家来了，冤家，真是冤家！竟是早上那杨振，笑眯缝的眼里，挤满了恶意。

“守厂校尉卫剑锋。”杨振弯腰念着文官本子，“怪不得没见过，来，看门的声儿，叫一个听听。”手摆了摆，像逗狗。

周围人哄笑了起来。

梁正满脸赔上了笑：“给百户大人请安。”行完了礼，仍是笑着看着杨振，嘴里却不动舌头对身边的卫剑锋说：“忍着。”

要说压火的能耐，全北京自己能排得上号，可这个弟弟，跟自己满拧，那脸比柳树叶子还绿，又被气得抖了起来，像什刹海里的波浪。

“升小旗，不错啊。”杨振啧啧两声，喊了一声，“陈安！”

“在。”身后一个锦衣卫跑了上前。

“你是小旗？”

“回大人，是小旗。”陈安赔着笑脸。

啪！杨振反手给了陈安一耳光。

什么玩意儿？

众人惊愕，陈安更蒙，捂着脸，眼珠乱转。

太监嘴里嘟囔着：“怎么着这是？”

杨振却仿佛没事：“小旗厉害啊？戴个扣子，就不看门了？”

这人是个浑蛋，可世上最不能惹的，还就是浑蛋。梁正赔笑着答道：“我兄弟二人鲁莽急躁，无意得罪杨大人，请大人海涵、恕罪。”

“还夸了你会说话，这就蠢上了？会记你的仇？我是帮他来了。”

杨振走到围栏里，向卫剑锋招了招手：“再进来一趟？把我也抬出去，就调来我这儿，给你个总旗。”

太监站了起来：“百户大人，这不合……”刚挨了打的陈安赶紧挠了他一把，太监就闭上嘴，不敢再说话。

梁正一把攥住卫剑锋指节捏得咯咯响的手。疯啦？这人是拿话激你！跟他较劲？

怕弟弟真犯起浑，梁正赶紧挡在他身前答道：“家弟拳脚鲁钝，不敢和大人过手。”

“唉，那也行吧……”杨振惋惜地叹了口气，从腰上摘下自己的腰牌，扔到卫剑锋脚下。

“能否帮个忙啊，卫大人？”

卫剑锋看了看梁正。

这是给你台阶下，赶紧吧你！梁正拿眼色猛拍着兄弟脑袋，卫剑锋只能忍着怒火，弯腰捡起腰牌。

“让你捡了？”杨振悠声道，“叼着！”

他娘的，这人要怎的？梁正也火了，卫剑锋更是忍不住，抬脚往上冲，多亏梁正手快，一把拽住。

杨振兴致盎然："来啊来啊！"

人群中炸开了锅，周围的人都在起哄。

梁正死死拽住卫剑锋："事儿是我起的，轮不到你，待着。"

摸平了这疙瘩，得自己来！

跟着他弯腰捡起杨振的腰牌，走进围栏，毕恭毕敬地双手奉上："还大人腰牌。"

"替兄弟挡拳？成，是亲哥儿俩。"杨振接过腰牌，别在腰里。

梁正不答他，行礼，起势："斗胆得罪杨大人。"

杨振不行礼，跃起当胸直击，快！梁正双臂护胸硬接这一拳，脚也顺势往后，鞋底贴着泥走，滑了出去。

杨振也落了地，双脚平砸在泥里，泥溅出了圈外，脚底下也有活儿，硬桥硬马。

"可以啊。"杨振说，一拳下去，他也知道了梁正的底，也正经起了势。

你骨头节也响了吧？这人是刚猛路子，拳头不轻，但泥地上，他吃亏。

可自己能赢吗？绝不能。要吃他一拳，见了血，这事才能过去，还得把戏做足，让人看不出来。

打定了主意，梁正一弓身，探了过去，左手成刀，走的是卫剑锋家的刀法，从下到上反八字，削杨振面门。难防，他脚重，在泥地里躲易滑，只能架，杨振知道这一下力大，单手架架不住，于是双手下压架这一下，没料到的是梁正的右臂曲肘成锤，借着跃起的势，抡足了半圈，从上到下砸了下来。杨振身子一拧，脚在泥地上踱了个圈，闪了过去。

围栏外，叫好声炸起，攻得漂亮，守得利索。

这是做戏，自己故意使慢了招，要做出杨振比自己强却又没强太多的样子，才算成，让他赢得体体面面。

换杨振再攻，也是脚滑着泥过来。两人硬碰硬，拆了几招，旁边的喝彩声不断，十声里有八声是喝给杨振的，这也是梁正刻意而为，故意把姿势做难看了，让杨振得更多的面子。待拆了十七八招，梁正单掌溜着他的拳滑了过去，手掌擦着拳缘，进了他上盘。杨振被梁正压上，也不顶，上半身沉了下来，双腿一蹬，原地翻了个跟头，腿借腾空之势，扫向梁正。对！就要你这招，出其不意，又足够漂亮，挨你这下，才能给足你面子。

不全躲，也不全挨，梁正向左微一侧脖子，手一抬，硬碰硬架住了，但这一脚势大力沉，梁正脚底在泥上一滑，侧着身子飞了出去，撞出围栏，倒在了泥里。

挺好，面子给足，也挂了血，梁正心说。跟着，他躺在泥里撑起了身子，晃了晃头，睁开了眼，看见的却不是从另一侧人群里跑过来的卫剑锋，而是冲过来的杨振。

“小人佩……”话没说完，杨振一拳从侧边裹着风声而来，这一拳没能再躲开，如同攻城的门锤，正砸在颞颥上。

这人，真是个浑蛋。

梁正眼前一黑，晕了过去。

梁正从小练功，曾有几次昏过去的时候，一次是从桩上扎马步掉下来，脑袋正撞在桩上，又磕了地；再有一次是和兄弟对练时被砸了一棍，两次都是少年时的事，成年后，就再没昏过，或者说，再没和人动过手。他爹在他五岁时没的，说是在辽东办差时死在了案地，过后两年，娘也没了，于是入了孤子营。那时他最小，和师兄们练拳，没少挨打。又过了两年，卫剑锋也来了。两个人的爹，本来就是把子兄弟，于是他们比其他兄弟更亲厚了许多，两人就伴着肩练。但过了十五岁，梁正就很少动手和兄弟过真招，因为练上了他爹留下来的枪，这是杀器，练错了要命。差不多同年，卫剑锋也练起了刀。再往后十来年，孤子营人越来越少，原本就没爹没妈、继承了锦衣卫卫服的孤儿们，一个一个死在没名没姓的案子里，变成了有名有姓的牌位。锦衣卫又停了给孤子营的开支，不再放新孤儿进来。现在的孤子营，怕是锦衣卫们都不知道了吧？原本摆满了兵器的院子，也成了梁正种菜的菜园，曾经兄弟们嬉笑怒骂的生活，只在梦里偶尔浮现。

有时候，还真的怀念拳头打在身上的感觉，但得是兄弟的，绝不是杨振的。

杨振这一拳使足了全力，又砸在了要命的地方，若是换作常人，怕是当时就死了。饶是梁正筋骨奇硬，挨了这一阴拳，也足足在床上晕满了十二个时辰，直到转一天日头落了，才睁了眼。

身子底下是软的，是床，眼前还是迷糊，但看见了房顶，再远处，是饭桌子和墙边柜子、牌位。在孤子营，在家。剑锋呢？

梁正扛着晕半坐了起来，摸了摸头，一侧颞颥高出了一大块，放心了，是硬伤，杨振，还是能耐不到家，或者说，他也不敢在那场合要我的命。

他的气得消了吧？阿弥陀佛。

卫剑锋拿布裹着砂锅进来，看见梁正醒了，喜色一闪而过，就换回了青脸，把药放好了，就坐在桌面：“那鸡子儿，你还让他？”

“挨一拳，少树个敌，不吃亏。”梁正靠在炕边墙上，“人家是百户。”

“没吃亏，就得吃药，长了俩脑袋似的。”卫剑锋指了指梁正头上的包。

还不是为你。梁正挥挥手：“扣子我看看。”

卫剑锋摘下扣子，气呼呼地放在炕上。梁正把那银疙瘩拿在手里，仔细地端详，脸上挂着笑。

好看！

“起来，拜给你爹，让他看看。”梁正起身，要下床。

“躺着，吃了药再拜。”卫剑锋压着他，不让他起来。

“就是，等拿了正经的金扣子，再拜都行。”屋外一个声音传了进来。

梁卫相视一愣，外面来了人，两人竟没听到，说着那人就进了来，一打照面，两个人都吓了一大跳。

一身大白袍子，绣着金飞鱼，戴着黑冠帽，腰身笔挺，一身将气，这不是田尔耕，昨日在校场喊话的那个？

我还晕着，没醒？梁正瞪大了眼睛，看卫剑锋也是蒙着，不对，他应该醒着。

待反应过来是真的，田尔耕已经走到了炕边，笑吟吟地看着二人：“梁正？卫剑锋？”

卫剑锋慌忙跪下：“参见指挥使大人。”

“好好好，你拜了就行了。”田尔耕又对挣扎着要下跪的梁正说：“你拉倒，醒明白再说吧。”

锦衣卫大头领，穿大白袍飞鱼服的，到他孤子营，一个人，来看两个没名没姓的校尉，这是哪出戏？梁正整个人蒙着，说不出话来。

“哥，你说话啊。”卫剑锋急了。

“大……大人……剑锋，这怎么回事？”

卫剑锋刚要说，田尔耕拦住话口：“你们兄弟俩可露了脸，昨儿要不是魏公公跟我下场巡视看到了你们那儿，他能把那杨振给活撕了。”

啊？

梁正看卫剑锋，卫剑锋低头不语。

“你又动手了，还麻烦田大人了？”梁正问。我的个亲弟弟啊！你还让不让咱俩在北京待啊？要不咱跑吧！梁正心里这一阵苦，真想自己还他妈晕着！

“上去得对，是那小子不守规矩。再说校场上没大小，没事。这事我压了。”田尔耕又仔细看了看他俩，“难得啊，不怕犯上，也要护着兄弟。哥儿俩，亲的。”

“卫剑锋坏了规矩，请大人责罚。”卫剑锋难得服软。

“欸……”田尔耕拖了个长声，“那杨振，前些日子出过个功，都报上去了，但给压了回去，把赏匀给了别人，正带着火气，偏巧撞上了你俩。少年人抡几拳，过去就过去了。他爹是南司的千户，铁骨铮铮一条好汉，可就是少在杨振身边看着，让这孩子从小粗野惯了，还不如你俩懂事，我替他爹给你俩赔个不是。”

“万万不敢，万万不敢。”二人齐声答道。

到底是指挥使，官越大，气度越大。可不对，为这事犯得着他亲自来跑一趟？

没等他问，田尔耕好像明白似的，挪起步子，打量着屋里。

“正巧路过，来看看，听老辈锦衣卫提过，没承想房都快塌了，唉，孤子营。”田尔耕背着手问，“香呢？”

“香？在，在。”卫剑锋快步到柜子里取出了香，拿油灯要点，田尔耕拿了过来：“自己点。”

梁正见田尔耕要拜祭自己爹娘兄弟，忙从床上下了来，头还是重的，走得不稳，踉跄着，和卫剑锋跪下。田尔耕站着，香顶额头：“众兄弟，田尔耕来拜！在天之灵佑我锦衣卫，佑我大明！”

鼻子怎么酸了？梁正好一阵感慨，孤子营多年来，就剩下他们两个人，守着间破房没人知道，难得今日有高官前来，更难得的是还上香拜祭。

爹娘，兄弟们，你们都看看，咱们家，来指挥使了。

田尔耕拜了三拜，把祭香插进灵位前的香炉，回头说：“就剩你俩了？”

二人低着头：“是。”

“那天你俩的能耐，我在街上就看过了。”

原来那轿子里掀帘子的是你。

“想不到孤子营还藏着俩大手儿。”田尔耕坐下，问梁正，“这伤？”

“不害事，皮里肉外，几天就好。”梁正答。

“明儿去北司药楼，给你哥拿点药，说我给的。”田尔耕对卫剑锋说，“挑好的拿。歇几天，这有钱，补点膘。”

说着放下了一小锭银子，至少是两人三个月的薪俸。

“大人，可使不得。”梁正慌道。

“给就拿着。”田尔耕摆摆手，又问他，“话说那天你是为了他上的场，自己怎么没想着上去？”

“回大人，小人不敢。”我不争官，不想得罪人，不想进诏狱，更不想杀人和被杀。

“不是不敢，是不想。”田尔耕微微一笑，又问卫剑锋：“你呢，之后想去哪儿？”

“回大人，听我哥的。”卫剑锋说。

“阜成门。”梁正忙说。

“不对。”田尔耕笑了笑，“我问过，你办岔了案子，从诏狱配到了守厂，对不对？”

卫剑锋低着头，不说话了。

“你心里，想回的是诏狱？”田尔耕又追问。

梁正忙道：“他不……”

卫剑锋不等梁正说完，就应了田尔耕：“是。”

完，你呀你，怎么就不听我的话？梁正心里塌了个山，脸上都没藏住。田尔耕这是觉得他能耐行，要许他进诏狱？田尔耕话只要一出口，自己磕八百个头也掰不回来。

怎么办？怎么办？

“不行！”田尔耕说。

欸？

两人都蒙了。

这话和田尔耕那脸一样，也是斩钉截铁。

“我田尔耕在一天，你就甭想去诏狱。”说完，他站了起来，二人也赶紧跟着起来。

这什么意思？

卫剑锋也傻瞪着眼，看着梁正，梁正更是一脸茫然。

“当初我是不知道，若是知道，立马给你扔出来。”田尔耕又轻声说道，“孤子营，收的都是锦衣卫的孤儿，没爹没娘。最后俩了，怎能绝了后？得亏你俩一个在仪鸾，一个在守厂，真要也死在诏狱的案子里……”他咬了咬牙，侧过头看着牌位，“我田尔耕，没脸见这一屋子鬼。”

这是怎么了？眼泪忍不住了，硬闭气也屏不回去，罢了，哭给爹娘兄弟，不丢人。

“都嚼我们锦衣卫，说什么下黑狱、捅黑刀、抄人家满门、扒人家祖坟。”田尔耕的眼神，似是挂在了那些牌位上，“只看见诏狱抓那些贪官，谁看见萨尔浒那几百条命了？没看见！他们看不见！都在土里！你们爹、你们兄弟，都在土里，被案子埋在土里。”

“我不想没名没姓地活！”卫剑锋一脸沮丧，喊了一句。

“剑锋！”梁正吼道。

田尔耕倒也没急，转过身来，悠悠地说：“你爹要活过来，一定跟你说——没名没姓地活，好过有名有姓地死。”

为这句话，梁正真想给他跪下。

田尔耕又是微微一笑，说出了那句从此改变梁正、卫剑锋一生的话：“你俩必须安稳活着，给我走趟差。”

“走差？”两个人愣了，“去哪儿？”

“远点，云南。”田尔耕又笑了笑，捋了捋半长的胡子，“锦衣卫的案子，不见得一定要动刀动枪，不一定都是拿奸抓盗。但一定是这个。”

他用手蘸了蘸砂锅里的药，在桌上写了四个字——为国尽忠。

章肆
诏狱

左国柱浑身不着寸缕，佝偻着身子窝在牢房一角。

口中是血吗？尝不出来。不对，是铁的味道，铁和血的味道很像。嘴闭不上，是那个该死的口栓，自己回到牢房了。

口栓是一根两指粗细的铁棍，横叼在嘴里，铁棍两端连着铁索，勒绑在脑后。除了拷问、吃喝外，都要戴着，时间久了，双颊筋肉乃至骨头全部硬如石头，乃至坏死。

这东西在《诏杂》上没有，听说是洪武皇帝时某个狱吏首创。当时犯人受了刑之后常有咬舌自尽的，也有的呼号经夜，这狱吏受不了，就拿这东西当口栓勒住口，一来防止犯人自尽，二来可使犯人无法大声惨叫，只能低声呜咽，如同犬豕，于是取了个外号叫“啸天吼”。后来发现，戴久了之后的痛苦竟不弱于其他皮肉刑罚，它如影随形，漫长又无法逃避地施于诏狱里每一个人身上。

姓左的，怕这个？我爹是左光斗，我是长子，左家的血我身上最多、最纯。

“子正！”自己刚刚上刑时，他就当左光斗站在旁边，像小时候读书时那样。左国柱受刑每号叫一声，就像背书时开了一个小差，他爹就是一瞪眼，吼着他："左家人！打不服！饶不求！罪不认！"

此刻他刚刚醒转过来，身旁的左光斗已经消失了，却话犹在耳。

刚才遭的刑是什么？迷蒙之中记下的都只是片段：自己先是被铁棒猛打一顿，之后又被按在了一张木板床上，那木板已经没了本色，上面布满血黑色斑驳，狱吏提了一铁桶滚水，泼在了他背上，然后就是天崩地裂的疼。

疼痛在醒过来后又如暴风骤雨，自己看不到的后背，如同万千钢针在扎，这辈子能承受的所有疼痛都攒在一起，似乎还不如这一眨眼间的疼痛。左国柱拼命咬着口栓，发出自己能发出的最大的吼叫。

这到底是什么？地府里的鬼给的，恐怕也就如此了吧？

爹！爹！爹！他无力地低吼，咬破了嘴唇。血，再加上铁的味道，是咸也是腥。爹你在哪儿，儿疼！

"子正。"他爹的声音似乎又从远处传来，这次是温柔的呼唤，像他刚刚被起了名字时，他爹轻声第一次叫他，"子正，子正。"

他在这似有似无的声音里昏睡了过去。和身体的痛苦截然相反，这是个甜蜜的梦。他梦见了一家团圆在安徽老家。那是中秋，桐城的月亮过大明任何一个地方的，树影随着风而摆动，轻抚着房檐，厅堂里人围绕的桌上，摆着笋子烧的腌肉、蒸好的比盘子还大的白眼鳜鱼、拿鸡汤打底的炒米汤，还有大八件的荤水碗、小八件的素水碗，那都是桐城一年一次的盛宴中才会出现的菜。年迈的祖母端坐正中，微笑着看着孙儿们跑来跑去。三个弟弟和伯父家的孩子们似乎对吃食并不关心，而是比着谁的泥罐子里的促织叫声更响，直到父亲轻声呵斥，他们才端正坐好，等待着祖母先端起碗来，伸出筷子。

那时候的左家，上下满堂几十人，每个人的脸上都挂着笑意。如今那些人的脸都成了缥缈的影子，自从锦衣卫从安徽将父亲和他押到北京，那些家人就只能出现在他伤痕遍布的梦里。

这次昏睡，实是不知道多久，一天，两天？迷蒙中他似乎腾云驾雾，穿越了万水千山，回到了故乡。真想就这么昏着，不受这无尽的痛苦和折磨，离开这黑暗无天的大明。

但是不可能，背后的疼痛如同鞭子在抽打着他，催促他昏去，也催促他醒来。

一睁眼，眼前是两个陌生人，在趴着看自己。

两个人都蓬头垢面、赤身裸体，浑身恶臭至极，好似街头的野狗。

两人见左国柱醒来，显是高兴，似乎在说些什么，一个人双手比画着，另一个直点头。

两个花子？

把我和两个花子关在同一个牢里？自己是当朝重臣之子，家府里往来的都是当代名士望族，父亲多年教导体恤黎民苍生，众子也并不嫌弃疾苦流民，但共处一室，这真是一生中头一遭。

左国柱呻吟了一声，闭上了眼，疼。

流民中的一个轻轻碰了碰他，嘴里嘟囔着什么，左国柱又睁开了眼。流民显然想让他知道些什么，又推他，指着窗口。那是整个牢房唯一能看到外面的地方，窗口一尺见方，由数根插在青石砖墙里的铁条拦着，下半部窗口在土里埋着，上半部外面就是地面。另一个流民踮起脚，从窗口伸出去根手指，从外面的地面上划拉着什么，一点一点捏在了手里，待都拿到了，便小跑着过来，把手里的东西捧给左国柱看。

是一团死去已久、被晒干了的虫子，密密麻麻一手心，似是蜚蠊。

“蜚蠊？”左国柱问，但嘴里叼着口栓，且身体虚弱，发出的只是呜囔的声音。

两个流民也不知道听懂没听懂，只是“嗯嗯”点头，一个指着牢房的墙角，另一个双手作挖地状。

俩可怜人，是被折磨疯了吧，挖虫子干什么？还给我看。左国柱实在不想跟他们纠缠，只想躺下去，但稍一动，背后的伤口就钻心入骨地痛。

推他的流民又搀他，要翻他背后去看。

你们疯了？左国柱恼了起来，想吼，却成了呜咽。

那流民仍是要翻他身子，另一个人也过来帮忙。左国柱浑身软弱无力，招架不住，被翻了身，趴在地上。

要接着上刑？这俩流民也是诏狱的狱吏？不对，怎么看都不像。听说牢里会有恶霸伤人，难道要凌辱于我？

可这俩流民，只轻轻地翻了他的身子，手上也浑没用力，那两双手布满老茧，却有温暖的力量，显是做多了重活儿才有的。

一个流民伸过手来，掰开蜚蠊尸体碾成粉末，跟着把粉末撒在了他的后背上，边撒边皱眉头。

原来是给我上药？

这大出左国柱意料。可蜚蠊能治外伤？这自己从未听说过，若真有效，可是奇了。

不管怎样，他们不是坏人！左国柱看了看他俩，点了点头。

二人大概知道他的意思，也笑了起来。其中一个似乎忽然想起来了什么，又跑去窗口，指了指高处，叫了起来。另一个也跟了过去看，猛点头，然后弯腰蹲下，另一个人踩在他肩上，缓缓扶着墙站了起来。底下那人似乎怕不够高，还直起了身子。二人合力，从牢房屋顶的夹角里，摘下了一样东西。

像纱，又像布，是蛛网。

二人拎着蛛网边角，生怕手碰到，再仔细吹掉了蛛网上的虫尸、蛛卵，又迎着光反复查看后，才把蛛网平摊在左国柱的背上，不敢拿手碰，便使了力吹气，让蛛网凝于污血之中。二人铺好之后，咧嘴笑了起来，指着他后背一个劲儿点头，嘴里说着什么，显然是颇为得意。

蛛网也是药？撒在伤口上，疼中竟有一些麻。

这两个流民，到底是什么人？左国柱勉强睁开眼睛，又仔细打量着二人。摘蛛网的个子稍矮，脸略老些，一副寻常乡下人的相貌，只是分不出是头发还是胡须，乱成一团，再由着脸脏；当梯子的那人似乎年岁小些，个子更大，也是一张脏脸，却稍细净了一些，还有薄薄的一层胡须。两人虽然脏臭，但都身骨匀称，筋腱结实，并非寻常乞丐的松懒，该是没少干过力气活儿，倒似桐城家里的马夫、搬运工。但与那些伙计不同的是，或者说与常人不同的是，他俩的双眼，看上去都比常人明亮。这是为何？

趁着太阳还没完全下去，牢里还有些微光亮，左国柱忍住疼，抬起手，在地上写了两个字："何人"。这两个字虽然简单，但挣扎着写完，还是痛不可支。

两个人仔细看着两个字，又对视了一下，齐刷刷摇头。

不识字？这两个字，便是马夫、搬运工，也会认得，这二人不知，倒是奇怪了，也许真是乞丐，只是知道些乡土偏方罢了。于是他对二人点点头，双手并拢，略拜了一拜。

这二人倒是懂了，咧开嘴哧哧笑着。大的那个看上去机灵些，指了指左国柱，又指了指要落到西山去的太阳，画了两个圈。

我昏了两天？左国柱伸出两指，那人明白了，呜呜点头。小的又看了看他的伤，指了指牢外的诏狱深处，嘟囔着，显然是在骂着比画，最后摇了摇头。左国柱不禁苦笑，这是诏狱，若是不上刑才算奇怪了。

你俩是为什么进来的？诏狱是东厂锦衣卫关押朝中重犯的地方，寻常百姓不会在，遑论两个流民。左国柱指了指他俩，又指了指地。

大的机灵些，似乎懂了，站起身来，用双手作抡锤状，然后弯腰似乎是捡起什么东西，又捧着原地跑了两圈，指了指地，再举了举手上的枷镣，才坐下来。

砸出个什么东西，然后被抓，还是不小心毁了什么？不明白。那小的看他没懂，有点着急，嘟囔着说了半天，说到激动处，竟然掉下了眼泪，吼叫着站起身来，踹着牢房的墙壁，脚上的铁链当啷作响。另一个人沮丧地垂下了脑袋，也呜咽起来。

两个可怜人，虽是搞不懂为何被抓，但想来也是不明不白的冤案。左国柱轻轻用手拍着那人的腿，摇了摇头。你们再冤，想来也苦不过我家。

左国柱看着牢房栅栏外昏暗无光的牢道，那些牢房之中一声声呻吟清晰传来，如同地府中受尽折磨的冤魂。再深处，皮鞭嘹亮的鞭挞之声，狱吏的辱骂、被抽打之人痛苦的号叫声若隐若现。

两个狱丁走到牢门外，拿着架枷镣的铁棍走了进来，用铁棍狠狠敲了敲栅栏。

两个流民像是见了救星，从角落里跪着奔了过来，一个人隔着栅栏抱住狱丁的腿，另一个拼了命地磕头，嘴里呜咽着、号叫着。

有用吗？诏狱的狱丁不是菩萨，不会普度众生，他们是牛头马面，只会拷打上刑。

果不其然，狱丁开了门，就是好一顿鞭子，没头没脑地打。两个流民被抽得在地上乱滚，号叫着求饶。

“可够神的，打粪坑捞出来这俩？”一个狱丁边骂边打。

“可不，比闻老娘儿们臭脚还提神儿。”另一个答，手上却没闲着，每一鞭都啪啪作响。

两个流民挨着打，惨叫着抱着脑袋团缩在角落，不敢动弹，哭了起来。

狱丁凑近说："还敢再闹吗？给你腿，再抱一个？"

两个流民像被抓住的狗，往后缩着，拼了命地摇头。

"你们，别欺人太甚！"左国柱用尽全力喊了一声，疼。

"呦，左少爷！"一个狱丁听到吼小跑着过来，"您有何吩咐？"

"请二位，高抬贵手。"左国柱说。

"哎哟，我天老爷！"狱丁惊呼，好像听懂了似的，转身对另一个说，"你猜左少爷说啥？"

"说啥？"

"他说他爹和他离了家，他娘的脚没人管洗，求咱俩去给搭一把！"说完还淫亵地舔了舔嘴。

"使不得！"另一个也惊呼，"使不得啊，左少爷，我们公务在身，有劲使不上啊。要不，跟咱妈说说，容我们几天？"

"那我看行！"另一个点头。

王八蛋，雷劈死你们算了，我左国柱会在地府做证，让你九世不得超生。

"放肆！"一声暴喝从牢房外传来，跟着一人进来，两个狱丁慌忙跪下："叩见许大人。"

一身白袍绣金丝的飞鱼服，是许显纯，诏狱总管，亲手把父亲、伯父和自己押解进京之人。

左国柱咬紧了牙，想使出全身力气扑上去，身体却毫无力气。有朝一日，我必生食汝肉、生饮汝血。

"左公子名门之后，容你们两个东西侮辱戏弄？"许显纯喝道，"该干什么干什么去！滚！"

两个狱丁吓得脸都白了，慌忙答应，拿铁棍套进两个流民的枷镣里，把二人拽了起来，往牢房外拖。

要给他们上刑？左国柱叫了起来："使不得！他们是百姓！"

两个流民知道要干什么，扑通跪在许显纯脚下，拼命磕头，嗷嗷乱叫。

许显纯转过身去，如同没看见一般，任由狱丁拖着二人离开了牢笼。两个流民的呼喊声越来越远，直至听不见。

“左公子，留点心管管你们左家吧。”许显纯抿唇吹了声哨，门外过来两个锦衣卫，手中托着盘子，一人将左国柱口中的“啸天吼”解了下来，另一人搬过一个短背的矮凳，小心地拖着左国柱坐了上去。

许显纯蹲了下来，打量了打量他的后背，说道：“滚水过背，恶疱涌起，铁刷沐身，洪武爷惩治贪官时的法子。上手伺候你的，祖辈都在诏狱干，算是家传的手艺。左公子，你辛苦。”

原来我的伤是这么回事。左国柱抬起眼：“我们左家，累世忠良，不出贪官。”

该死的口栓，戴久了，说话的疼不弱于背伤。

“话说满了吧。”许显纯退后了一步，两个锦衣卫上来，打开盘子上的盒子。那盒子黑漆金纹，绘着鹿、鹤二瑞兽，显是宫里的盒子，打开后异香扑鼻，里面摆着几道精致小菜：一碟显是刚片好，还没软下来的带皮鸭脯子，酱焖过的肉笋藕丁子，还有他朝思暮想的桐城水碗，荤、素各两样，一大碗白饭，还有一碗漂着鸡油的清汤。

登天饭？也罢，早晚要来。跟爹一起被拿的时候，他就想到必有一死，此刻真来了，倒是个解脱，好，很好！

“爹，儿先走。”左国柱朝牢外深处喊了一声，端起汤，一饮而尽，真香。又抓起水碗，顾不上使筷子，直接用手抓着吃。虽比不上娘的手艺，却是故乡的味道。身后难入故土，腹中幸存乡馐，也算幸事。

“放心吃，不登天。”许显纯踱着步。

什么意思？不杀我？

“你爹所为虽然国法难容，但好歹同朝为官数载，情义尚在，左家只要真心悔过，诏狱不拦你。”

这张让人厌恶、带着阴恶之气的脸，鱼相、高颧细眼、短下巴，偏那张嘴又厚又凸，嘴上稀疏的胡子如同鲤鱼须一样挂在脸上，嘴角还有颗猩红带黑的痣。

那两个流民，都比你干净！

左国柱瞪着他，把菜吐到了地上，碗也扔回了盒子。不是登天饭，也就没什么好吃的了，左家人，不为口饭失了体面。

“左家人，无罪可悔。”

许显纯显然料到了他会如此，也没恼怒，仿佛没听见，还是那副样子：“左少爷，吃不吃饭，于你爹的案子毫无影响。相反，你不吃这饭，才是枉费了你爹的一番苦心。”

这锦衣卫的话里埋着无数的圈套，引人上钩，扰人判断，万不能落入其中。左国柱毫不理会，冷冷地看着他。

许显纯转过身去，到了牢门口，听着深远处两个流民传来的惨叫，转过身来：“左大人过堂时认了案，收受兵部杨镐、熊廷弼贿赂两万两。他认案时提了此案与你无关，求我留你一命，保你平安，我应了他。左公子，这顿饭，是你爹给的。你不吃，是不孝。”

放屁！胡扯！

“一派胡言！”

世上如果还有一个人不贪钱，那就是爹！全天下都知道他是左都御史，治的就是贪官，岂能和他们同流合污，沦为同类？你们锦衣卫左欺右骗的招数，玩了多少年，还当人都傻？

许显纯仍是不动声色：“你不信也无妨，我只是按左大人交代的，好吃好喝伺候着你，留你条命保你平安。只不过，左公子……”这恶人又低下身子，一张邪脸贴了过来，不紧不慢地说，“你家几十口人，这会儿正从桐城押来北京，你爹可没说要我保他们。”

明明窗外晚霞映红着天，左国柱却觉得晴天打了个霹雳，愣在了当场。莫说他，便是他爹，恐怕也料不到这一招。

这是圈套还是真的？若是圈套，该怎么办？若是真的，该怎么办？奶奶？娘？弟弟们？这是要满门抄斩？想到此处，左国柱心中一阵血涌。老幼妇孺，锦衣卫竟对他们下手？这是要灭我左家？

一时间，左国柱脑海里转过无数个念头，却又抓不住任何一个，只能愤怒地看着许显纯。

这是掉进他布好的陷阱里，中了他的钩，千万不能被他摆弄，可一想到全家被抓，左国柱就无论如何冷静不下来。怎么办？怎么办？

许显纯此刻就是握着竿的钓鱼人，鱼已被挂在了钩上，全然不再着急，缓着遛一遛，磨掉鱼的急气。他走到左国柱的身后，整理好口栓，又套在左国柱的嘴里，使力一勒，说："你爹收的两万两，在什么地方你想想。你爹救了你，后面那些人怎么着，得看你。"

说完，他锁紧了左国柱的口栓，整了整衣服，锁好了牢门，消失在幽暗之中。

晚霞此刻已经消失不见，黑暗笼罩了京城和牢房，左国柱心如死灰。

两万两的贿赂是阉党诬陷，爹为了保我，认了罪，我要保家人，就要交出这根本没有的赃钱。

这既扳倒了爹，又要捞着钱，人钱都要，怪不得人都说阉党是群吃人不吐骨头的恶鬼。

爹怎么办？认了这罪，意味着什么？

爹多年来刚正不阿，清排阉党祸乱，从李选侍到魏忠贤，再到阉党一众，都恨不得爹死。爹死了，自己还活不活？左国柱看了看牢房，在这里，怎么死？为了防自尽，诏狱把招都想绝了，这牢房内无任何尖锐之物，口栓防咬舌，墙壁用软土垒的，脚上又上着枷镣防撞墙，赤裸着身子防上吊。

就算自己死了，家人怎么办？谁来救他们？他们能挺过诏狱的酷刑？左国柱陷入了绝望的深渊，脑海中混乱如麻，迷乱中靠在了墙上。背伤疼痛再次袭来，双眼疲惫不堪。

不知过了多久，枷镣碰撞之声又响起。领队的是个狱吏，还跟了个打扫的牢役，狱丁架着流民二人回了牢房。狱丁打开门，把两个流民拖进来，扔到了墙角，二人已然晕了过去。拳殴、棍打，这是诏狱的杀威棒，两个人的胸前后背，连同双股，布满瘀青血迹。

你们终究也没能逃过去，这乱世，上至治国大臣，小到行乞流民，都逃不过阉党的残害。

“这俩脏猴儿，过两天许大人还得问，交代先给洗刷净了，这味比什么似的。”狱吏扇着鼻子，“你俩，多打几桶水去。”

两个狱丁架了流民一路闻够了臭气，此刻巴不得离开，麻利地走了。狱吏张望了一下左右，悄声凑到左国柱耳边：“左公子，我带了人来，你说话千万小声。”

谁？

左国柱一凛。

狱吏打开了左国柱的口栓，打扫的牢役把遮脸的劳帽摘下，凑近了来。

“子正。”那人的呼唤带着温暖的气息，“宪之来了。”

菩萨保佑，上苍保佑，是亲人。

史可法，父亲的学生，和自己情如手足的异姓兄弟。左国柱泪水奔涌而出，顾不上疼，一把紧紧地握住他的手。

宪之，宪之，带我走，带我爹走。话在嘴里，却不敢喊出来，只剩下呜咽。

狱吏压低声音说：“我去门外守着，您得边干活儿边说，让人瞅见麻烦。”

“晓得，多谢兄弟。”

狱吏离开身畔，去了牢门外。

史可法轻轻放开左国柱的手：“子正，放心，我在。”左国柱哪里舍得，仍是死死抓住，挣了半天，史可法才挣开，拎过水桶，转过身去，拿布擦着流民的身子，小声说，“这人，家里跟我祖上有点渊源，给了点银子，带我进来看一眼老师。”

“他们怎样我爹了？”左国柱攥起了拳头。

“一群恶鬼，能做什么？”左国柱几乎能听到史可法咬牙的声音，“老师……”没说下去。

能想到，让爹屈服难于登天，一定是用了锦衣卫压箱底的酷刑，史可法不讲，是不想让自己痛苦，爹必是遭了大难。

“许显纯说，我爹认了两万两的冤案，保我的命？”

史可法点头：“老师钢筋铁骨，挨了多少打都没屈从，但唯有你是他的软处，这冤，老师不得不背。那狱吏讲，他们拿铁刷子刷你的时候，他们押着老师来看。”

“畜生！畜生！”左国柱用拳砸地，牙咬得咯咯作响，“那帮畜生要怎样我爹？”

“我找你就是这事，老师认这两万两的冤，依我看除了保你，还有另一层目的。”史可法停下手，看了看牢外，又悄声道，“要老师倒的是阉党，三法司还都没在案子里。按道理以你爹的身份，收了贿，复核查调该转到大理寺。”

对！大理寺！这是条路，或许还有一线生机。“大理寺那边，可知道爹的案子？”

“想不知道都难！但问题就出在这里。”史可法又压低了声音，“安徽上下听到你们被拿到北京之时，就赶来找我，让我帮着找人。

老师在京里这时候还能帮上忙的其实还有，但要找直接的管事，我找的是大理寺的谢启光谢大人。”

谢启光？爹倒是几次提过他，只是交情如何，爹并没和自己说起：“这人是……”

“大理寺寺丞，早年间老师整治吏部假印案时和他共过事。和老师、杨大人是同期，有交情，只是不跟外人说。这人不在阉党，也不在东林，但骨头里带着正气，是靠得住的人，只是……”史可法低了下头，欲言又止。

“怎么？出了岔子？”左国柱急道。

“谢大人约的那天，我叫了在京的徽商，商量要上下打点的数额和路子。可我大意，动了善念，放跑了一个守夜的锦衣卫。”史可法说道，声音里带着愧疚。

“他听到了？”左国柱手里攥出了汗。

“听是没听到，我把他堵在了远处，那人胆子小，被我照个脸就跑了。我也就没再追。现在想来，坏事就在没追。他虽然半句话都没听到，但难保照破了谢大人的脸，如果照破了，这事就麻烦。”史可法深叹了口气，“我祖上留了规矩。”

是了，史可法祖上就是锦衣卫，现在他还袭着锦衣卫百户的衔，且在京籍，虽然和锦衣卫打不到交道，但出手灭一个锦衣卫的口，想来还是做不到。

“这不怪你，若是爹知道你为了救他出手伤人，也不容你。”事到如今，左国柱只能如此宽慰。

“我来见老师，也是想报给他这事，哪知晚了半天，早上他就认了冤，这就是另一回事。转不转大理寺，全看大理寺伸不伸手要案子，这就得看谢大人。若是他使劲，老师或许能转出诏狱；若不使劲……”史可法低下了头，说，“刚才见了老师，对我又打又骂，是不想我参与此事，他说多一个人在里头，兴许就是多一条人命要走。可老师若真有三长两短，宪之也只能随他同去，以此谢罪。”

“习武者不作恶，是本分，不是罪。况且还有个要命的事，许显纯抓了我家里人，是真的？”

史可法咬了咬牙，点头：“是，但他有个细处没说，去的不是锦衣卫，是东厂的番子，也没带着驾帖，这属私捕。”

“都抓了谁？”左国柱最关心这个，祖母、娘、弟弟，都受不起这种罪。

“带走了大师伯、子厚、鹤岩，还有三十几个门客，全是男丁。老祖宗和师娘留在桐城，现在有徽商照顾着。路上我安排了人，每天跟着，到目前为止他们都没受委屈。”史可法沉吟了一下，又说，“我想许显纯是想趁机敲笔竹杠，让你家吐出这没有的钱。”

不愧是宪之，父亲最好的学生，料事如神。左国柱点了点头：“刚许显纯来过，要我交出这两万两，才能放过我一家。”

史可法咬了咬牙：“这帮没鸡子儿的太监！老师一生端正，怎么会有这赃钱？”

“但就怕没钱，伤了大伯他们。”

史可法沉默了一会儿，又说：“盯着他们的，全是江湖上的朋友，若是他们要下手行凶，会拆车救人。锦衣卫我有祖训不能出手，几个唱戏的番子，又没有驾帖，劈了他们也白劈。但我想钱没到手，他们还有顾忌，应该不敢怎样。这事，我去想办法。”

宪之果然聪慧，胆识也远胜于我，爹没挑错门生，有他在，真是上天留给左家最后的希望。

左国柱又紧紧握住史可法的手，史可法犹自思考：“现在最重要的事，是如何保住老师的命。他在，大家就都在。”

此时，牢外走廊里传来脚步之声，左国柱连忙闭上了眼睛蜷缩起身子，史可法也转身又擦起流民的身体。

两个先前被打发走的狱丁又跑了回来，手里没有水桶，急匆匆地在狱吏耳畔悄悄说了两句，似是通报着什么，说完就飞奔着跑了。

狱卒脸色大变，转身就进了牢房，悄声急切地说：“百户大人快走，快走。左大人，没了。”

饶是史可法手快，也没捂住左国柱那撕心裂肺的一声号哭。

“爹！”

章伍

授命

和锦衣卫演武会相比，神机营的操练是另一种喧哗，喧哗的主角是火药的爆炸之声。

田尔耕从小伴着铳炮雷炸、刀枪剑戟长大，纵使离得远，但只听声音，就知道场上放的是什么。

先是原本在城墙上，粗比厅柱、炮口洞大小可钻进小童的红夷炮，声如巨雷，算是火器里的神仙。这炮是田尔耕义父费尽心思从佛郎机国买进来的，卖炮的佛郎机国人奥利维和锦衣卫有深仇大恨，若不是顾着义父的大事，自己恨不能手刃此人。

场上还有将军炮、流星炮，两种炮声音差不多，较红夷炮小些，但声音更尖。还有吐着黑烟的神烟炮，这是造毒物的炮，新研造出来的，为了防备熏着在场的人，估摸换过药，但他终归是第一次见，好生看了一会儿。这三样炮都是大明自造的，算得上不掉价。

再就是一打一片花的八面转百子连珠炮、九矢钻心炮，远处听如同满场响起了炮仗，百炮齐鸣，烟雾升腾。

这是城北山脚下的一处谷地，群炮齐齐轰向山腰，土石乱崩，几次齐射打下来，大块的石头滚落，偌大的山体被轰塌了半边，摇摇欲坠。

田尔耕和涂文辅说话时，侧着头能看见魏忠贤。

奇了，义父有兴致来听炮？

全北京谁最好清净？那就是他，清净到连话都不说。今日兵部、京师三营的高官全部到齐，工部、吏部、礼部排位靠前的也都来了，魏忠贤被拥在高位端坐，震天动地之中，浑似入定，不为所动。

想坐那位子，成为义父那样的人，还有多长的路要走？

田尔耕坐在偏台，旁边是涂文辅，炮声一响，涂文辅就凑了过来，在他耳畔说话，以免别人听到，口中太监的酸臭之气，难遮难挡。

想坐到那位子，得先跨过你。

“那两人之后，没什么动静吧？”

“回公公，没动静。”田尔耕略一点头。杨涟、左光斗，先后两天死在诏狱里，许显纯下了重手，二人死状都惨不忍睹，为此他把许显纯一顿数落——无论如何，这二人对皇上曾有大忠大功，临死，竟都不给留些体面。

“左家的儿子，还在？”

田尔耕又一点头，但心里好一阵恶心：你当我不知道你让许显纯做的脏事儿？杀了人就罢了，还让人家后人不得安宁。当初锦衣卫去拿左家父子，光明正大地带着驾帖，是抓人办案。可第二批你偷偷派去的东厂番子，纯是想借机敲左家一笔。拿人就拿人，还让番子穿着锦衣卫的衣服，人又关在我诏狱，里外都让人觉得是锦衣卫做的，这又算什么？

锦衣卫为皇上社稷尽忠，为义父扫除魍魉，可不是你拿来捞钱的打手。

让我恶心！

田尔耕一阵厌恶，但又一想，官场自古如此，狐假虎威、贪赃枉法，大明官场更是如此，这种人这一满台都是。

要学义父，得先学他的沉稳内敛，田尔耕把怒气一丝一毫都没表露在脸上。“还在，老许容他们带了个人进诏狱传话，风声是透出去了，那些徽商，该能凑足。”

这钱，若是进了国库，多少能补些辽东的缺，哪怕只是尽一份力，自己也就忍了这羞臊，但就怕……他看了看眼前涂文辅这张狐狸脸，心里说不出的厌烦，这钱，最后却只能进你的腰包。

涂文辅琢磨了一下，又说：“放进去的是谁？”

“左光斗的学生，叫史可法，没在案子里，祖上袭了锦衣卫的百户，京籍，但打小在安徽，跟着左光斗读书，是个闲人。把大理寺和徽商往一块凑的，也是他。”

“得守着。钱放到一边，能连出来点人也好。”

“既放了他当传话的，再跟他，怕是……”

你就放人家一条路走吧，斯人已逝，义父和杨涟、左光斗的旧仇，和他们家人何干？非要把事做绝？

自己没管史可法进诏狱，是不想拦着左光斗见他最后一面，算是临死送上路也好，给家人留个话也好，总不能让人走得孤苦伶仃。

涂文辅没再回，似是想着别的事。

群炮过后，就是远处的地雷炸和万人敌，以及各种新造的叫不上名的火器，被引线连串地引燃，虽不如群炮响起壮观，但声势依旧骇人。那些填在火药里的石子、铁钉，带着火星点子，如同烟花在平地炸开一般，迸向四面八方。

每颗石子、每根钉子，都能拿走一条命。真的杀场上，比这残忍得多。田尔耕看了看涂文辅和一众高官。你们有几个真上过战场开炮挥刀，和自己在萨尔浒一样浴血杀敌？

萨尔浒输在人上，彼时若义父掌局，会粮草不济、火器不畅？彼时若我是大将，会吉林崖、尚间崖、阿布达里岗、虎拦岗四线全败？自己从血海里爬了出来，从尸首堆里捡了条命，为的就是像现在这样帮义父这样的真豪杰重振大明威仪。

哪怕为人不齿，哪怕顶着“大儿”“五彪”这种名号活着，哪怕被人描绘成滥杀无辜的凶神恶鬼，但只要能帮到义父重振大明，就足够了。义父多年前就教诲过自己，身处乱世官场，没有谁清白，更没有谁正直，谁能让大明国运昌盛明旺，谁就是清白正义。

“去云南的人定了？”过了好一会儿，涂文辅又凑了过来。

田尔耕点头：“北偏台举旗的，头排左数三、四。一高一矮。”

涂文辅扭过脖子打望，找着了这两人，看了好半天：“就他们俩？”

田尔耕又点头：“是。”

“俩打旗的？”涂文辅嘴里带着惊讶、不屑。

蠢材，你是个太监，岂懂得江湖事？这事是送人、送东西，不是拿人。几千里路，找拿案的锦衣卫去，一路招摇想让人都知道？找你养的番子活鬼，搭台子唱戏，杀人放火？好好想想吧。

“公公。”既然他问了，就得回得让他说不出话来，“走这种不拿人的案子，人越少，事越少。这两人我翻过底，孤子营的，相好的都死绝了，没线头可出。矮点的是哥，仪鸾司打旗子，偶尔去诏狱巡夜；高的是弟，在诏狱做过两年，放出去过差，现在守厂，刚演武会升了小旗。哥哥性子稳，弟弟路上熟，两人手底下又都有漂亮活儿。搭着走，沿路地方上没人认识，比寻常锦衣卫紧，再找些民间车夫，看上去是商队买卖，一路驿道过去，最稳当。”

这趟差事的要害有三个：一是走哪条路安全；二是如何让两个身怀金矿大秘密的矿民在路上不走漏嘴；三是如何让炸山的火药少被盘查，不让人起疑。

先是哪条路，最早想的是水路下到江苏，然后再走海路，宁波、福州、广海卫到广西，再从陆路过去。这条路优处是快，两个月上下可到，而且沿途和官府打照面的机会不多，不太会出线头。但劣处明显，海上风狠浪凶，兴许还有些许倭寇海匪，也不太平，梁正、卫剑锋连同俩矿民都没下过海，出了事，谁也救不了，就算人没出事，火药被海水泡了即废，这点也是大麻烦。于是还是决定走陆路。

走陆路，后两个要害就出来了。一路关卡过多，需要给一行人一个合适的身份，锦衣卫和番子都不是好选择，先不说这两拨人都一身臭毛病，就说地方上，见了他们都比见了娘还亲，都拼了命地想巴结讨好，黏住就不放，话多了，再挡不住招待喝酒，难保不出线头；二来这两种身份押送火药都不大合规矩，扛不住琢磨。思前想后，唯一的选择是找脸生又本分的锦衣卫。机缘巧合，演武会上就让他相到了这兄弟俩，能耐手艺都够，人又正，又刨了底，竟是两个不可能出线头的孤儿。于是给他们安上神机营的身份，去云南是公差押送火器火药，这事涉及军务要事，地方不太敢多嘴，带火药也顺理成章；劣处是四个人押着两车火药火器，人显少，单薄了，也扛不住琢磨，随行必须再加些人。加谁？想了许久，选来选去，还是拉把式的民间车夫合适。一来这些人路上懂得谨小慎微的规矩；二来就算他们掐着了线头胡说，传到闲人嘴里，也不大有人信。

现在看来，这是最好的选择了。

“孤子营？干吗的？”涂文辅接着问。

“锦衣卫没爹没娘的孩子，都送在孤子营，袭父位，十来年前就停收了，这两人是最后两个。两人的爹一个死在河南，另一个死在辽东，娘也都死得早，光身两个。”

“噢！”涂文辅又问，“两人，不宽绰吧？”

这才是你的重点吧？怕两人贪财，贪了出来的金子？田尔耕心里一阵鄙夷，嘴上却说：“是没什么钱，可卑职看，这两人乐得清贫。”

“怎讲？”

“不喝不嫖不赌，连媳妇都没娶，俩人两口子似的守着间破房，一过二十来年。一碗饭，半碗供给爹娘兄弟牌位，我看，本分。”这确实是自己选他俩最大的原因，太监、番子、锦衣卫上下，全都贪财。

“噢，好好。”涂文辅笑了起来。

这案子，容不上你多问多说。案子义父给了我，就归我做主，人是我挑的，义父要问，自有我顶着。

但面子还是要给够：“这两天，我先放他们在神机营驻营，待都置备齐了，赶早上路。夜里我叫他俩进诏狱讲案子，公公可否一起？”

“不用不用，田大人的案子，我掺和是添乱。”涂文辅笑了笑，忽又说道，“不过那两个点子，说得没岔头吧？”

“池子、架子，甜的酸的都上了，是生点子。”这两个矿民看过了别人上刑的惨样，也上了刑，又给过了瘦马，挨过多次的审，反复说的话里查不出什么疙瘩，就从牢里送了出去，“现在诏狱二楼养着伤，不碍紧了。”

“好。”涂文辅没有再问，静下来看着排演。此时轮到了火器手，三排一队，几百人排成十数队，每排轮番射击，鸟铳、火铳、三股铁头铳，西洋红把，齐齐开火。

这一排演铳就在众官所在的高台脚下，众官中武官大声叫好，文官不少被轰击之声吓得坐立不安，涂文辅更是惊如鸟雉，惊声尖叫。

蠢材！这声音多美，田尔耕闭上眼睛，仿佛回到了枪炮齐鸣、厮杀漫天的关外战场。

兄弟们。

回到诏狱，已是日头渐西，饭菜已提前准备了，田尔耕胡乱吃了几口，梁正和卫剑锋就到了。田尔耕让二人坐下一起吃，梁正说什么都不肯，宁可在屋外候着。田尔耕就让伙房另给他们做了饭，做了鸡汤卤子的面条，两人不吃，说先办完正事。

很好。

上次在孤子营，自己并没和这两个人说案子，只说要去云南，不抓人、不要命，只是送人、送东西。一来是仍不能确定两个矿民所言是否为真；二来也要看一下几天来梁、卫二人是否能守口，是否有异动。

果不其然，梁、卫二人果真如自己所料，一切如常，按田尔耕的交代，去了神机营驻营，每日也是勤勉值班，未有任何异动，也未和任何人说话。

两个矿民，也没发现什么不对劲的地方，所言非虚，可以安排了。

田尔耕让二人在厅外头等，又打发走了下人，掐灭了一大半的灯，才进到内堂，抻上帘子，打开暗门。

内堂里的暗室，是和司礼监内堂一样安全的地方，知道这暗室开法的，从来只有指挥使一人，里面藏着锦衣卫所有不能让人看的秘密。

开暗室的门必须格外小心，只要一步错了，暗室里布的火药就会被长明灯点着，所有东西都会付之一炬。

墙上的灯，左三、六，右三、五、六，依次拉下，打开左墙上的消息儿，七块砖头会被墙内的罗汉顶顶出来，要从上到下一、三、五、七，再二、四、六，使力顶回去，但只能顶到一半，都弄完，长案下面的青砖会微微陷下去一块，但消息儿并不在这块砖上，而在它旁边那块，提起那块砖，右墙会有一道暗门打开，沿着台阶下去，就是暗室。

暗室里存着那块马蹄金，田尔耕取了出来，放在长案上，再把所有开门的步骤反着做一遍，把暗室关了，才让二人进来。

梁、卫二人见了那块金子，也都愣住了。

眼睛，眼睛会出卖心思，渴求、贪婪、恶意，全在眼睛里。

田尔耕紧紧盯住两个人的眼睛，若察觉到一丝贪婪和妄念，这两个人就选错了。

还好，还好，两人只是惊讶，微愣了一下，眼神就移开了，之后再也没飘到那东西上，毕恭毕敬站在门旁。

“以前见过这东西吗？”田尔耕问。

“回大人，没见过。”梁正答。

“上来，仔细看看。”还需要再确认一下。

“是。”二人走近前，仔细看了看金子，没说话，也没什么表情，更没看多久，就直起了身子。

很好，很好，眼睛干净，这就是本分，人没错。

“让你们去云南，就是因为这块金子。”田尔耕坐下，“这金子连着云南一个金坑，行家说，许是一个能改了国运的大矿。”

二人仍是面无表情，田尔耕继续说：“要你二人做的，四件事。第一，送人，两个把这金子带来北京的矿民，由你们送回去。他俩不识字不会画图，就得你们沿路记下路图走法，标出这金坑的位置，报回来。第二，带着魏公公给的赏，赏给矿里的人。第三，带着神机营的火药，帮他们开山探金。第四，若是真出了金，立即报京，守到替你们的人到了，就回。”

二人听完，都有思索，半晌没说话。这不错，不琢磨就应下事，是蠢。

“差就是这么一个差，不拿人，不要命。”田尔耕说。

接不接？

梁正看了看卫剑锋，说：“小人斗胆，这事关联重大，就由我二人送，未免……”

这算是应了。

“这里头事话长，不细说。先帝下过禁矿令，金银矿一律封停，文官们死抱着这条令，也不管时事如何，一律不得复开，其实他们就是不想钱再进内库。眼下辽东匪灾连年，国库、内库都告急，再不开矿，全都得死。这坑是个新的，没在户部的册子里，现在没人知道，探金采金，都需隐秘着来。所出直接进内库，由魏公公调拨置换成银子开军饷，这一切都要绕开外廷。一路上过的州府太多，若是带多了官家的人，难免地方上有熟脸，那些老跑案子的锦衣卫和番子，都不能去。”

梁正点了点头。

田尔耕继续说：“你俩是生脸，路上不穿官服，没人认识你们。随身带着神机营的牌子，还有工部和兵部的文书，遇到查验，就拿出来。明天起多去车马市转转，挑几个车夫，三四个够了，太老的不行，太小的也不行，挑那些几天没活儿，话又少的，路上赶车。”

“要不找镖局？”

马夫不会能耐，押镖自然比镖局差了许多，但镖局这个选择田尔耕压根儿就没想过，最不想找的就是江湖人，都是嘴上没锁的油条，又都靠着官府商号过活，线头一天能出八个。田尔耕挥了挥手：“不行。怎么不显眼怎么来。”

说完，他又从屏风后的兵械架上取出两把油布包着的火铳。

二人看见火铳，反倒比看见金子更奇怪。

“这东西叫掣电铳，里面的消息儿和寻常火铳不大一样，造出来十来年了。云南那边一直嚷嚷着想看，兵部觉得云南那地方不宜使铳，又太平了，就一直没给。这次你二人去，官面上是为兵部和工部押送两把成品，给云南试。其实要拿这当幌子，把火药带去那坑里。从明天起，我安排神机营的人教你们，你们必须练熟。”

二人点头，但梁正微有难色。也是，习武之人，对火器都有忌惮，或是瞧不起，都有。

“神机营的人，不会使铳扛不住琢磨，练熟这东西，纯是为了掩人耳目，到了地儿还得教给云南的人。懂了吗？”

这次二人畅快点头了，很好。

“接着问。”

“采金这事，我们见都没见过，这里面万一有点差池，走了眼，岂不是耽误皇上和魏公公大事？”

“这不用嘀咕。”田尔耕又说，“会再找工部的人教你探金、采金的门道，还有断金的法子，不必担心，容易。”该死的涂太监，封了那个柳省龙的口，教这两人还得再找人。

“小人斗胆。”一直没说话的卫剑锋开口问，“这一路，走哪条道？”

“图打开。”田尔耕递给卫剑锋一裹舆图，卫剑锋铺在了地上。

“从北京出去，到郑州、襄阳府，这一路都好走，再走常德、罗旧，进贵州，走平溪、镇远，再到清平、龙里，停贵州驿。这一路山多水多，要格外仔细，尤其是火硝硫黄，别受了潮，雨大，就停。再走平坝、普安，到云南府。从上路开始，尽量停在客栈，挑人不多不少的地儿住，能不停官家的馆驿就不停，尽量躲开官府的人，若躲不开，记住了，金坑的事，一丝一毫线头不能出去。还有，不管什么状况，不许停在野地，宁慢毋快，一切图稳，明白吗？”

二人点头。

“每到一地，走官驿回报，直接报给我，写明了时日，报要加蜡封。”又递给梁正一个红色蜡封，“锦衣卫拣报的，见着会直接给我。路上州县衙门要是送，能推就推，实在推不了，出了管地就让他们回。问烦了，该板脸就板脸，就说是兵部的规矩，他们该是不敢多问。明白？”

“明白。”

“到了云南府，要真给试铳，这些我来安排，到时只需通报左卫，自会有人来接。试完了，铳不留在那儿，余下的火药也带走，之后才是这趟真正的事。回程出云南府，打发走马夫，你们折回头走元江，到了元江，就离那金坑不远了。矿民讲去金坑的路都是山里人自己开的，没有图，你二人要一路随走随记。记着，不要再走驿站回报。接你们的锦衣卫，会给你们足够的飞云南府的鸽子，到了金坑，多放几只飞鸽绑上，以防路上走没了。探金出没出金子，都报。有金，等人来；没金，就回。”

二人点头，很好。

“最要紧一点：这不是拿人要命的案子，路上，绝不许惹是生非，遇到事，躲，没名没姓地走。”

那梁正，似乎巴不得是这样，一个劲儿点头。

田尔耕又从案上取过一个袋子：“路上用的，神机营、工部、兵部三处过城的凭据，通常给神机营符牌就够，其他两部能不拿就不拿，省得乱问。”

他又取出个布牌子，核桃颜色，绣着飞鱼，极为精致。

“这东西收好，若出了金，再来采金的人，也会拿着一样的。”

袋子里面还有舆图、官驿的指引，还有银子，大小都有，还有成贯的铜钱和几张官票，总数不少。

“路上需要添办的东西，都不从神机营和诏狱拿，一律买新的。账回来后报不报都行，但有一条：路上挑不显眼的地方花钱，散钱不够了才换。切记，小地方别换。”

田尔耕特意多给了，差不多是二人二十几年薪俸。不让他俩报账，是想看看一路能花下去多少，会不会贪污，若回来后两人报了账，又没有差错，才是真不贪财，之后堪当重任，值得留在身边。

“是。”梁正接过袋子，小心把东西收好，问，“大人想我们何时走？”

“不急，还要几日，车夫找好再动。”

原本可以早些出发，但两个矿民受伤不轻，让瘦马伺候了好几日，才好转过来，待伤痊愈，这又要费工夫。该死的许显纯，下手没轻没重，原本只想让他打出点皮外伤，没想到下狠手，砸晕过去几次，真是耽误事。想到这儿，他补了一句：“那俩矿民，许大人下手重了点，路上要好生照顾，多给吃点好的，把委屈补回来，别让人看脏了咱们。还有这一去，少说一年半载，你二人还有什么在北京要办的事？”

二人对视了一下，梁正道：“有件事，斗胆想望大人准许。”

“讲。”

“孤子营现在就我二人，我们这一走，这房没人看着，小人爹娘兄弟的牌位也没了人照料，小人斗胆，能否带着牌位上路？”

这是闹什么鬼？倒是孝出瘾症来了，田尔耕一愣，跟着就一阵好笑，没听说过锦衣卫差干时带牌位走的，但想到这两人每日都行祭拜，倒也说得通。

“房我会找人拾掇，给你们留着。你兄弟们的牌位，算了，初一、十五我安排人打扫拜祭，你也不必挂念。父母的牌位，带就带了。”

梁正大喜，拉着卫剑锋躬身行礼：“谢大人。”

田尔耕摆了摆手，不管怎么说，懂得孝，也就懂得忠。

跟着三人去了外堂，田尔耕拽了书案旁的绳子，内室外走廊一阵铃响。过了一阵，两个锦衣卫进来，带着那两个矿民。

这两个人田尔耕只见过一面，彼时破衣烂衫，脏乱得没个人样，又受刑讯，挨了许显纯一顿猛捶、猛打，纵然身子骨强健，但多少也费了些时日调养。现在伤好了大半，也洗刷刮剪得没了臭气，看起来有了人样，说是神机营的杂役，也说得过去。

两个矿民已经惊如鸟兽，以为又要挨打，进了屋，见了三人一眼，扑通就跪下，拼了命地磕头。

“都起来，没让你们跪。”田尔耕道。

许是没听懂，或是实在害怕，两个人还是磕头，咚咚捶地。田尔耕对梁正使了个眼色，兄弟两个过去把矿民扶了起来。

“他俩是兄弟，你俩也是兄弟，认识认识。这是梁正、卫剑锋。”又对梁、卫二人说：“一个叫韦阿大，另一个叫韦阿二。”

韦家兄弟俩，这才抬起头来。

“过几天，你们一起上路，送你们回家。”

韦家兄弟一听，紧紧搂住梁、卫二人的胳膊，哇哇地哭了，像俩孩子。

章陆

崩床

今天祭拜的饭菜，这屋子里从来没见着过。

午饭哥儿俩去了溯春楼，吃了顿好的：裹木烫熟的、南京迁养过来放在西郊养的鸭子，烫得焦红焦红，薄刀子旋成片儿，打着梅子酱裹在薄饼子里，往嘴里一放，香得两人直瞪眼；什刹海里打出来的青虾，去了皮猛火炒，个个都手指大，咬一口直迸汁水；还有爆汆肉、红烧丸子、摊的糊塌，还叫了壶大兴的烧锅，香！

这是两个人从来都不敢点的好菜，今天算解了大馋。

每一样，都带了些回来，爹娘兄弟，也吃点好的！

他俩这一顿饭花了小一个月的薪俸，为的是三样：一是卫剑锋得了小旗；二是白捡了个好差，当是庆祝；三是往后许久不在京城，这味，得留个念想。

“送铳、送人、送药、送赏，探路、探金。”四送两探，田大人给的官差，实在大出自己意料。从小到大，他见的听的锦衣卫的差，从来都是拿人、缉凶、暗杀、刺探，样样都是刀头舔血，是要么提脑袋要么掉脑袋的差事，带走了他们爹和兄弟。可没想到，自己这辈子第一次走的差，竟然是这样一件太平案子。

“爹娘你们放心，给我们的案子，是美差。”梁正说道。

自己实在想不出拒绝这差的理由：一来田尔耕亲自给的案子，又是关乎国运大事，做成了，先不说赏，就是祖宗脸上都闪了光；二来两兄弟不必分开，就少了太多记挂；三来可以躲开京城里的麻烦，谁知道那杨振还会不会再来找事；四来从心底想，自己从未出过京城，这一趟，也是个开眼界的机会。当然这点他不敢想得太多，这是福，想多了，兴许就成了祸。

田大人的话里，反复讲要仔细再仔细、小心再小心，得保着人货的安全，又要在意不走漏任何风声，前者容易，多加小心便是，后者却极难。

“二位，话说在头里，送你们回去的路上，有个规矩。”在诏狱见了韦家兄弟时，他对二人说，“只有独处时我们让你们说话才能说话，此外，无论在任何地方、任何时候，为任何事，对任何人，都不能说任何一句话，也不许你二人当着别人彼此说话，在外人眼里，你俩就是哑巴，记得吗？”

两个矿民不住地点头，满嘴答应，还流眼泪鼻涕，一看就是老实人，自己实在不想难为这兄弟俩，看着穷苦，只是重任在身前，规矩还得立。

梁正拜祭完，就出了门。今天有两个事，要和卫剑锋分头走，自己先去趟车马市挑车夫，之前已经去了三次，这次再去，要挑出人选。卫剑锋去了诏狱，把韦家兄弟提出来，先放在家看着，傍晚几人一起提火药。

已经在暑里，天气闷得像泼了开水，爬树猴都从地底钻了出来，沿着城边的林子密密麻麻吵翻了天，梁正从树底下过去，被浇了一脑袋的尿。

出正阳门，就是外城，夜里盗匪比爬树猴都多，但白天，却是另一番热闹景象。

那是片比内城没小多少的买卖地，不似内城横纵排列，这里大大小小各个街市都沿着水路，东一块西一块，没个规矩，各家商号都乱扎堆，摊在各个街市。

车马市并不是一个独立的街市，是伴着猪市和榄杆市，因紧邻着河，沿水路过来的船就在旁边放货、上货，三个大主顾扎堆在一起，马车夫就总守在这儿等活儿，久了，就成了市。

这儿的马夫接的活儿里一半多是近活儿，口外、陕西，远了的，也就是安徽、湖广，且大多是从那边拉货过来的，不能空着回去，就守在这儿接回去的活儿，分量、数量还得是恰好，才不至于空车、空人，所以格外挑剔。

梁正几天来转了三次，都没见着从云南来的，索性作罢，选好了两拨看上去是南方来的，这次再去，要二选一。

先见的第一拨，领头的四十岁上下，白脸汉，戴个草帽，一脸的精细。梁正来三趟，一直以为他们就四五个人，哪知领头的一招手，站出来二十多个，且都是半大小子，呼啦啦就围了过来，之后梁正就再没问得上话，全是他们在问：去哪儿，给多少钱，拉的啥，走哪条路，管不管吃，还有更离谱的："路上，让嫖吗？"

梁正扭头走了。

真是打了眼，话比我还多，选不得。梁正又找到了另一拨人，这拨人也是四五个人，几次来都坐在角落里，跟别的马车夫不搭话，别人都见了活儿往上冲，他们也不跟着去抢，只安静坐着，彼此话也不多，各自看各自的天，只是到了吃饭的时候，规矩才看了出来，小的知道敬着大的。这好，梁正喜欢有规矩的人。

搭上了话，几个人是湖南的，村里的几兄弟，合伙跑出来拉车，走的是一上一下，上到北京，下到昆明和广西，只跑官道，小地方不去。这趟到了北京，不想找短活儿，只想拉一趟回程的，回去过年。不着急去跟别人抢活儿是想等中秋，之后北京去南方的活儿就多了，他们有些老主顾，一凑都要几个马队，他们跟着拼缝儿，不愁没活儿干。

梁正又接着盘话，说是没接过官府的活儿，不是不想接，是轮不到他们。这话对，官府都有自己的马队，绝少从民间雇佣。

这拨人挺合适，一来去过云南，二来看着比其他马队稳当，梁正有问，他们就有答，不多问，也不多说，没有其他人的油滑。梁正还特意想刨问一下他们在京城的主顾，也没问出来，说是那些买卖人家不兴他们拉苦力的乱嚼。绕着弯再问，还是问不出来。

很好，就冲这一点，就是他们了。

又提出看看车马，不一会儿就给拉了来，两辆二十石的车，八匹滇马，五公三母。梁正在仪鸾，是车马行家，不用掰嘴就知道马龄，但为了稳妥还是掰开看了看，又查了查蹄子和后腚，确定没问题。但两车各有小毛病，一个车脑有些松垮，许是上一回磨狠了未来得及更换，另一个车陀坏了两辐，拿孬木凑合了，领头的倒认，说可以换。

这也很好，做本分买卖，梁正点头。只是商量价钱时，要价不低，也不松口，说是云南远，兴许回家过年要晚，要价就不能给宽松。梁正本也没想在这上省钱，就没多啰嗦，倒还多算了些，让多带两个车陀，再置备防潮的油布、防磕碰的厚草、棉被褥子，都算他的，领头的很高兴。

梁正从头到尾也没交代是神机营的生意，只说是官家配运。领头的更是喜欢。官家活儿绝少放给街市上，算是俏活儿，又都知道官家上路不克扣花费，这一趟绝对有的赚。定妥了日子，梁正交代好孤子营的地方，给了定钱，就从车马市走了。

来了四趟，终于把车马解决了，梁正心里一块石头落在了地上，脚步也轻快起来。

到家，月亮起来了，卫剑锋在院子里走刀。两个矿民在屋里扒着窗户看着，眼睛瞪得溜圆，显然是被唬着了。

“拉车的，定下了？”卫剑锋问。

“定下了。”梁正拿盆里的水，抹了把脸，小声问，“这哥儿俩，一下午消停吗？”

“消停，回来就关在屋里，就是被牌位唬着了，看了好半天。”

梁正点点头：“等天黑透了咱再去王恭厂，田大人说晚点去。”

说完他走到两个矿民跟前，说：“二位，衣服都合适吧？”

从神机营拿了杂役的衣服，两件麻料的褂子和裤，还有袄、皂靴。麻不是好料子，靴子也不是厚底儿的，但可能对矿民来说，就是顶好的衣服了。

兄弟俩“嗯嗯”点头，不敢言语。梁正一笑，说：“就咱四个人的时候，能说话。”

“穿得可好。”让说话，阿二就抢了先，“爹可没给我们这么好的衣裳，有风过去还透气儿呢，怪舒服的。”

梁正仔细打量琢磨着二人，论年龄，阿大比卫剑锋大两岁，阿二大卫剑锋一岁，但低着身份，就不停口地叫梁正和卫剑锋是哥，死活不肯改，这是本分；两人不识字，问出了牌位是梁正二人的爹娘和兄弟，跪下就磕头，这是知道敬先人；吃罢了饭，打水、扫院，闲白活儿见着什么干什么，是勤快。

“这哥儿俩，不歹。”梁正跟卫剑锋说。

“那是怕。”卫剑锋回，“咱的衣服，跟诏狱里的人一样。”

梁正笑了笑，什么也没说。卫剑锋从小就知道防着人，能让他信的人，不多。

待到月亮出来，猫开始上房的时候，四个人去了王恭厂。

“带你俩去，为的是让你们也知道火药能耐，这是不比金子贱的宝贝，给了你们带去，是念在你们知道心系国家。”梁正一路上都在教化二人。

梁正自小在京城长大，王恭厂却是从来都没去过的地界，一来是因为工部重地靠近不得，二来那里向来是大人吓唬小娃的地界。

“再不睡，鬼局的鬼出来烧你。”梁正小时候他娘就这么唬他。

那地方在内城偏僻的地方，左右没人，是因为夜里总闪红火，偶尔还会有叫不出原因的声音传来，似猛兽啸叫，周围的住户都怕，没人敢住，久而久之，就叫了“鬼局”。自然这是民间叫法，官面上，叫火药局。

有生以来头一次去，一到了地，就感到了古怪劲儿。王恭厂的门开在胡同中间，胡同极窄，横宽就是一个人加一辆独轮车的量，两个人并排走都难。这有道理，火药最惧磕碰冲撞，路做窄了，只许一人穿行，就少了磕碰的可能。

还有大门口，也与寻常工部衙门不同，不挂匾额，门口也没守兵。再看那门，根本不是寻常衙门的门，而是木当梁、能横拉开的两扇沉重的铁板，也不知道是怎么砸出来的，极厚极沉，靠东的那块铁板还开了个口，拿一片薄铁从里面挡着。

梁正叩了几下门，果不其然，薄铁片掀开，露出只眼睛，打量着他们几个，吼了句：“哪家相好的？”

地方怪，人也怪，问的这算是什么话？

梁正微微一笑：“奉锦衣卫田大人令，来领物件，这是帖。”递了进去。

“锦衣卫？”那人接了过去，又仔细打量着几个人，再看了看帖，好半天才说，“不好使。”

嘿！

梁正又递上：“还有工部和兵部的。”

许是不怎么识字，那人又看了好半天，还是不开。卫剑锋嫌他磨叽，说："是不是得魏公公、涂公公来，再给你叫桌好酒好菜，找几个鸨儿捏腿？"

就不能收着点火气？梁正刚想数落卫剑锋，门哗的一声开了，倒真管用。

"那不用。"那人推着门说，"太监嫌这儿脏，娘儿们嘛。"跟着朝卫剑锋咧嘴一笑，"这不是来了吗？"

我的乖乖，火药局的鬼，怕就是这位？

这人是个胖子，半裸着身子，一身乱毛，下身就一条布兜着裆，又高又大活像只熊。那脸都让火药崩移了位，还是个独眼，瞎的那只也没用布蒙着，眼眶处一团烂肉像个瘤子一样长在脸上，脸上大大小小的坑，黑夜里猛地出现在眼前，当真如同恶鬼挡门。韦家兄弟瞅见这人，腿直打晃。

"有劳掌柜。"王恭厂虽归工部，但伙头掌柜都是外请的，这种长相还能在这儿，必是有大本事。

巨汉扭头带路进了里头，和门口胡同不同，里面巨大无比，四周都是空地，撑着众多挡雨的牛皮棚子，下面摆着各种自己认识或不认识的石具，还有几十口硕大的锅，竟都是石头造的，锅里头，都是自己没见过的粉子，黑的、黄的、白的。再远处，是一排排巨大的房子，和寻常房子不同，这些房子没梁没瓦，都是用石头直接垒的，倒似几口硕大的棺材，里头不时传来打铁的铿锵之声，几个小厮敞着脊梁，往里面搬运着东西。

"在这儿等着。浮头的东西，不能碰，搁物件里头的，更不能碰。"巨汉让他们在棚子里站定，扭头去了库房，走到半路不放心，又扭头说，"干脆啥都别碰，连屁都别放。"

"都待好了。"卫剑锋一扭头，看韦家兄弟，果真夹紧了屁股站着，像两只掉进狗窝的猫。

不一会儿，巨汉从房子里拿独轮推来几箱子东西，小心放在地上，又转身回去，搬了另外几箱，放在刚才几箱远处。

这就是火硝和硫黄了，倒是头一回见，厉害东西。

“这几箱拿黄描过道的，是火硝，吐鲁番刚运来，操他妈最好的火硝便宜给你们了。”巨汉一脸舍不得，又指了指另外几箱，“那硫黄也是一样，昆仑黄，也他妈是好东西。你们几个记得哈，火硝是流着水儿的鸨儿，硫黄是憋硬了的老爷们儿，不用时千万离远了，凑一块，床给你崩上天。”说完，巨汉大声怪笑。

韦家兄弟笑得更厉害，两个人，在诏狱尝过瘦马了。

“分着放，记住了。”梁正说，干上过天的，怕是还有你那半张脸。

巨汉取了个石头碟子：“用前，火硝、硫黄都要磨，磨的时候丁点儿铁器不能碰，家伙都得用石头的，若是受潮起了块儿，先阴干，再用家伙捻到不成块就行。”

梁正仔细看着巨汉研磨，丁点儿都记在心里。待捻完，巨汉又说：“火硝阴，骚才够劲儿，多搞它才欢实，十里放六；硫黄阳，稀着放，十里放二或三，看要爆的是什么。”

“余下的，”卫剑锋问，“是炭？”

巨汉点头：“炭是王婆子，左边娘儿们，右边爷们儿，她在里头一引火儿，齐了。”巨汉舔舔嘴，一脸邪，又说，“那东西哪里都是，帖子上没说给你们备。到最后使时再放进去，要精细黑炭，碾成粉子，再筛一遍，去掉闲白儿，能找着出油少的木头最好，还要做线引子，线引子多长，你们自己估量。我做一遍，你们看。”

说完巨汉从棚子上扯了块细布，平摊在地上，把磨好的火药倒上，趴在地上拿小扫帚归扫匀，捻着一角，慢搓成条。梁正看着他的架势，一步一步都记在心里。捻到最后，巨汉咳了口黏痰在嘴里，拿舌尖拱了些粘住布角，余下的又咽了回去。平端着放在院子地上一道挖好的槽里，那槽两壁都已被烧成了黑色。尽头是个头大的坑，巨汉在坑里面又撒了几大把火药，坑上又放了块青石压满，都放妥当了，抹了抹手："眼睛瞪大瞅好喽，崩床了哎。"

说着拿蜡烛头点着了引线，槽沟里刺刺冒起火光，烧到坑处，陡然一声巨响，如同火炮发射般直轰双耳。再看那青石，被火力直轰上天，几丈高，伴着怪叫，落下时，石中拳头大一坑。

怪不得火药局有鬼，大晚上来这么个怪声，附近的人不吓死才怪，梁正心想，这几日在神机营见了不少火铳火炮，也没这声响动静厉害，许是用的火药不同吧。

韦家两兄弟却是这辈子头一次见火药爆炸，脸都没了人色，裤裆湿了一片，两腿直打哆嗦。

那巨汉瞅见，鼻涕泡都笑进嘴里，跟卫剑锋说："你这俩妹子，水儿可以。"说完就收了笑，盯着梁正问，"你们拿这药，炸哪儿的山？"

这话，不能回他，梁正笑着看他，不回。倒是卫剑锋回了句："不能问的，别问。"

巨汉瞪了他好一会儿工夫，吐了口唾沫："轰山炸石，火硝六成半，硫黄三、炭粉半。先得拿家伙在石头上打眼，打得越深越好炸，眼子打得大，药就放八成，别灌满，放的时候拿竹签子递，别沾了铁器。"

说完，他又自言自语："好好的药，拿来炸石头，怎么着，石头长腿儿打进关了？便宜了那群脑袋后面长鸡子儿的。"

这人别看长相粗鄙，但粗中有细，火药局除了做药，还造铳造炮，辽东一线的军备，都从这儿来，少一分用在辽东，大明就多死些军士。

纵是糙汉，也心系社稷。

跟着二人当着巨汉的面，也扯了布，试了几回炸青砖。捻线引子、兑药、点火，许是紧张，几次药都兑稀了，火力不够，石头迸得不如巨汉刚才那迸得高，但多少算是成了。

没白来，真学了本事。

“你那捅裆玩的，给我。”巨汉又指了指卫剑锋身后的铳，蒙着布，他也知道是什么，行家。巨汉接了过来，摆弄了两下。果真比自己强，梁正心说，这几天天天得空就在神机营练，虽有长进，但离熟手还差得多。

“你们他妈怎么全是好东西？北京城才八十来把，妈的，教你上药了吗？”

二人点头，巨汉大手咔嚓两下拿下子铳，眯缝着眼从药眼里瞥了两眼，一脸嫌弃：“神机营管药的，老郑吧？抠抠索索老娘儿们一个，白糟践个好姓儿。给你们个门道，火硝比他教的多放一指甲盖，硫黄少点，那劲儿，啧啧。”巨汉又舔了舔嘴，“行了，滚吧，下次来，带个真流水儿的。”

“受教。”梁正行了个礼。

几个人拿独轮推了火硝硫黄出了火药局。韦家兄弟俩推车时，腿脚都是虚的。

十八箱火硝，五箱硫黄，梁正心里又一块石头落地。

到了家，卫剑锋拿铁链把箱子穿成串，锁在了屋里，还不放心，上头又铺了油布防屋顶漏雨。

家里是通铺，韦家兄弟也有地方睡，受了半夜的惊吓，倒头就着了。

梁正、卫剑锋倒是睡不着，心里七上八下，各种事轮着琢磨，一会儿想起爹娘的牌位要拿什么包，一会儿又琢磨院里的井是不是得补个盖。

“哥，甭琢磨这些，踏实睡吧。”

“不琢磨可不行，这一出去少说一年。”

“快去快回，就得了。”

“就怕路上出点什么事。”

梁正担心的不是贼，而是人生地不熟，出别的岔头。韦家哥儿俩丢了怎么办？火药丢了怎么办？马夫撂挑子怎么办？让沿路官府盘问捅了娄子怎么办？

这不想不要紧，一想更睡不着了，索性走两趟枪，给爹看看。

于是下炕，捧了爹的牌位到院子里。手里是他出生时他爹给他打的雪花半枪，那两柄枪通体银白，刃柄等长，刃宽四指，刃背最厚处如手，锋却是利可断发斩柳。柄是白铁打的，可单手可双手，单手时是枪也是剑，双手时就是长刀。这是他家独门的兵器，恐怕全天下也找不出一样的来。

枪法也是，他家祖上几代人的毕生本事都在枪谱里，梁正从小练，十来岁时就是孤子营一绝。这枪法说是枪法，其实合了剑、枪、刀三法，又是双枪，练熟透时，可以一手走枪式，另一手入剑招，换作一般人，防都不知道怎么防。

单人走枪把式时，更是好看，雪白的血避子紧紧地裹在铁核桃里，一晃就是一道光。那两柄枪上下翻飞，似没有分量，却又雷霆万钧，腾跳劈扎，正如同书馆子里老先生讲的，如雪花盖顶，遍体纷飞。

待一套枪走到最后，就是这兵器最厉害的地方，枪尾的铁核桃里有消息儿，连着枪柄里的铁链，用力一拽，两柄枪就成了链子枪，陡然长出去两尺，挥在手中就成了两条长着翅的银龙，动起来如同暴风卷叶，无坚不摧，院子里的破空之声呜呜作响，银光四溅，明月都失了光辉。

心满意足收了把式，他这心才算静了下来。

正要进屋，一转头，眼角余光好像看见了什么。

有东西在偏房顶上？

拧回头再看，没了，只有屋后头的柳树在摆。

是那柳树上弯了角的疙瘩，还是个人脑袋，还是猫？

他盯着看了又看，像是柳树疙瘩，侧耳又听，没见动静。许是动猛了，有点眼花？

又盯了一会儿，还没动静，他这才进了屋。

梁正之后一辈子都后悔当时为什么没上房去看一眼。

柒章 下差

看着满朝文武里那些在教坊司守夜时遇到的熟脸，赛青止不住地在心里调笑。

在教坊司鸨儿床上和在这宫里宝殿上，他妈的看见的是同一伙人。

大人们幸会，大人们辛苦，大人们真是大明脊梁。

礼部费大人，您前几天在教坊司哇哇大叫，跳着高折腾鸨儿，还一口气连去了三晚，没见您怎样啊，怎么一上朝就跟要死了似的？

还有礼部的李大人，您满口的礼义教化、社稷正道，怎么不跟大家伙儿讲讲您带着公子一块去教坊司乐和的事？

他笑归笑，脸上却丁点儿都不敢露出来。

这会儿他穿着自己从没穿过的绣大花的红色卫服，站在养心殿外，看着朝臣们往来穿梭，脸皮绷得紧满，蚊子都落不上去。

赛小旗，现在自己是赛小旗，身上戴着银扣子，又调进了宫。真是祖宗保佑，老天爷饿不死瞎麻点儿。

自己可不瞎，那东西，是十足的真金。那晚他掐着两个花子，长了个心眼儿，没回自己的卫所，心说，一来就算回去，这功也落不在自己头上；二来自己没带家伙，纯属装横，拿腰牌子吓人，那两个花子瞅身子骨比自己还大，真动起粗来，自己的石子儿可没法一个打俩，就得往近处的卫所报。

偏赶了巧，那俩花子被自己从天而降那一吓，魂都吓掉了，听他说是个官家，就老老实实跟着他走了。邻近的卫所在太庙门前，又赶巧当天指挥使许显纯在那个会所问案子，这阴差阳错间，线头丁点儿都没拐弯，直接报到了许显纯那儿。

这案子哪是流油，简直是流出了金水。转过天，银扣子就钉在了领口，还说接下来去宫里当差。这简直是一步登天，赛青觉得自己短的那条腿都长了。

“爹，我赶上哥他们了。”一回家，他就拿银鱼扣子给他爹看。

老头儿瞅着扣子，眼泪下来得竟然比尿尿还痛快。家里仨儿子，全有了银扣子，可前俩都死了，剩下这个，也终于争气了。

这东西，真神了，那以后，爹竟然一直没再犯疯，每天按点能自己坐起来，还会了穿衣服，甚至自己使夜壶。赛青心说，这哪是俩花子，简直是俩菩萨。

可那俩花子再后来怎样，他没敢问。自从入了锦衣卫，这是他第一次拿人，又是个古怪稀罕的案子，一块大金疙瘩，两个花子拿着，偷的？抢的？可又要献官，往户部送，又是啥事呢？他左右都想不出，但就是觉得如果真关进了锦衣卫卫所去问，那俩花子兴许捞不着好。再一想，算了，自己只是尽本分，他们是作了好还是作了恶，自有天定，不管怎么说，自己因为这个事改了命。

“我们家，积德啊！积德！”他爹手搓着扣子，嘴里念叨，“你俩哥，戴上了扣子去的关外，就再也没回来。三儿，你要活啊！”

什么死不死活不活的，真不吉利：“死不了，调我去了宫里，伺候皇上。”

爹没听明白，赛青又说了一遍，才懂，就喊：“吾皇万岁万岁万万岁！”拖着瘸腿下床磕头，也不知道朝哪个方向，急了，差点又犯疯。

“皇上听见了，听见了。”赛青心里高兴，看着爹犯疯，也开心。

是因为什么事拿着扣子的，他没跟他爹讲，估摸讲了也弄不明白，许大人又紧紧叮咛这事绝不能提，他就守口如瓶。录功的时候，也没提金块的事，用的功劳是杨振原本要抢去的那件。当然赛青也知道不可能真录，怕惊着线头。自那之后听说杨振脾气暴长，发疯的次数比自己爹有过之而无不及，卫所上下几乎打了个遍。

真是好有好报，恶有恶报。赛青跟他爹说：“一要谢皇上，咱还得谢菩萨，可怜我们赛家。”

之后，他就转进了宫里，在养心殿举旗。养心殿旁边的乾清门是内宫大门，也是百官上朝、皇上听政的地方。

一朝一夕之间，自己从在妓院画春宫，到了大明宫廷当廷仗，这简直是想都不敢想的美梦。这几天，他走路都是飘着的。

直到有天下了值，他被唤进了诏狱，又直接被领进了指挥使的屋子，见的竟然是许显纯。

“在宫里几天，舒坦？”许显纯笑眯眯地问他。

除了憋尿累，我恨不得天天在那儿站着。赛青心里头笑，但隐约觉得似是有点什么事。

“回大人，一切都好，谢大人提拔。”

许显纯点了点头：“宫里，是舒服，也消停，可撑旗打伞，那都是没本事、没能耐的人干的，你要想再往上走，可不能到这儿就知足。”说着，拿手指嗒嗒地敲着桌子，望向赛青。

赛青一愣，怎的？皇上位子腾出来了没人坐，想让我试试？许大人，这我还不知足？你是不知道我这几年怎么过的！赛青心说。

可听许显纯这意思，似是要有什么门路给自己，让自己再往上走？于是心里又是一动。

那眼神一动，就让许显纯逮着了，他把语调压低说："现今锦衣卫里，都是抡刀拿人的。手脑利索，又能画影盯人的，不多。让你盯勾栏，是屈了你。手头有个案子，得用你的能耐。"

许显纯说这话时的气势和脸上的表情，让赛青压根儿不敢张嘴说个"不"字。这人是诏狱总管，从他手里，手指头一画，一天过多少条人命，赛青心里猛地一揪。

"跟两个人，都是锦衣卫，现在神机营，这是画影。"许显纯递了个簿子给他，"盯几天，两个地方不需盯，一是神机营，二是诏狱。只要在外头，去了哪儿，见了谁，说了什么，都要画下来记稳了。"

赛青打开簿子，两张画影，一个叫梁正，一个叫卫剑锋，住处也写着。

许显纯又交代："每日夜里，到诏狱报给我。跟的时候，别破了脸。"

那俩锦衣卫住在内城靠东南，挨着城墙的一个胡同里，算是偏僻地方。不大一个院子，虽然老旧，但显是两个人勤收拾着，比自己家好，好歹还有个井，显然曾是个正经院子。

这两人白天都在神机营驻着，傍晚回家，回家后就在院子里走能耐。

赛青第一天盯的时候上了房，看见了一回，是那个卫剑锋在走刀。能耐一亮，赛青就蒙了，这手艺是关公啊？原先卫所里的锦衣卫，没比他能耐更高的。自己算眼快的，都看不清他刀法，只看见、听见一片银色的刀光裹着风声在院子里翻滚，像下雪，又像打闪电。赛青没敢久看，缩着脑袋轻手轻脚下房。这人，也是个海东青，惹不起，让他逮着，毛都能给削秃了。

打那以后，赛青就没敢再上他家房，找了斜对面一个院子远远地盯着，能看到大门口的人进出和房顶就行了。

兄弟俩只要回了家，就再不出去，就这么着在神机营和家往往返返，五六天下来，都是白水账，记下的都是尾随二人下差后回家路上买菜的碎事儿。买了什么菜，路上和没和人说话，几点熄灯歇的，等等小事，没一条拾得起个儿，做到后来，赛青都迷糊了，这两人是什么路子？像是兄弟，又像是两口子，日子过得比水还淡，盯他们什么？

“不该问的，别张嘴。”他曾经试着想从许显纯那儿问上一句，被许显纯的冷眼一瞪，就再没敢张嘴。

让干什么就干什么吧，反正不是杀人破脸的案子，只要小心交了差，就有个完。

到第七天，来了事，两人没去神机营，而是换了便服，出门奔了南，沿着城墙过正阳门，到了外城的车马市。

要出线头？赛青没敢怠慢，不紧不慢地跟着。自己个子小，模样又不显眼，穿的是京城里寻常得不能再寻常的衣服，人山人海里，绝难发现自己，再加上自己眼神、记性远比寻常锦衣卫好得多，纵使离出去一里地，也丢不了人。

两个人，先是沿着河走，似是在找什么人，总盯着河边墙下闲着的马夫看，不时还交头接耳几句。

要找马夫？

赛青远远地守着，脑子里像棋盘，眼前的每一幕景都是棋盘上的棋子，哪里是白，哪里是黑，被二人盯着看的马夫，脸上几个痦子，眉毛、胡子几厘，怎么排布的，如同那些棋子，一一都要扫在脑子里，瞅着空，就要画出来。

这两人是找人还是相面？先后看了七八拨人，却不和任何一队人说话，看到别人过去找车队问买卖，他俩就凑上去在边上听，听一会儿就走，换下一拨儿。到了中午，两人在猪市买了两张饼，刷了黄酱，裹了两根山东白葱，凑合了两口，又继续相面。全天相下来十来拨，才走，回了家，就再没出来。

俩祖宗，玩我呢？赛青只好蹲在远处能看到门口的地方，一一把脑子里的画面画下来，紧赶慢赶才在天黑之前画完，又守到两人熄了灯，才去诏狱找许显纯。

许显纯看了十几幅画影，似是比头些天都满意："活儿不错！接着跟。"

老爷！这么跟，得死人啊！赛青一阵叫苦。白天顶早跟，半夜来报，家里的老爹咋办？这差事别说比驻养心殿，就是比以前守教坊司还苦。赛青想跟许显纯提能不能多个人轮着盯，但又不敢张嘴。

完了事，赛青一路飞奔回家，给老爹做了口吃的，伺候了洗脸洗脚，把完了屎和尿，等躺下时，爬树猴都不叫了。

看着老爹沉稳睡去，鼾声起了来，再忍忍，赛青心说，好日子都来了，还有啥不能忍的？等做完给的这件差，头一件事就是请媒婆给说个亲，什么样的女人无所谓，只要能和自己一起伺候爹，让这家有点暖和劲就行。

后面几天，赛青摸着了规律，这哥儿俩真的是只要一回家，就再不出去，也就不必总守着夜。

白天他俩就只去车马市，看的马队从第一天的十来伙，到第二次的七八伙，越来越少，待到了最后一天，赛青觉得他们终于挑上合适的了。

那天哥儿俩中午才出门，先去溯春楼吃了顿饭，然后弟弟下楼拐个弯进了诏狱，赛青就盯着哥哥拎着饭菜盒子回了家，然后又出来，第四趟去车马市。

这次只看了两伙，第二伙时，哥哥开了口问话。是这伙，没跑了。

这哥儿俩真是谨慎又谨慎啊，挑个马车队，前前后后来了四趟，这是要做什么紧要买卖?

赛青没敢凑过去听，这锦衣卫能耐肯定不弱于他弟弟，近了身，怕他会有察觉。于是赛青在远处守着，直守到那锦衣卫看完了马和车，又给完了钱，走了。

接下来跟哪个?跟锦衣卫，许是回家，然后又按着以前一样不再出门，到时再回来跟这伙马夫，搞不好就见不着人了。

跟马夫，线头肯定会出在马夫上。赛青想装作客商，过去盘盘话，兴许能打听出刚才他们说了什么，但又一想，万一破了脸，倒耽误事，索性还是藏在暗里听，反正这些马夫不是那锦衣卫，应该不大会提防自己。

果不其然，马夫全没在意身边总有个人贴着，一路到了车马市里卖车具的商号，配了两套车柁，还有新辅和一些散碎配件，嘴里还说要好的，走远门，但去哪儿没说。都配备好了，几个人又去猪市边的街上吃了口烩饼，赛青也跟着进店点了一份，坐旁边桌听。可没想到，几个人没旁人的时候，就不说官话了，满嘴都是湖广土话。赛青只得硬着头皮听着，连嚼饼都不敢使劲，生怕嚼的动静大扰了耳朵，但直到饼都吃完，也没听懂一个字。他心说这帮湖南人，说话动静跟嘴没长全似的!

几个人吃完就收拾好东西回了住处，说是住处，其实就是再往南，快到三里河边的一个没人管、长满了草的祠堂，半边墙是塌的，但好歹还有个屋顶，祠堂外也有片林子能拴着马，放得开车。车马市的车夫，都穷，根本住不起店，随便找个地方搭个散铺，成群结伙地凑成一堆，以便有个照应。

赛青记住了地方，也画好了几个人的影，算是掐住了这条线，见许显纯就有了底气，腰也挺得直了些。

“是几个马夫，说的是湖广话，住的地方掐着了，瞅那架势，是要出趟门，但去哪儿还要再探。”他把影册给了许显纯，上头有今天那锦衣卫和他们的画影，还有几个马夫的相貌、住处。

“不用再探了，跟到头儿了。”

欸？

这怎么回事？难道你知道他们要去哪儿？那还用我跟这线干吗？赛青有点迷糊，但没多问，乐得不跟人，在宫里多好，风吹不着、雨打不着，还能多些时间伺候爹。

可许显纯后一句话，像放了霹雷崩煳了自己：“明、后两天不用去宫里，在家整整行李，大后天早起找杨振，他带队，走趟济南府。”

我的天！

走差？杨振？

赛青眼前一黑，险些吐出苦胆来。虽说山东不远，但一来一回也要三天，再说也不知道是什么差，万一要是久了，爹怎么办？最要紧的，跟着的是杨振，这是要他的命啊。

许显纯看出他脸色有为难，脸色也一吊：“讲。”

“小人斗胆，不知要去几天，我家中有个又瘫又傻的爹，就我一人伺候。再有就是杨百户，看不上小人……”

杨振拿了我的功没得逞，又让你们掐还给了我，跟他走差出去，两场恨摞一块儿，成，杨百户这路有肉了。许大人，你把我喂狗啊？

许显纯挥了挥手：“你爹，卫所里有相好的没有？找个闲的，帮伺候几天，就说是我点的。那杨振你不用嘀咕，这些日子惹了好几桩事，让我一顿骂，他再敢肆意打人，你直接报我，我扒了他皮。”

这么一说，赛青心里多少踏实了些，可跟着，又嘀咕上了：这是什么差事？自己已经不在卫所了，为什么还要自己跟着杨振的队？

“小人再斗胆，不知这差，是……”还得问问。

“不该问的，别问，跟着杨振他们走，让干什么干什么。”许显纯不是菩萨，是恶鬼，脸一板，身上就冒鬼火，一挥手，走吧。

赛青吓得没再敢说话，只好耷拉着脑袋，倒退着出来，像个太监，出了诏狱好远，头还是低着的。

自己立了个功，得了个扣子，升了个官，可他妈还是个虫，人家想怎么着，还是得听着。

这一宿，没睡着。找谁来管爹呢？旁边胡同倒有些闲着的老太太，可得伺候屎尿，没法张这个嘴。去雇奶房里的妈子，都是生人，又不放心，还贵，自己给不起。想来想去，还得托熟人，卫所里的吕渭合适，算是和自己有交情。

转天去找吕渭，倒是应了下来，早晚各一顿饭，伺候着吃，屎尿各把一次。

“赛爷的爹，不就是我爹嘛。”这小子油嘴滑舌。赛青知道他喜欢钱，也喜欢看春宫，赛青给了他一些洗刷衣服的钱，没多少，但也多少是个数，还嘱咐：“要是一时半会儿回不来，薪俸你就替我领了，自己收着就是。等我回来，再给你画几张你爱看的。”

这小子，一听这个，乐开了花。

还有爹的饭，得做。赛青买了面，烙了一天的饼，这饼防孬，能存放得久，挂在屋里耗子够不着的地儿；又去买了两坛子大黄酱，拿布封上，还有几大捆子山东白葱和胖白菜，白菜拿盐腌上，瞅着够十天半个月，兴许自己也就回来了，这才放心。

爹啊，你可得好好的，等交了这趟差，回来我就相媳妇去。赛青给他爹擦着身子，跟他爹念叨这些事。老头一听说“走差”这两个字，就像听见了小鬼敲门，又扔碗，又挠席子，还抡拳头砸他，哭喊得昏天暗地。

赛青就只能挨着打，掰开揉碎地跟他爹讲：去的地方近，也不是拿人的案子，许是两三天就回来，也着了相熟的兄弟来照看他，让他放八百个心，一点事也不会出，再说就算出了，自己腿脚快，知道跑，刀头面前，耗子比大虫活得长，这道理自己懂。

但赛青其实心里头打鼓，这事许显纯并没交代清楚，还神神秘秘，要真是急事，恐怕当时就让他走了，但不急，又是大后天，可丁可卯的，似是卡着什么时间走，这是啥事呢？

想来想去也想不通，自己这一个月来遇到的怪事、邪事比当锦衣卫的五年来遇到的都多，没准还没完。

只能阿弥陀佛了。

到了第三天，赛青趁他爹还没醒就走了。

没敢穿小旗袍子，穿的是寻常的黑色卫服，更不敢戴银鱼扣子，他想杨振看见这扣子，不又得发疯？一路跟杨振，要一万个小心。

到了卫所，本想找吕渭再嘱咐几句，却让杨振堵在了门口。

这瘟神，赛青硬挤出笑屈膝行礼：“参见百户大人。”

他以为没好话接着，不承想，杨振不仅没给他脸色看，脸上多少还有些笑：“出门就不敢穿袍戴扣子了？”

嘿？

这瘟神眼倒贼。赛青赔着笑脸说：“回大人，小的也不知怎么着，就被赏了扣子，这不是小人命里该有的东西，都是托百户大人福，留在家里当宝贝，光宗耀祖。”

杨振“嗯”了一声，听上去似是受用：“调进宫里了？带几个人啊？”

“回大人，小人材料不行，哪里有本事带人，只能在宫里当个廷仗，举个旗。”

“噢，许大人点了名带你，说你画影画得明白，你往后这路，行了。”杨振斜着眼看他。听这口气，似是自己哪个字说错了，还是嫉妒他攀上了高枝？

不管怎的，这话就是朝自己打了一巴掌，带着气儿。赛青利索地换上笑脸："回大人，小人只是个守夜的，和镇抚使之间隔着十万八千里，能得了丁点儿提携，也都是杨大人给了小人好话才有的。这回能再回大人这儿跑腿，是福分，也是本分，只盼大人别怪小人长短腿儿碍事就好。"想在这官场里活下去，他算是想明白了，不能再当赛青，得当杨振。

杨振脸这才松开了："行，进宫几天，嘴上活儿算是练出来了，后院过马去吧。"杨振挥了挥手，在他眼里，赛青仍是只苍蝇。

但离了这瘟神，算是闯过这一关，这趟差一路上不知道还有多少个这样的关隘要过，哪一句话不对了路，哪一个眼神使错了地方，都是惹祸的火苗子。赛青一路低着脑袋，琢磨着这些，到了卫所后院的马厩里，猛地听见了几声马嘶，才抬起了头。

嘶的那匹畜生翻着嘴，眼睛瞪出了水，鬃毛戗起，被人拧着缰，左右窜着身子，后蹄子乱甩，蹬起好大一片土。这是犯了倔，或是怕了生人。

赛青略觉得奇怪，卫所里的马都是口外良马，进卫所之前就早已被驯打好了，按说不该犯倔。那畜生甩挪了身子，亮出了身旁的人。那人此时被马脑袋挡着脸，只看得出一只手拧着马缰，另一只手拎着把大片刀，要往马挂上拴，等露出那人的脸来，赛青险些叫出声来。

那人是个秃头，整个脑袋上下前后一片惨白，毫无血色，上头布满了大疤小洞，有刀疤、箭疮，靠近右耳处，还塌下去两个指甲盖子大小的一块，有的伤口显是还未好利索，隐隐泛着青；双眼细成两道缝，像是张整脸上划出的两道口子，里面是两颗白色的眼仁，小到几乎看不见；再底下是两个黑洞洞的鼻孔，直直地朝前，没有鼻梁，这是受过劓刑？都废了几百年了啊，怎会还有人这样？

正惊着，那秃头扭过头来和他打了个照面，那一刹那赛青像被大虫瞅着一般，忙把头扭开，不敢再看他。

跟着鼻子里一甜。

“这人，长得漂亮吧？”身后一个声音，甜腻腻地从耳边滑来。

身后有人？女的？赛青吓了一跳，忙要侧头看，那人却一手搭在他肩膀，扳回了他脖子：“别动嘛。”那人一声娇哼，“累了，让我靠会子。”

那人说着从身后把下巴靠在了赛青肩头。赛青脸畔一暖，一瓣温软黏香的脸皮贴了过来，跟着喘了口气，又说：“那刀也好看，是不？”

这人身上香得离奇，杏香泪？这是从南洋来的，是香露里的至宝，教坊司的女子能寻着指甲盖子大小的分量，都当镇宅的宝物来用，遇到三品以上的高官才使，赛青几年来也就闻到过两三回，这女人竟当寻常水子使？我的个乖乖，她是什么人？至于口里传来的气味，赛青实在没闻过，清甜甘醇，又带着股黏人的水润劲儿，这该不是任何水子、露子的味道，也不是胭脂味，是天生带来的？

几股子味道混在一起，又是一团软身子贴在身上，像把刷子，刷着赛青两腿之间的春心，让他不敢答话，更不敢动，胯下一个劲儿地疼。

这人的语调、这香气、这媚态，这黏人的本事和春心，是个成了精的鸨儿？

“这人没名没姓，都叫他白片子，马不让他近身，是闻得出他吃过香肉，当他是鬼。”女子悠悠地又说。

香肉？赛青知道，吓得抖了抖。

“怕了？”那女人似是察觉了，又说，“萨尔浒活下来的那批人里，数他吃过的最多。这人阴气重，最烦人看他的疤，可得记住了啊。”

说完伸出左手，轻扳了赛青另一侧脸，让他看向另一人。手指贴在他脸上，既温热又冰凉，扫过之处，既好受，又似冰扎。“那边那个花脸大个儿，是他兄弟，两人都是哑巴。这人使的是链子钉锤，最爱看人迸脑浆子。你看他腿上那块脏，兴许是昨晚上砸出来的。”

说是哥儿俩，一样的是那张丑脸，脸上的疤痕比白片子也少不了几个，只不过白片子缺的是鼻子，这花哑巴缺的是耳朵。和白片子的惨白不同，这花哑巴脸黑得像正烧到半截被泼了水的炭，烙上去巴掌大的一块红印癣，而且身子比白片子大了一圈儿，快赶上两个赛青高，穿的是寻常伙夫的短打扮，但那一身横肉被裹得快崩出来，腰上拴着两颗半个脑袋大的铜锤，挂着链子盘在腰上。这会儿他刚收拾完马，已经骑了上去，讥笑着看着白片子收拾那匹畜生。

那马仍在撒泼，左蹬右踹，死活不让白片子把刀拴上。白片子见拾掇不下，不骂也不打，直接抽出大刀，一侧身，手一绷紧，显然是要剁了这马。

赛青不由得惊吸口气，却眼前一花，一个小个儿从刀锋下滑了过去，手一抬，一把短叉悄无声息地斜着插进了马脖子，从另一头钻了出来。白片子那大刀快落到马头，被这矮个儿一断，于是猛地停住了。矮个儿得了手，立即拔叉，又闪了出去，那马从嗓子里哼了一声，脖颈下滋出三条血线头，晃了晃身子，轰然倒下。

小个儿钻、插、退，轻身功夫、手劲儿，就在一口气儿的工夫。这是什么能耐？赛青瞪着眼。

“砍死了，不好收拾。”小个儿声音衰老，原来是个老头，模样精干利索，满头白发，拿个沉木的簪子盘着，等身黑青直裰，黑面的团靴，眉眼里带着轻笑，似是慈眉善目，下手却又快又狠，拔出叉子之后浑若无事，也不看白片子，径直走向自己的马，翻身上了去，“再挑一匹，咱甭给卫爷们省钱。”

白片子闷哼了一声，没了鼻子，那声音直直从鼻腔出来，如同闷雷，转身又去马厩牵了一匹。这匹马见了前一匹马横尸当场，吓得动都不动，再没了脾气，任白片子牵了出来。

“这是哥儿俩的主子，以前叫黑判官。北京城里的人，按杀过生的数儿排队，他站前头，没人能带队。可这两年，说是人老了要慈悲，改名叫了黑菩萨，还给自己立了个规矩，凡岁数比他大的，不杀。”身后那人娇笑了一声，“可是呀，他都七十七了，谁能大过他呀？你说，他是不是假慈悲？”

真慈悲！观音菩萨都没这么心善！赛青大气都不敢出一口，浑身直打冷战。身后那人又探了探身子，紧贴在赛青背上，嘴唇贴着赛青耳朵滑过，让赛青几乎能听到这人说话时双唇张合的甜腻声响：“这仨人都是我们东厂的番子，凑在一块儿，叫黑白花。你名字里有个青字，跟这爷仨有缘啊。”

可不？我恨不得把他们娶回去伺候我爹！等赛青一张嘴，才发现自己被吓得声音都变了调：“回大人，小人没那福分。”

话一说出口，那人忽地离了他身子，在他身后咯咯地笑了起来：“大人？我们哪是大人，连个品级都没有，都是奴才呀。”

赛青在教坊司听了多年女子声音，嬉笑、轻笑、媚笑、大笑、肆笑，种种状状，却从没听过哪个鸨儿笑得比这人更好听、更慑人心魄的，这笑声里夹杂了媚、娇、癫、放肆，似是强颜欢笑，又似真意流荡。

姐姐，你别逗我了。赛青转过身，看到了那人，刹那间呆住了。

饶是自己在教坊司守夜多年，见过无数的朱颜玉貌，可没一个胜得了她，即使宫里的妃子，恐也美不过她。

撞眼的大红，绣银丝大红妆花孔雀云绢衣，实打实的苏州造，里罩了一层细云纱，恰好裹了个天造地设的妖娆身子，白玉细颈下一搂的杨柳削肩，两条长腿被白蚕纱的裙裤围着，撑着个盈盈一握的软腰，整个人，似是拿红白玉雕出来的一般，高一分多余，矮一寸造孽。头上还插着镶碧石的金钗子，那碧石大得离谱，一望就是宝贝。

两鬓散下的头发拧了花，拿薄金发环扣着，黑得像墨里沁过似的，裹着一张赛青从没见过的绝美容颜。

那脸掌半长，鹅蛋尖，圆润光滑得看不见丁点儿骨头在里头，教坊司里鸨姨们讲，这种看不见骨头的玉面脸，十万人里才有一个。又是润红双颊，仿佛梨花、桃花打在了一起，又掺了泉水塑成，晶明亮透。凝望着赛青的双眼是水雾白眸子，里头乌黑的眼珠深比幽潭，带着调笑深陷在眉里头，睫毛比赛青见过的任何一个鸨儿都长，显是有西域人的血承。那摸过赛青脸的手，正捂着嘴笑，指缝中分明能看到那唇红如石榴，齿白胜珍珠，那香气就从这嘴里出来？赛青胯下又一疼，我的乖乖，这是何等销魂的一个人？多少流连于教坊司的达官显贵，不就是渴望这等娇美非凡的容颜？

可只怕教坊司所有鸨儿全部的好看加在一起，都造不出这样一个美人。

我是看见神仙了？赛青心里像被红夷大炮轰过，可脸上却不敢造次，这人跟那几个人一伙，也绝非善类。

可是恶人，偏又能生得这么美。

不对！

美人，不一定是女人。

上下三眼过后，赛青猛然醒悟。

我看出来了！怪不得，怪不得啊，于是躬身抱拳："小人愚笨，兄台莫怪。"

话一出口，那人的媚眼和娇笑立时就停在了脸上，如同被冻住了一般，呆立着望着赛青，仿佛遇到了不可思议的怪事，撞见了不可思议的人。

大概全北京，没多少人能看出你是男人吧？赛青心里一阵得意。教坊司里养的，除了瘦马、鸨儿，还有穿着女人衣服的娈童伶男。外人不知，却瞒不了我，四年来的每个晚上，我都在房上看着他们，从头到脚，从内到外，一丝一发，一笑一颦，没有什么能逃过我的眼睛。

你也是，只不过你比他们美得太多太多，已经美过了女人。

要说他全身唯一不美的，就是腰间挂着的一长一短两把刀。

伶男着女装，扮女相，但心里仍是男人，你就是。

被戳穿身份的惊讶只停了一口气儿，那伶男就又捂着嘴娇笑起来，更狂更媚，都快弯了腰："这小哥儿好了不得，难怪许大人夸你眼神的能耐好。"

"小人……"

没等赛青说完，他又凑到了身前，脸贴着脸。

一刹那，媚笑的脸换成了另一副让人毛骨悚然的狰狞面容，那轻灵娇嫩的腔调，竟成了沙哑阴毒的恶鬼低语："'兄台'两个字再让我听上一回，小子……"他拿刀柄顶住了赛青的腰，"我两把刀，把你一块一块拆碎了，给白片子下酒。"

我的天！赛青的心似乎被人从嗓子眼里拽了出来，如同被一团巨大的黑雾笼住了全身上下，每一块肉、每一条筋，都在打着寒战。

菩萨保佑！佛祖保佑！

他这脸，这声音，完完全全是一个杀意毕现、凶神恶煞的男人。

赛青的腿，仿佛离了自己的身子，想逃出去。

还没等赛青的魂回窍，那伶男又换回了女相，仿佛没事一般，笑吟吟地退了回去，站在那里仍是娇媚如花："要叫，只许叫宝姑娘，听见没？"

说完他就蹦跳着也去牵了马，轻轻一跳，像神仙一样落在马上，脸上又挂满了甜美的笑，轻轻盯着赛青。

杨振算是条恶狗，这吃过人肉的白鬼、砸人脑浆子的壮汉、杀人如麻的古稀老人，都是杀天杀地的夺命鬼，但加在一起，都不如这分不清男女的宝姑娘更骇人。

别人是畜生，他是妖怪。

和他们一块儿上路，这哪儿是查案，更不会是抓人，这是要送什么人去阴曹地府！

章捌 驿道

神机营的符牌、工部的勘合，还有兵部的火牌，是路上通关过城时验身的凭据，田尔耕说通常给神机营的就够，可到了路上，连这个都没怎么拿出来过。

涿州、保定，原是京师两个门户，本该是重兵把守，现在城门前就两个站岗的城兵，别说查路引，连看都懒得看那些来往之人。

往来的车马路过城门时也丝毫没想要停下的意思，穿着乡服赶路的买卖人也埋着头走路。城中所住的百姓拿城门如自家的房门，随意穿行，花子、流民就在城门下摆上饭碗，呼号要饭了。

阿大、阿二似乎还认识这些流民花子中的人，路过时，总往那些人上看。

“认识？”梁正和阿大走在马车后头，并排着，瞅着离马车远点的时候，偶尔能说上两句。

阿大：“来时一块儿要过饭。”

“可不许和他们搭上话。”梁正板起脸。兄弟俩样貌现在大变，若不主动搭话，花子们该是看不出来。

“哎哎哎。”阿大灰溜溜答应。

梁正看了看前头，卫剑锋和韦阿二并排，卫剑锋警觉地看着身边穿梭往来的行人。马车上的车夫，换着驶马，其余的就在车斗里盯着货，分毫不敢大意。

想了一想，梁正拨转马头回了去，把包袱里剩的干粮和肉食都给了那些花子，再回来时，看见了阿大感激的眼神。“哥，你心好。”

“走。”

火硝和硫黄分开放在两辆车上，里面裹了油布再封箱自不必少了，就是箱上加了锁后，还要用油布包了再隔紧几层，再用几层棉被厚毡裹着，下面还放了半斗厚的干草隔颠，就这，一行人还是不放心。

赶车的一队五个人，都姓陈，领头的出发后才知道运送的是火药这要命的玩意儿，于是一脸的不乐意。梁正怕他们退了活儿，就板了脸，领队的才无可奈何地上了路。

“都是路上的苦命人，家里要有地有手艺，谁乐意在这路上东跑西颠没个着落？”梁正跟卫剑锋说。卫剑锋嫌他对马夫太客气：“没像你这么对他们的。”

欸，对他们好点，给你认真做事，一出一获的事。

这一路，吃住梁正可真没委屈他们。

涿州到卫辉，是养猪的阔气地方，总能见着猪肉，做法大多是烹、咸酒烧、酸酒烧、火烤，还有油爆猪肉，这都是大饭馆子里的做法，自是没法享受，只能挑那些城外驿道边的干净酒家，吃法虽然不似大城里精细，但有自己的味道。肉要肥有肥，要瘦有瘦，拿调好的汁水杀过血臭，再拿来煎，那肉自能迸出油来。瞅到肉卷了起来，再放酱煎，到酱吃进肉里，外皮见了些许的黑才算好，裹在黄面摊的饼子里，就着葱和野茴香。梁正一口气买了十来斤，拿油布包着，一路上吃。

带去的路资，虽该省着花，但吃上，多少能松些。在北京，实在缺荤，今年不是瘟年，按说各省出肉不少，可城里的肉食都被商人霸占着通路，贵得离谱，兄弟俩薪俸又少得可怜，一个月见不着肉很平常。路上见的肉，虽说穷人仍是吃不起，但总比北京多些。

入了河南，远处就可见了大山，一路上林子也多了，隔不上十几里，就是一伙乡民拉网子下消息儿捉雀子，黄的绿的都有，都是从山里飞来寻谷物吃的，多得遮云蔽日，马夫挥鞭子都能抽着。乡民逮着后就地褪了毛，拿油炸，还有火上烤的，一个铜钱一串儿四个，就赚个油火钱。那雀吃肥了麦，一碰到火，就焦脆得紧绷了皮，缩成了滴油的肉团，黑红黑红，放嘴里一咬一口的汁水，骨脆肉嫩，一整天嘴里都是香的。

又连车带马，上了渡船过黄河，赶上没发水，岸边宽大平坦，船家就顺带着做路饭的生意。支起大锅，扔上七八条现打的活鲤子，都一臂长短，亮得跟那块马蹄金相似。炖法不算精细，生姜、葱、蒜、香叶子、八角，豆子腌的臭酱、黑酱水，都是大块大勺，还有大碗糟酒，讲究的才放入零星几根红山椒。看肉炖出了白，还要放些回回蒜和韭，一锅里浓汤赤酱上趴着白嫩鱼肉，点缀着绿。一伙人围着大锅，拿树枝子当筷，捞起来细看之下，鲤子肉能看出纹路来，软绵细嫩，却带着韧，一尝便能知道是大浪里的鱼的味道，实在比什刹海那里游不动的懒鱼强得多。又有游贩叫卖窝头饼子，吃罢了肉，买些来揪了碎块扔在锅里，泡满了汤水再捞出来，一行人吃了四十几个，把游贩乐开了花，众人也美。

再往南走不上多远，便能吃到稀罕东西。竹林里的大黄鼠，龇着牙，一动一身肉乱颤，正是吃饱了笋等秋时的肥。洗剥利索，拿腌过的红酱兑水炖在大锅里，那物一待锅开了，便在汤水里上下翻滚。酱里还有大把的金盏花、六月菊、香叶子、回回蒜和甜菜，足量的盐和姜葱，似是还有些不知名的什么草根子。肉炖得通红反亮，最厚处撕开都是绛红色。拿细竹枝子穿着吊在驿道边，被风一过，一里外都能闻到肉香，引得野狗子嗷嗷疯叫。不过要价可高，七八个铜板一只，说是抓得不易。梁正在京城待惯了，哪见过这物，觉着蹊跷，不太敢碰，但忍不住肉香，旁边马夫们更是一个劲儿夸这东西的能耐，于是一狠心，给一伙一人买了一只。待这肉一进嘴才知道厉害，这世上有这好吃东西？香得魂都没了。

这么吃，竟比京城里的溯春楼不差，梁正心说，这趟真是美差。

几顿下来，几个马夫再没吊一次脸。梁正心说，再吊脸就没心肝了，往常买卖里哪能和东家一起吃饭？更甭提有肉，还是想都不敢想的美味，就冲着路上这种吃法，别说运火药，挨炸都乐意。

香的又何止这些？有成片成片的水，出的是白鹅，吃小虾子水草长起来，最是干净。驿道旁就是店家，说要吃，就现去池子里挑一只，手脚麻利的，一眨眼就拔剥好了。然后开水炖，肉说烂就烂，后捞出再拿料炒，用的都是重料，麻椒、红山椒、麻花叶子、大黄酱，甚至还有南方过来的肉枝，猛火重油，直把那原本白嫩的鹅块子生生烧成酱红才罢。那味道香中有麻，又有红山椒蜇嘴的苦疼，却最是好受。这红山椒显是还没传到云南山里，阿大、阿二没见过，不知轻重吃了两个，被蜇得嗷嗷跳高，惹得马夫们一阵坏笑。

沿路还有卖鱼汤的，切碎了的鱼块子，叫得上叫不上名的，花花绿绿，拿大石锅子盛着，又放进去了带肉的羊腿骨头，一起炖个半日，直到鱼肉都没在了汤里，才摆出来在驿道边卖。那汤浓得似是奶妈子下的，雪白，进了嘴都化不开，咂嘴都舍不得流出去几滴。也便宜，一个铜板一大碗，还给个油饼子，马夫们都不好意思让梁正请客。

各色的野菜，更是多得从没断过。嫩得冒尖的竹节菜、扫地苗，都是道边上能摘到的，有时马夫们歇马，会捡些留着交给打尖儿的店家做了。匙头、鸡冠、野园荽，这都是想在哪儿吃就能在哪儿吃着的，还有鸡儿肠，掐了叶子只吃茎，脆生得堪比芹菜。雨点儿菜、凉蒿、八角菜、六月菊、山芹菜、麦蓝这时节更是遍地都是，做法也轻巧：要么是裹上面拿菜油炸成饼，金黄金黄的，要么捏成丸子蒸熟，或者图省事拿水滚上一遍，直接扔盐和酱拌了。梁正爱末一种，最能解暑，此时是临秋，天仍跟着了火似的，每日里日头最毒的时候，一行人就在林子里歇马喘气，这些凉爽青菜是最好的闲食。

马夫们自是高兴，马是他们的命，正午时能歇马，让它们喝了水歇个脚，这是好东家。那领头的老陈，一路上把夸他的话都挂在嘴边。

从一开始的“二位大人还带我们吃饭，这个！”挑大拇指；到后来，“真是官家，比做买卖的商号阔气、豪迈”；再到，“真是，拉一辈子车，遇不到二位大人这样的，要吃给吃、要喝给喝”；到最后让干什么干什么，梁正下马他们都恨不能早跑两步给扶着。

“倒不是要当大爷。”梁正回卫剑锋，“该板脸的时候还是得板，你得想，这一路上如果他们动点歹心，就算是不给踏实拉，咱怎么办？”

“怕他们太熟，就没了主次，把咱的事乱说。”

“咱管住自己的嘴，不说不该说的话，想那几个人又不是金刚菩萨，怎会知道？”

自己这兄弟，就是心重，也爱把人往坏处想。

“咱仔细归仔细，但对人，还是得实诚。”梁正大着卫剑锋几岁，从小就教着卫剑锋这些。

“对他们，也不能太纵着，你看那兄弟俩……”卫剑锋看了一眼正在河里扑水洗头的两兄弟，“出了京，倒是知道干净了，见水就洗澡，吃也挑好的，只怕再过几天，就学会奸懒馋滑了。”

韦家兄弟跟着走了不短时间，和自己兄弟二人也熟络了许多，官话也会说了一些，口音不再似原来那样难懂。许是身上那身官家杂役的衣服给壮了胆子，看人也不再似原先那样胆怯惧缩，偶尔在马上，还挺胸抬头了起来。

“他俩，我觉得不会，能一路把金子藏到北京，绝不是闹腾人，这是跟咱俩一路，心里有底了。”

想来也是，破衣烂衫一路当花子去的北京，回来时却骑着马穿着官家衣服，纵然是个冒牌的，但至少也风光，且沿路吃喝都是好的，不再是去北京时的穷苦不说，连在诏狱挨的打，都算是补了回来。

好在两人虽得意着，却没忘记不能和人说话的规矩，一路上对马夫、店家、城兵等旁人，都没张过嘴，马夫一伙儿竟真当他哥儿俩是哑巴。

梁正瞧着卫剑锋，又说：“换作是你，顺当完了差之后回北京，怕也得是趾高气扬。”

本是句玩笑，卫剑锋听了却一脸梆硬：“未必。”

“什么意思？”

“这几天我一直琢磨，这案子该不会那么简单。”

欸？

梁正拧起了眉头：“怎么讲？”

“说不上来，就是蹊跷。”卫剑锋瞅瞅左右，马夫在车里凑成一堆耍着牌九，韦家哥儿俩仍在河里洗澡，于是又接着说，“你说，田大人干吗找咱俩？”

这话前头说几遍了，怎么又刨出来再问？

“咱俩没亲没故，光棍两人，案子从咱俩这儿透不出去，咱又本分，不就是因为这个？”

“正面是这儿，可你再琢磨背面。”

“背面？”

“没亲没故，案子没人知道，同样，路上死了也没人知道。”轻声轻语，却如刀锋扑面。

祖宗！胡说什么呢！

梁正一立眉毛，眼神像鞭子一样抽了兄弟一下，瞅左右：“别瞎说！谁要咱死？这又不是要命的案子。”

当初思前想后，从里到外，闻不到一丁点儿血味儿，才接的这案子，这倒好，你接的时候不言语，现在又觉得蹊跷。

卫剑锋似也知道话说惊了，忙给了个笑：“我这就是瞎想。”可说完也扭头又看看左右，压低了声音说，“不过京城里传的风言风语，说田大人这一党和东林党打得天昏地暗，这事要是让东林党知道了，你说，你是他们，你怎么做？”

这一说，倒真是点到了自己，自己也想过，整个案子兴许险处就在这里。东林党诸地都有人，若是暗中拦住了自己这一伙人，一来等于断了魏忠贤兴兵的军饷；二来，还能告魏忠贤个大逆不道，违背祖训，毕竟禁矿是先帝定的规矩。可再一想，断了军饷东林党就得意了？国破家亡难道是这些文官的目的？不对，肯定不是，再怎么说，那些文官为了留个清名，连被廷杖活活拍死都不怕，谁会做这等背负骂名的坏事？

“我若是东林党，这事不敢捣乱，捣乱就是作歹。”

卫剑锋没说话，只是看着梁正，不点头也不摇头，半晌才说：“这年头，咱也分不清谁好谁歹，反正我就信一条，谁想暗算咱，甭管是谁，我有刀。”

说完，他手一握刀，紧紧地盯着梁正，眼睛里透满了杀气。

正巧韦家哥儿俩光着腚从林子里走出来，看了卫剑锋要狠，吓了一跳，愣在了当场，一脸蒙，似两只偷东西被堵住的猴。

梁正和卫剑锋见了，脸一松，笑了起来。两兄弟不明所以，捂住了裤裆，跟着笑。

又上了路，日头已经渐西，从图上看，前面四十里就是镇子，中间没山没河，一行人就也不着急，好歹天黑前是能住下。梁正想着卫剑锋的话，心里颠腾，就和阿大说话：“阿大，当初你俩带着东西来，路上没出过事？”

阿大被问，有点愣：“出事？啥事？”

“没露过馅儿？”

阿大这才明白了：“谁翻我身？我都嫌自己臭，人躲还来不及。”阿大咧嘴一笑，“不过，还真有几次险，一次路上有个歹花子抢饭，我急眼，他撕我包袱，差点露出来。还有一次，不知道是啥人造反，兵荒马乱，我们躲在山林子里二十多天。那会儿山下头还发大水，我俩偷吃的都偷不着，饿得都想吃人了才出来。当时怕得要死了，就怕造反的人进林子，搜着我们就完啦，肯定是扒了衣服去搬死人。”

“你想过没有，要是这两桩事没躲过去，可咋办？”

“还能咋办，一脑袋撞死就完了，哪有脸回去见爹。”

“是你亲爹？”

“不是，矿里他最大，我们都叫他爹。”

“听田大人说，他想当官？”

这话，似是按到了阿大的麻筋儿，点了个头：“我是不懂，在山里逍遥自在，谁也管不着，当官算个啥？能把山推了？打我那官，大吧？凶得跟狼似的，不嫌我脏他都能咬我咧。爹要是想当这种官，我们全坑人不跟他干了，欺负人。”

说的是许显纯，听说这人是个魔王，梁正点头。

“我想不利索，梁大哥你给说说，你说我大老远送了个宝贝给他，他不谢我，他还打我？你说他有啥道理打我？我没杀人、没放火，又没偷东西，我还给他磕头撅屁股，还打，这京城里没王法了？”

他口音难懂，梁正只明白了大概，知道韦家兄弟一肚子的委屈，可这诏狱里一天多少人犯要审，打是最快的办法，是没王法，但也没办法。自己躲诏狱远远的，就是不想当这种差。

“这都是底下的人不知道，那天咱见面时的田大人是大管事的，给了你爹赏，还说对不住你们，说要路上补你委屈。”

“他行，是好官，你俩也是好官。”阿大咧着嘴笑，“给俺们肉吃，挨几下打没事，不听话，爹也揍我们，我们俩都给揍瘸过。”

“那就行了，挨打的事，过去也就过去了，多吃点肉，多睡点觉，有啥想不整齐的，也就没了。”

阿大“嗯嗯”点头：“以后你当大官，收拾那些王八蛋。”

“可不许瞎说。”前面的马夫回了个头，梁正忙让他住嘴。

说话间，日头缓缓落下，开阔的驿道上，一颗闲石子儿都没有，路平土沉，所有的马都撒开腿迈大步奔着，压得车脑吱吱作响。西边金红色的日头下面，勾勒出太行的轮廓，黑色延绵，直到天角。头上眼前目光所及之处，和那块金子一样颜色的云在天上烧着，也像是点着了一望无边的麦子，那麦子被烧成了一片片金色的火，在风里拍扑着大明疆土，有时还挡住了远处的路。麦田里不时露出黑色脑袋，那是麦农一群一群，正赶着末伏收麦，弓着腰，喊着不知道哪一年开始传吟的麦歌，辽阔空远。禾花雀被收麦时掉落的麦粒勾着，藏在地上埋头猛吃，人一过，就叽喳着飞走。笨的往两边飞，撞在田边的网子上，挣扎扭动；机灵的往上飞，尖叫着钻向红霞和渐入黑暗的远方天空。

自己一生，没见过如此景色。

老陈指着天远处喊：“麦子见一片少一片，再几天就是湖广，过了江，见不着面喽！”

可得多抓点紧吃些馒头，米那东西自己怎么吃也吃不太惯。于是后面的时日，面就没断过，耳朵宽的麦面，是拿石面杖擀的，极长，一碗面就是两三条，用羊腿骨熬汤，扔大块不着刀的羊肉块子熬成稀烂，浇着吃，这是当地百姓的吃法。还有山东走过来的人做焖面，拿肥肉丁子煸炸出油，把生面扔里面炒散开，加肥肉汤水焖成，再扔进去几把现揪的野菜，随便什么都好，菜根都不去，直到水都焖没了，才放酱猛火翻，好后拿荷叶当碟包了，捧着，坐在车上都能吃，肉汁和油砸进了面里，浓香透了。其他的各色炒面、泼水杂面，比人还高的大刀剁出来的大刀面。西北传过来的拔面、碎皮、叶子汤，本地人爱吃的河漏，还有连汤带水、漂着肥油的烩饼，都把众人吃得眼花。至于各色的馒头卷子，更是不断顿地吃，尤其爱吃那从屉里拎出来的，什么都不就，单吃着热味，都是顶饱的口粮，直到吃的在驿道上见不到了，就快出河南了。

从此一马平川的路，就开始拐弯，不高的山头弯弯曲曲，让赶路慢了许多。有的山连成片，一走就是大半天。赶上阴雨连绵，便拿大毡布厚厚实实地盖住箱子。

老陈也再不敢由着马快跑，驾车的人也变成了两个，一个掌鞭，另一个站着看路，到下坡时，还让韦家兄弟把马连在两辆车后，看到险处，就勒住马拽着车，以免冲得太快。韦家兄弟没做过这差事，瞅着好玩，就当了游戏般玩耍，少不了挨卫剑锋呵斥。

“这两人，闹个没够。”卫剑锋没好气儿。

韦家兄弟，自己这一路上都在细查，真是天真无邪的两个人，好似两个没长大的娃娃，喜怒悲哀全由着脸上。挨了卫剑锋的数落，也停不住多久的难受，不服气愤更是从没有过。此外二人对人也是一片至诚，不分高低，每日搬上卸下的力气活儿，归拢归拢，怕是比马夫干得还多，也没说过任何抱怨的话，似乎是觉得自己该做这活儿。马夫有个磕碰，二人从树林子里转个半圈，还能找着几根草药给嚼碎了抹上。听两人说，就是在诏狱牢里，还帮着同牢的人找药。

“不帮咋办？那人挨的那打，跟被豹子舔过似的。”阿大直叹气，“这得多大的罪？瞅着又不像坏人。”

而且梁正发现二人似乎从未有过心事，每日说睡就打鼾，说醒就起床，还起得老早。又似是不知道愁是何物，天天挂着笑脸。很难想象这毫无心计的两个人，如何从云南一路走到北京，穿过这大明腹地。但又一想，山里采矿之人，该是没少集天地灵气，没准更能获得上天眷顾吧。

“两位大人，再往前就没了平地，也就是进了穷，再见不着好面好肉，赶上灾年，咱这块地界，路上劫道儿算个正经营生，不歹。爷听我一句，咱绝不能走夜路。”老陈还没进湖广就跟他们千叮咛万嘱咐，“从北往南还好，要是从东往西进四川，就咱这几个人，搞不好都得交待。”

湘西匪祸，虽不如辽东人多，但抢起钱财来的凶残，毫不弱于辫子兵，自己早有耳闻。

不仅不能走夜路，即使白天，也提着十二分的警觉。梁正、卫剑锋一前一后，韦家兄弟盯着左右山上山下，午饭不吃店，只在路上买能在车马上吃的，歇马也不卸鞍，抓白天赶路，日落前入店。

虽然不少店家仍开在驿道边上，但不似之前的一马平川，多数都在山里，一入夜，危险较平地陡增。

住店挑的是家模样整齐的客店，最好是背靠着上不去人的山，还要有院墙。卫剑锋先进店看上一圈，挑了两间大房，一间给兄弟俩和韦家兄弟，另一间给老陈一伙。倒不是心疼马夫，而是不想他们在马厩里窝着，若乱嚼舌头，难免让人听见。

火硝硫黄绝不能放给店家看管，必须进房，也没许马夫搬运，由二人和韦家兄弟搬进房中，隔远了搁着，每堆都拿铁链子串在一起，锁进两个石头礅子里，上面还埋了消息儿，用细到不留意时看不见的丝线挂着铁链，另一头锁在床脚，中间处牵着铃铛，轻轻一触就叮当响。

消息儿除火药处外，还有四堆儿，卫剑锋每天住店都要摆布一阵。

第一堆儿放在房间大门外和窗外，撒的夜磷粉。那物从海外进来，造法不详，许是拿不成个儿的夜明珠子碾碎成的粉，撒上薄薄儿层，再在上面撒一层灰土遮住，夜里若有人走过踩乱了上面一层，打灯一照，便能看出来，这堆儿打好之后，就再不出屋。

另一堆在大门里头，临睡前摆布，和火药箱子同样的消息儿，若是门打开，铃铛登时就响；还有一堆儿在窗前，也是同样的道理和摆法，为了防贼捅破了窗户下睡药，还要先用板子盖满了窗。

最难摆弄的，是守房顶那堆儿，要先在屋里四角敲上钉子，然后挂上小眼蛛网，长宽都是三丈，细密至极，铺开抻紧钩在四角上，再拿几捧子小细铃铛四处钩在网上，若是有人踩着房顶的梁，掉落的尘土会引得铃铛响动，一响还就是一串。

做完了这些，仍不放心，二人脱衣不离刃，家伙什儿摆枕边，也不熄灯，亮着整宿。一来让人以为屋里人没睡；二来就算进了人，出手就能打，免得摸黑。

但就是这样，在新野城，天一早，卫剑锋打开了门，拿灯照了照门口，当时就沉了脸。

“夜磷粉被人踩过，夜里来过人！”

章玖
跪见

整十天之后，崔呈秀才给了吴淳夫面见那三个人的信儿。

在轿子里，吴淳夫心里七上八下，终于要见真神了。阿弥陀佛，老天保佑！

吴淳夫是被蒙着眼拉进的轿子，轿窗全被木板封死了，为的是不让他知道去了哪里。

听车轮的声音，一路都是平道，没出磕碰的声音，也没觉得颠簸，只是七拐八拐没几下就把他弄蒙了。

折腾了大半时辰，才到了地界，轿子门一打开，就觉得戾气极重。这个大院子里，眼睛看得到的人都是穿黑袍子的锦衣卫，往来巡视。红袍子的东厂番子也有，但都是只把着门。里三层外三层，见自己这个生人来，每个人的眼睛都从上到下扫视了自己一遍。

面见的地方更是奇怪，该是在地下。引路的番子带他去了偏厅，拐了两道，就一路向下，进了地底下。

显然是先改好了底下，才有上头的房。地底下，是拿大块石料堆砌成的拱顶，像是地宫，灯光昏暗，幽深曲折。铁栅栏门一道接一道，每道门前都有人把着，道道要看一遍帖才放人，那帖上，有三个人的姓：魏、王、涂。

“吴大人是万历三十八年的进士，在余姚做了那么多年县令，没少攒本事，可一直没等到出头的节气，委屈了。”崔呈秀收下他的贿赂时，眼眯成了一条缝，说，“巧着，听涂公公讲，魏公公正为一件买卖事愁着，这几天，我给你使使劲。”

叫自己吴大人，说自己没出头，吴淳夫知道那是客气。自己倒霉，得罪了同僚，又不愿意动养老本贿赂，天启二年末就被找了个碴罢了官，扔回了老家。

吴淳夫在老家待了三年，得了高人点拨，想通了，不贿赂不行，这个朝廷现在说到底，就是宦官和商人之争，哪一边儿都认钱。自己有点银子，又熟谙买卖上的门道，只要舍得贿赂，在哪边都能找口饭吃。于是花了五千两银子买了个官职，又变卖祖产补了五千两银子贿赂崔呈秀，想投靠宦党。

宦党贪财、排异、手段毒辣，但仔细一琢磨，入了宦党之人，无不飞黄腾达，而且快，相较那些东林党的文酸臭气和论资排辈实惠了许多。

但没想到的是，崔呈秀给安排的面见，竟然是这么个阵仗。待在地下又过了三道门，灯光就暗了下来，守卫也不再是锦衣卫，全换成了穿红袍的番兵。又过几道，连番子也不见了，在一道架着厚棉被的大门前，十几个蓝袍的太监把着。

“除衫。”

欸?

脱衣服？吴淳夫愣了，不敢不从，就老老实实当着太监的面，脱去了身上衣物，只留下贴身的亵衣。

一个年老太监又查了查他身上，找不着藏东西的地方，才点了点头。两个小太监掀起门上的厚帘子，四个小太监钻了进去，费劲架起门上的沉木闩，又两个太监推开了这道大门。那门吱呀作响，显是极少被打开。

这里头有什么？吴淳夫心里叨念，恐怕就是进皇城面圣都没有这么麻烦。

待门一打开，吴淳夫侧身进去之后，才往里打量了一眼，立时就停了眨眼、停了呼吸、停了心跳，更停了一切念想呆立在那儿。

我的天！

有生之年，他从未见过如此慑人心魄的东西。

大厅里，是一座顶着房顶高、齐着厅宽的巨大金山，散射着比世间任何一盏灯火都明亮的光芒。

天哪！吴淳夫瞪大了眼睛，自己有生之年，恐怕连做梦都做不齐这么多宝贝。

明白了！明白了！怪不得戒备如此森严！

这是内府供用库，魏忠贤管的大明内库！是传言里的皇家宝库！是老朱家几代爷爷孙子攒下的家底子！

稳住，稳住，不定哪里就有眼睛盯着。他定了定神，揉了揉眼，打量起这座宝山。

天底下所有和“富贵”二字沾边的颜色，都在这里聚齐了。最靠眼前的，是各色宝石码成的一堆儿，放在敞着口的沉木大箱子里，有十七八箱，箱箱冒尖儿，富余出来的，还散在地上。定睛细看，照红殿最多，颜色都如鲜血，淡的也是石榴子红；还有蓝碧石、碧石、紫宝石、猫眼珠子，还有些从没见过的透着亮的无色石头，昆吾？这些石子儿个个都是天地造化出来的，被光一打，四面八方折散，光华夺目。扔在浮头儿的散碎宝石，小的都比豆子大，箱子底下的能有多大？想都不敢想。

还有珍珠，那阵仗更要命。寻常富裕人家里见的珠子，是拿盒子盛的，摆在显要地方好生看着，或是藏在首饰屉里，哪似眼前，使的是到腰高饮马的马槽来装，满满十几大槽，还不得几万颗？

吴淳夫在浙江做了多年县令，懂得相珠之道，一眼打过去，就知道这里的都是珍物，颗颗饱满浑圆，正经的走盘珠子。白的通体亮白，丁点儿疤痕没有，满得像要爆开；还有粉珠子，也是素面朝天，蹊跷的是这颜色，万里才有一，似是新生娃娃的肤色；还有些金色和黑色的，自己只是听说，从未见过，比粉珠子更大，准是当年郑和走南洋的时候带过来的。这些珠子大的比得过指甲盖子，小的也大到足够当铺当宝贝吞了。所有这堆，也不分个高矮胖瘦，就那么随便往槽里一放，泛着一片片白茫茫的光。

这些宝贝就这么扔着？村里腌豆子呢？吴淳夫好一阵心疼，也好一阵眼馋。

这些只是最前排的，后面两列柜子，最前面四排矮的摆着成个儿的夜明珠，拿玉雕的架子托着，整齐的二十四颗，颗颗大如鹅蛋，好似是一窝生的。原本这珠子就是罕见罕闻的宝贝，更难得的是，竟能找到大小个头儿一模一样的，还凑足了两天的时辰，这既要花没头儿的钱，也得花没头儿的能耐。此时灯光正是幽暗，走近了那些珠子看，最深处似乎有朵绿色的火苗在跳、在溜达，简直神得离奇。单这些，恐怕就能值一个部的官，吴淳夫又啧啧了两声，这东西，也就只能是皇帝家才有。

再往后的柜子，摆的是珊瑚。在北方，玩古玩珍物的人里认这东西的不多，但在南方，这是顶了天的宝贝。因成形的珊瑚长在海底，扎根在石上，经年累月之后与石结成一体，极为坚固，又伴生着海里的怪流、恶鱼，采珊瑚之人常常下海无回，能得一片，通常得十几条命轮着去掘，故从南洋回来的船把这东西当天下至宝。自己见过的珊瑚都是安南附近出的，论个头儿和颜色，都比眼前这些差得太远。里面的红帽子叶，颜色和那照红殿差不多，但色更匀；还有半人高的粉顶，一滴杂点都不带有的，枝丫蔓延，颜色比梅花还嫩、还俏，见过懂行的，叫这颜色是处子顶，意思是少女胸脯尖还没长出岁数时的颜色；脚下还有其他矮株的，更是红出了一片鲜艳，白芝、泛血桃红，大的小的都有，最艳的，还算是挂在枝子上的几大串子佛珠，都是拿顶好的红帽子叶做的，还点缀着绦子和玉。吴淳夫望进眼里就拔不出来，他家也有珊瑚做的佛珠，他娘信菩萨，一直用，可磕头磕了一辈子，也磕不来一串这红帽子叶佛珠。

可没工夫想这些，得先把这堆宝贝看完。

还有三排柜子放的是玳瑁壳子雕的各种摆件，零散堆着，显然是瞧不上。也是，王八、乌龟，海里、河里都是，无非大小差别而已，这东西自己也不大瞧得上眼，跟别的一比，算不得啥。再往后才是真宝贝，柜子上、脚下地上，摆的扔的都是玉件，这可是国器，也就是在这儿，才能看见传国传代的玩意儿。玉璧、玉圭、玉板带、如意、壶、碗、爵、盂，小件的也懒得细看雕的是什么，只看大件的，个个都能把人吓死：一件撞眼的，是个整块白玉凿出来的鹿，和真鹿一样个头儿，转头凝盼，如同活的一样；还有个人高的玉花盆，上头雕着百兽图，细看之下，竟然有的地方还是镂空的，这是什么手艺？还有整玉雕的假山、菩萨、佛陀，最大的是个整面玉刻出来的屏风。绿白交杂处，好似绿水白浪。

吴淳夫只恨自己眼睛不够大，装不进去这么多东西。可这些东西，只是这座金山的点缀，槽子、柜子和地上的宝物之后，才是这金山的正主。

满眼的金色，像团烧着的火，吴淳夫站在这座小山大小的金堆前，喘气都喘得不那么顺畅了。这些金子是怎么来的？怎么如此之多？

镶着各种宝石的金件，就彼此交杂别错着堆在那里，和老家乡民堆的柴火垛子相似。金丝髻、头罩、大大小小的金冠，竟还有孩子的，还有看上去是整套整套的几副头面，都被拆散了，随意堆放，这要是再归拢回去可就难了，吴淳夫心说。

还有大大小小的金锭、金条、金石子，最多的还是金锭，打成马掌大小的金锭子，看了看背面，有几块刻着“浙江银作局熔九成半色金五十两”，还有作头和工匠的名字，明白刻着“永乐十二年九月”，那年成祖征瓦剌，该是犒赏功臣的金子，不知怎的留在了这儿。其余的金镯子、坠子、金牌，数怕是都数不整齐。还有各种稀奇古怪的物件，金鞋上镶着个绿色似是玉的石头，但比玉色更沉、更厚，造法也不像中原造法，此外还有金锁、金钥，还有金把的琉璃锥子、金面具和两桶金子造的千里镜，该是西洋来的。大大小小的金佛、金拂尘、金匾、金马鞍子，更漂亮的是一盘子金打的寿桃，寿桃都是拳头大小，每颗顶上，都镶着红枣大小、价值连城的鸽血红。

“这世上，帝王变换，将相轮番。什么法理正恶，换张嘴说，黑的就成了白的，白的就成了黑的。但凡时候到了，是个东西都能变个颜色，可就一样除外——金子。”

这是他十五岁时他爹跟他说的。他爹对金子的渴望纵贯一生，但最多时，家里也只有些包金的钗子和散碎的金锭，贿赂给崔呈秀时，他卖了个精光。

金是龙色，属于皇帝，属于朝廷，属于攀龙附凤的王公大臣。

自己家不配？未必！先把那些卖了，是赌一个机会而已。这乱世乱朝，对买卖人、百姓、苦命鬼都不是好年头，但对自己来说，许是不一样，越乱，越存在着逆命而为的可能，自己等的，无非是个机会而已。

一想前程，就出了神，等醒了回来，吴淳夫却是一激灵，眼神就再没回到这些宝贝身上。可不能再看了，这会子眼里有一丝贪念，被人瞅着兴许都是罪，这内库显然是在东厂地界，这鬼地方，石头都耳聪目明。

这些宝贝，不归自己，也就不是宝贝，耐着点性子，没准自己以后也有这些，只要过了今天这关。

吴淳夫盘算着，身后一个铃响。

抬头看，又是太监，这人也就十五六岁，比自己儿子还小，是个侍童，不如方才守门的太监官职高，但穿的是正蓝色内宫袍子，和先前的暗蓝色袍子不同。这可非同小可，意味着要么是伺候司礼监大太监的，要么是伺候皇上的，哪怕只是个长随、奉御，搞不好都有名有姓。这些人蒙着魏、王、涂几大太监的管，在外廷大臣那里都敢呼喝叫骂，更何况自己这个小得他恐怕都没见过的官。

吴淳夫忙行礼："听公公吩咐。"

果然，小东西眼神看着地，似眼里根本没有他这个人，一伸手，示意他跟着。

想不到库后面，还有层不显眼的通道，拐了三个弯，又是个栅栏门。

小侍童示意停下，栅栏门两侧还站着两个同样年岁的侍童，三个人，一样高矮，一样薄厚，一样的脸色，甚至连眉毛、眼睛都像是同一个人的，简直是一个模子里出来的。

三胞胎？

那两个小侍童也不说话，指了指他身上的衣服。还要再除衣？他只剩下裹身子的两块布了。

三个小侍童哪理会他，一左一右上了手，把他脱了个精光，连发簪都解了去，又细查了他头发之中、腋下，还掰开他股间查看，让他好不自在。直到浑身上下空无一物，才给他换了身上下没有口袋扣子的袍子，用带子一扎，带他进了栅栏。

这种查法，让人汗毛直耸，合着要见那三位，比见那金山还难。

欸？仔细一想，这就对了！第一趟脱衣服，是为了防窃宝；这趟脱，怕是要见正主，防的是行刺。又一想，两次不同，似乎又隐隐讲着身份——见老朱家的宝贝，难；想见那三位，更难！想到这儿，吴淳夫心里一热，这何止是对，简直对透了！如果没这排场身份，自己犯得着投靠？

跟着进了栅栏，又拐了两拐，见到个精致四扇门，小侍童伸手示意他进去，一开门，就觉得一股子阴冷气。

门挺小，房挺深，因在地下，没窗，只有墙上一溜儿灯，也是半亮不亮地闪着。吴淳夫往里走，感觉远处的黑暗里似有人在低语着什么。

小侍童又拿铃铛轻晃了一下，倒似摇醒了吴淳夫，这小东西连通报都不说话，原来是个哑子！路上那俩也是，都被拔了舌头？

吴淳夫头皮直发麻，不敢细想，低着头，翻着眼睛看那前头，说话的人就是今天要见的正主。

三尊像，三位佛，三座活金山。

坐正中的，穿大金游龙绢造东厂督主白袍子，小脸浓眉，六十上下，满头白发，额前三道虎纹，面带红光，正闭着眼歇着，这是司礼监大太监魏忠贤。左、右两侧是另两个大太监王体乾、涂文辅，一瘦一壮，也是相似打扮，只在冠上有区别。

司礼监秉笔、掌印、秉军三大太监，内廷之主，大明真正的掌权者，除当今皇帝外最有权势的三个人。

“卑职吴淳夫，叩见三位公公，愿公公仙体康健，永辅大明。”

三个大太监见的阿谀拍马之辈如过江之鲫，所以奉承话绝不能多，要说，就必须说到点子上。

太监最在意的，是两件事：一是身子，三个都是自己割了鸡子儿进宫的，都不是全乎人，说他们是仙体，是奉承他们自宫是为了求道修真，好听；二是位子，他们仨和东林党斗了多年，最怕的就是不知道哪天哪件事斗败了，被扔出内廷这个人们顶礼膜拜的坛城，讲永辅大明，是祝他们一直在高位不跌下来。

跟他们说话，每句都得讲究。

“来，别让吴大人跪在地上。”说话的是王体乾，三人中最老，一脸褶皱，面皮垂懈，白发许是都掉没了，帽冠卡在头上有点摇摆。这太监在三人中品级最高，名义上是内宫宦官之首，但崔呈秀说此人在三人之中地位和实权却是最低。

小侍童搬过来个软垫，放在他膝盖底下。

欸？

这不还是跪着吗？

跪着是该着的，从跪着回话，到站着，再到能坐下，路远着呢！吴淳夫心想，自己是个屁都不是的芝麻小官，花了一万两银子，才能见着三个人一面。今天这道关隘，过去了，就进魏党，之后连本带利能回来；过不去，别说钱要不回来，搞不好命都得搭进去——方才那堆宝，放地下那么深，就是因为见不得光，鬼知道这三个人怎么弄来的，自己看见了，命就不是自己的了。

吴淳夫觉得自己手心有点发凉，在垫子上跪好，又是一拜：“谢王公公。”

“吴大人，外头那堆闲白玩意儿，您可都看见了？”王体乾不等他跪稳当了，慢悠悠地问。

“回公公，看见了。”

“可知那些是怎么来的？”这话是第一道关隘，得装傻。

“卑职不知。”

“在那三位眼前，三个忌讳：一是别多嘴，只答别问；二是别每句奉承，回了话，就完；”来之前，崔呈秀一再叮咛自己，“三是别自作聪明，自作聪明的都……”他拿手抹了下脖子，“多了去了。”

王体乾点了点头：“那是头几位先帝留下来的，还有从冯保、张居正、王安家里抄来的赃，连带着神宗从各地征的盐税、矿税，内库几辈子的家底儿，可都让吴大人看了。”

你一句话走漏出去就得没命，吴淳夫心里替他补齐。

王体乾又侧头看了看魏、涂二人，继续说：“听崔大人讲，吴淳夫吴大人家里累世从商，又在余姚做了几年县令，最熟买卖交割，今天让他过来，咱也想学学里头的门道。”

这是一道考验，甭管什么题，肯定比自己当年殿试难得太多太多，答错了，没的不是功名，而是脑袋。

额头上，有点湿凉。

涂文辅点了点头，魏忠贤却毫无表情，眼睛闭着，浑似这事与他无关。这是尊佛，得了道的佛，用崔呈秀的话讲：“可别让他睁眼，那眼一看，膝盖子就发软。”

那股子威仪，是股气，哪怕什么都不说，也让人觉得泰山压顶。

“公公谬赞，卑职只是略通皮毛。”

涂文辅接上了王体乾的话头，扔出了一句：“方才那堆玩意儿里有个蹊跷地方，你瞅着了没有？”

三人之中，这人最贪。涂文辅的脸上窄下圆，元宝脸，这种人是贪相，买卖人里最多，自己从小见。

但他说得对，自己刚才在那堆东西里溜达了一圈，眼没少开，但也觉出了不对劲，经涂文辅这一点，倒想了起来。那些都是值大钱的宝贝，但只是值钱，却不是钱。

内库里，最多的该是银子，却丁点儿没见着，银锭一块没有，官票也半张没见。

“回涂公公，若是内库，似乎少了银子。”

“嗯。”王体乾拖了个长声，“吴大人眼神可以。这内库原本最多的是银子，可连年征战，那些钱都充了军饷，眼前，都是些带色的金件和石头，没法当军饷发。今天请吴大人来，是想听听你的高招，怎么把那堆玩意儿兑成银子。”

啪嗒，汗珠子掉下来一颗。

要命啊！这仨人要吞钱？

之前内库的现钱，怕是早被三个人搬挪没了，于是打起了这些东西的主意。

金玉珠宝这些物件皆是官家贮备，用在宫廷建造、祭祀和封赏等处，民间不流通，当不了现钱使，即便充了军饷，也没法按银子的给法，军饷只能是银子，那些当兵的也只认银子。

把它们兑成银子，说简单是简单，一金十银，多年不变的价，其他的按件来卖，高低商量价。但说难实在难，谁敢兑内库的宝贝？谁敢定价？谁能兑开这么多？又如何交割？里头会不会出岔头，稳不稳妥？自己见过不少兑金拆银的事，但都是民间散兑，这座金山倾国倾城，完全不是一个路数。

“禀公公，卑职需点时间盘算。”

“不急，多盘算盘算好。”王体乾端起茶杯。

若是汗能出在脑子里，恐怕这会儿都开了锅，吴淳夫脸上的汗珠凝了一滴又一滴。

怎么办？寻常法子，这三个人恐怕都想透了，非得出奇招不可。

盘算了许久，想到了一招，又反复推演，花了半炷香的工夫。三个太监倒也不急，都端坐着，喝茶的喝茶，养神的养神。

终于把脑子里的线头都连上了。险招！绝对的险招！可若是成了，仅凭这一计，就能在魏党里打出名堂，在崔呈秀身上花的钱，就算值。

但中间有个关隘，要过去，得问天，看魏忠贤这人是不是个人物。

“回公公，卑职想妥了一计。”

“嗯。”涂文辅挪动挪动身子，“讲。”

吴淳夫每句话都得小心：“民间寻常金珠玉器，若想兑换成现钱，只需去商号直兑即可，价都是公的，舍不得不要了的，可以去典当。但卑职觉得，这内库里出去的东西，怕是没商号敢收，也不好定价，况且，即便敢收也定了好价，天下恐怕也没有哪个商号接得下这么多宝贝，而拆成多份给多家商号，人多嘴杂，难称稳妥。”

偷卖的内库宝物，哪个商号敢要？三司六部的人也不都是你们的，更不都是吃干饭的。大笔看着就知道是宫里才有的宝物到了民间拆兑，谁都知道是怎么回事。

王体乾、涂文辅都看着自己，面无表情，魏忠贤仍闭着眼入定。

对！商号兑换这事你们果真都想过，没能实施，自己这么提，不足为奇。

那就接着布：“官对商兑，显然不妥，若是走官对官兑，承得下这么大分量宝物的，也只有各部的国库。但国库里的银子，也是拿来开军饷和应付朝廷支出的，内库的金子换国库的银子，等于是左手进右手，白转了一圈而已。”

话有一半没说，国库部分是你们的，但部分是东林党的，去你们的库里拆兑，是左手进右手，放东林党的库去拆兑，傻子都不能那么干。

仨人表情没动，自己又说在了点上。

“所以卑职觉得，这些宝贝，能兑换的地方只有一个，就是拆散了，兑各地州府衙门库里的银子。”

涂文辅听完，身子往椅背靠了一靠，似是这法子没能入他眼：

“这和兑给多家商号，没什么分别。”

这你们也想过，但还是不行。一来官员的眼也不是瞎的，没准比商号更好使，内库的宝贝，说不清楚也不太敢收；二来官员的嘴也杂，地方官都是互相通着气儿的，里头也有东林党。

说完，涂文辅看了王体乾一眼，王体乾没吱声。

怎么，埋怨找错人了，觉得我吴淳夫没什么了不起？那行，你再往下听。

“回公公，区别仍是有的。给到商号，是兑，是买卖，这些宝贝，便是泥牛入海，再拿不回来，而给到各地州府，两年之后，怎么给的，怎么拿回来，最多算是借。”

“嗯？”

入戏了，换给各地州府和各衙门，这里头也要有讲究。你们之前只是按寻常路子想，没想出对的招数，同样是换，我有我的法子。

果然，涂文辅拿回去的身子，没落到椅背上，王体乾也动了动身子：“怎讲？”

此处之后，要卖些关子，这不是崔呈秀口中严禁的自作聪明，而是让他们知道我的手段。吴淳夫定了定神，又说：“卑职老家，当地人逮着大鱼，多是拆散了，头清蒸，膀子红烧，鱼腰剁块熘段，鱼尾做汤，这叫一鱼四吃，物尽其用。眼下这些宝贝，就如同这鱼，如果只是不加计策地拿去兑成银子，即便充成了军饷，也只是一吃。卑职想的，是如何既不花本钱，还能一鱼四吃的招。”

“这关子卖的，好大口气。”涂文辅手搓着椅子扶手，王体乾眯缝着眼瞅他，转头对吴淳夫说：“咱也学学，长长能耐。”

“卑职觉得，眼下东林党魍魉作乱、国库贮备告急、辽东战祸加剧、外廷忠奸难断，是为四灾，而解这四灾的药，便是这堆宝贝。”

“瞧瞧，”王体乾笑着说，“让他帮着想兑金子的事，吴大人给咱们断起朝纲来了。”

涂文辅却没笑，显然这人比王体乾想得深，似是听出了自己话里的门道，很好。

“要解这四灾，需这些宝贝和两年时间。”吴淳夫继续说，“又要分成四步走。卑职斗胆，一步步禀报三位公公。”

“讲。”涂文辅说着，搓了搓椅子扶手。

“第一步，减免田赋，增商税、海税。”吴淳夫声音大了一些。

魏忠贤仍是闭着眼睛，但眉毛似乎一动。

“自断财路？”王体乾一脸迷糊，“没好处啊！再说，这跟换金子有什么关联？”

“回公公，想吃鱼，得先养鱼，而且要往肥处养。咱们的目的，是让地方的库银短时间内快速肥起来。田赋要到收粮时才有，且收的粮比银多，入库又慢，而商税、海税全年无断，按月按笔皆可，收的是现钱，比农税简单，地方巴不得。”

涂文辅点了点头，轻到难以察觉。

“此外，这做法还藏着两条更大的好处：一是农耕赋税少了，便会多种多收，军备丰了不说，魏公公必更得民心；二是打压东林党魍魉背后的商号主子，试想田赋缺了，但商税、海税口子宽了，地方必定红了眼地压榨，商人浮盈里的钱交了税，帮扶东林党的就会少。这自然也是掐住了东林党的钱袋子。没钱兴灾闹祸，公公们自然也就轻松一些，多少能解四灾里的一灾。”

“可这……”王体乾有些坐不住了。

看出来了，你只是个凡夫俗子，是靠什么爬上来的，只是听话吧？

涂文辅接过话：“养肥了之后呢？如何让州府衙门心甘情愿把银子拿出来，吴大人别失了关键。”说完，他端起杯子抿了口茶，抿茶时眉头随着一皱，目光如箭。

让我快说要害？

“公公明鉴。方才卑职放肆，话说得大，又兜了圈子。这法子，确实是个险招，务要小心。拆金兑银，这第一件事是拆金，卑职斗胆，将那些金件、金锭找个地方熔了。”

“大胆！”话没说完，王体乾就轻喝一声。涂文辅跟着甩过去一个眼色，止住了他。很好，这人碍事。

但嘴上还得服，吴淳夫忙磕了个头：“回公公，金这东西不增不灭，即便熔了，分量也减不下去，该是多少还是多少。之所以熔了它们，是因为现在的金件都是首饰配件，大小不一，也难以计重，不便兑换，且金件金锭，背上都有记号，难免让人刨出来路，熔成金锭、金砖，是万全之策。”

涂文辅点了点头：“王公公平日都在宫里，这些笨重粗活儿自是不知，你接着讲。”

“化成金锭后，不做记号，更不入账，只需放在合适的国库里存着。养地方一年半载，等各地收足了商税、海税，地方库里有了现银，就是收网打鱼的时候。”

吴淳夫深吸口气，定了定神，酸麻的腿到了极限，不管它。他咬了咬牙，又继续说道：“卑职斗胆，等时机到了，请魏公公松个口子，许各地州府和外廷大臣一件事。”

他抬起头来看着魏忠贤，下面这话，是成事还是坏事，就看你是不是个人物了。

吴淳夫咬了咬牙，去他妈的，拼一把！

“许他们为魏公公——立碑造祠。”

阿弥陀佛！

话刚出口，王体乾、涂文辅二人陡然变色，一直闭眼入定着的魏忠贤也猛地睁开了眼睛，眉头骤拧。

“你咒我死”，那眼睛里分明写着四个大字，和吴淳夫的目光正打了个照面，好似夜里的一道闪电，生生打在他脸上。

瞬间，吴淳夫汗毛立起。

我的天，这张脸，这眼睛，活活是个阎王，眼中的杀气是闪着火苗的两把刀，直插吴淳夫的双眼，穿透了脑子，进到了五脏六腑，把他每块肉、每根筋、每滴血都扫了一遍。

眨眼间，冷汗像泼下来的雨，砸了一地，本就痛麻着的膝盖抖了起来。

这才是大明一人之下、万人之上的霸王。

自己要完了？

“你好大的胆子！”旁边的王体乾尖着嗓子叫道，几乎从椅子上蹦了起来，“大逆不道啊你！”

吴淳夫慌忙趴下，磕起头来：“卑职该死，卑职该死。”

“魏公公仙体卓然，你这小崽子安的是什么心？你想死是不是？”王体乾活似戏台子上的角儿，蹦跳着骂了起来。

魏忠贤一挥手，如同刀割细叶，生生砍断了他嗓子里的话。

欸？

你懂了，阿弥陀佛，你懂了。他瞪我，不是恼我的计，而是他懂了里头的关键！

果真，做到这位子的，绝非凡人！

吴淳夫心里一阵大喜。

涂文辅直了直身子：“西汉栾布、石庆都被人建过生祠供奉，唐、宋好似也有。”他话说得比先前急，似是要抢在魏忠贤发怒前说，又看了看魏忠贤，见魏忠贤不动声色，便没再说话。

不错，你做过授读，你也懂，这法子，你也明白了？

“回公公，自古生祠就有，但并不多见：一来是因为只有大德大圣堪比孔、孟之人才有此福德；二来多是建在这些大德出生之地，并非外人所知。今魏公公德才贤能皆盖天地，若是建生祠，卑职斗胆觉得不仅无不妥，而且应当。况且，其余三灾的解药，全在这生祠里。”

魏忠贤眼神里的刀光似乎收了下来，缓缓地又闭起了眼睛。

好！这关兴许能过！吴淳夫心里的扑腾慢了几分。

涂文辅看着魏忠贤，和魏忠贤窃语了几句，魏忠贤没再说话，王体乾看了看他俩，坐回了椅子。

“再讲。”

“各地州府库存充沛之后，可在朝中选个德高望重的文官上奏表魏公公功德，奏禀建魏公公生祠。若陛下奏准，这第一个生祠，需花些钱，建在京里显耀地方，让各部官员、地方上京的都能看见。这算是做了个钩子，目的是让各部、衙门，还有上京的地方官员看见，然后跟风也建。”

三人都不说话，显是等着他继续说。

“在商人的算盘里，赚钱的根本，是需，有需才有求，有求才有生意。所谓劣者追需、中者拥需、上者造需。平白无故让各地以银兑金，是师出无名，扛不住琢磨。但给魏公公造生祠就不一样，这可是需，且是大需，他们必须建，还必是拼家底儿地建。试想哪个州府衙门敢窄了花钱？必定笔笔都是宽的，这远比天下所有商号之需加起来还大。”

吴淳夫硬撑了一下几乎撑不住酸麻的腿，咬牙又说道：“造祠堂本身不说，单说里头，需以沉木做像身，等身大小，外包厚金，内填珠宝、珍物，也得等身重。一座像样的生祠以最低需金五千、珠宝百斤计，届时大明全境没有千座，也得数百。再试问，天底下哪有现成的如此大量的金料宝物？到时只需把熔好的金料提前备好，再扔出风去，官员必然排着队来国库换，届时各地官员兜里揣满了从东林党金主那里敛来的银子，花起来绝不会含糊，若是不够，兴许还会再去征。且，国库里金子宝石从哪儿来的，入没入了账，谁又能过问？这必没岔头可出。再者这些宝物的定价，届时可由三位公公定夺，这又是把关键握在自己手里，卑职斗胆算来，即使定得略高于市，恐怕内库里的这些宝物，最多十天半个月也能兑换清楚。”

不等他说完，涂文辅便在魏忠贤耳边嘀咕了几句，魏忠贤仍是不动声色。

待他讲完，吴淳夫才又说：“兑了金料珠宝，现钱就算有了，解了国库之缺，自然军饷也有了着落，这算是又解了两灾。至于第四灾，忠奸难辨，这算是送的，到时公公大可仔细盯着，外廷里哪些人建了生祠，哪些人没建。建了的，自然是自己人；不建的，多半心有异想。至于无理取闹、撒泼骂街的，那必是魍魉之辈，公公可多加提防。以上，便是卑职之计。”

说完，磕头，等待。

每个心跳、每个眨眼都那么漫长。吴淳夫膝盖处已经痛麻到再也不能忍受了，身子一软，瘫坐在了垫子上。

这个造生祠的法子，其实并不难出，但实在是谁都不敢往里头想的惹祸法子，富贵险中求，自己赌这一回。成了，当人；不成，当鬼。

三人都没再说话。王体乾翻着眼睛，看着其他两个人。涂文辅又凑近魏忠贤耳畔，小声说着什么。魏忠贤似点了点头，又似没点，看不清楚。好一会儿，王体乾似没话找话，又问：“方才吴大人说，这些金子，两年后可以再拿回来？”

你倒记得？吴淳夫心里一阵暗笑，他俩不问是早就明白了，你却还没懂。

“回公公，确实如此。两年后，天下遍地都是建给魏公公的生祠，这祠堂是魏公公的，那里面的东西，自然也是魏公公的。若是几年后这皇城需要修缮，或是什么地方闹个灾，再或是辽东封赏将士，急需用金，魏公公为天下社稷鞠躬尽瘁，把自己生祠里的东西拿出来报效皇上，恐怕又会是一番美谈。”

说罢，又深磕一头，此事定矣。

没人知道的内库财宝洗了白，强兑成了仇敌的银子，还捎带脚打了他七寸，既让百姓念了好、留了功德，还能看出哪些人忤逆，到最后，付出去的本钱还能全数再拿回来，一整库的财宝等于凭空翻了一番，天底下，没有比这更好的买卖。

而他魏忠贤从头到尾要做的，只是点几个头。

这就是权力，世上最美妙的东西，比金子还贵重。宦党、东林党，王侯将相、商人、升斗小民，世间魍魉，哪个不迷恋垂涎于它？

娘，你该求的是咱家有这个。

自己若是魏忠贤，这一年，去偷、去抢、去抄，去把天底下见得着金子的犄角旮旯都翻上一遍，也要拼了命地攒金子，今日每多得一金，两年后就能凭空再多出个十银。

果真，再抬头时，看到了魏忠贤轻抬起了手，旁边的涂文辅笑着说道：“快起来吧吴大人，一直跪着，你也不嫌累？”

你该给我把椅子！没鸡子儿的太监。

章拾
听头

赛青跑在队伍靠后，吃了一路的土，脸都黑了。

离京那天，杨振带着队，马腚后面似是拴了炮仗，带着自己、白片子、花哑巴、黑菩萨，还有那个叫宝敏的伶男，一行人沿着向南的官道一路狂奔，一天一夜没下马，先后过了涿鹿、定兴，到了真定。

赛青一路上都蒙着，许显纯明明白白说的是去山东，该往东南走才对，怎么直奔了南？

哪知这还没完，在真定馆驿停了一个白天，睡醒后换了马，吃饱了饭，天黑后又往南，离京城越来越远。此后渡黄河，过郑州，几乎跑出了河南。

上千里路，越走越远，越走越不是去山东，这到底是去哪儿？他心里没完没了地盘算，几乎快疯了。这许显纯，怎么能骗人？

那宝敏一路上也嘟囔着："澡没得洗，觉都睡不好。你！"他瞪了眼，拧着脸呼喝着花哑巴和白片子，"再住店，你俩离我远点要房，说是哑巴，呼噜打得倒是比驴叫还响。"

白片子和花哑巴哑着嗓子嘎嘎地笑，两嘴烂牙，声音都难听至极。

这天又跑了一整个晚上，赛青骑在宝敏身侧，短的那条腿一路上伸直了才够着马镫，此刻已经酸得不行。到了新野时，赛青瞅着再往前就是湖广，这无论怎么走也不是山东的方向，终于憋不住了，追上杨振的马，悄声问他："杨大人，小人多嘴，咱这路好像不是去山东啊。"

杨振眼神动都没动："咋？"

赛青低着脑袋，声音小得自己都听不见似的："小人家里有个病爹，回去迟了，怕。"

"不是找吕渭管着吗？"到了馆驿，杨振下了马，把马鞭扔给馆驿接马的小厮。此时已经是深夜，官驿还有人值着，看见进来的是锦衣卫和番子，吓得大气都不敢出，忙里忙外地接马清房。杨振抬头望了望天，又展了展腰："甭多问，让你干啥你干啥。"

欸？

不对啊，我又没跟他说我找了吕渭，他怎么知道？吕渭和他说了？

正琢磨着，几个番子也停了马，宝敏脚一落地，就嚷嚷着让小厮烧水洗澡："拿新锅烧，敢用人使过的，拆了你！先烧一锅，把锅煮净了，水倒了，再烧一锅，开了，凉凉再烧，烧时不许盖着，连烧三回，敢偷懒少烧了一回，我能使出来，拆了你；烧妥了，再凉凉端来我使，端来时拿新白布盖着，不许拿带色的布，锅里要是让我瞅着有丁点儿闲白东西，还是拆了你，懂了？"

我的妈，赛青心说，洗个澡，这么多讲究，那梨花、桃花掺着的身子，原来得这么伺候。再一想，这一路来，还真没正经歇过，这人美到这样，再不洗澡，非得杀人不可。

那小厮也就二十岁不到，大半夜瞅着个美貌神仙，早傻住了，哪有心思回，就傻愣在那儿盯着他看，像个桩子。

宝敏一瞪眼："记住了？"

见那小厮仍是蒙着，宝敏眉头轻拧，反手就是一巴掌，快得根本来不及看。那一掌使得蹊跷古怪，看似没打着，抡了个空，却是两指指尖从小斯脸上划了过去，香风微荡，轻刺一声，生从小斯脸上拽下两条皮来。

手艺一亮，赛青吓了一跳，这看似是女人撒泼，却是惊人的能耐。指甲如钩，便是寻常人，正手挠人，力气使得大了确能伤人，可他用的是反手，反手的指甲盖圆润光滑，根本伤不得人，他随手这么一挥，竟能挠下来皮，且只是一层薄皮，丁点儿没碰到肉，这手劲和准头，实在是精妙绝伦，这是怎么练的？

赛青想不出来，只知道下回跟他说话，可得捋顺了舌头。

那小斯竟没察觉自己被挠了，只是看这美貌女子动手就打人，摆明了是个来路非凡的官家小姐，这才被吓回了魂，头点得飞快，又摇头："小的出了窍，没记住。"

还没等宝敏抬手又要打，赛青忙接了口说："新锅，烧热了倒掉，再放水，反复烧开三回，拿新白布盖着，别掉了灰。"

"欸，欸。"小斯感激地朝赛青点点头，飞跑了下去，边跑还边回头看那宝敏，不留神，撞上了又进来的白片子，抬眼一看，又吓得摔了一跤。

那宝敏听赛青记得自己的话，有点吃惊，直愣愣地看着他，似是出了神。

若换了寻常女子，这般被看着，或许赛青会心花怒放，可这个宝敏是个男扮女装的杀人妖怪，赛青只觉得害怕，脑子里，全是他用男相在自己耳边恶狠狠说的那句话。

"把你一块一块拆碎了，给白片子下酒。"

杨振在旁边，也看见了宝敏这一手，显然也是吃了一惊："到底是魏公公身边的人，宝姑娘这手真是漂亮。"

怎么，你想跟他乐和乐和？快上！快上啊杨大人！这是位好小姐。

赛青心里一半是调笑，一半是纳闷，杨振和三个番子，竟然不知道宝敏的真身？听上去，他又是魏忠贤身边的人，显然是比其他人的身份高出去许多。

这一路上，那宝敏单住一房，除了赶路，和众人鲜少共处，甚至连饭都是单吃。平日里每天七八句话里，一大半是和赛青说的。

宝敏听了杨振的恭维，脸色反倒沉了下来，哼了一声："说话要进湖南，该干点活儿了吧？"

欸？

这时过了子时，这个点干活儿？赛青嘀咕，这是出来大半个月，头一次听到"干活"二字。每日只是白天睡觉，夜里赶路，真是不知道这群人意欲何图。

黑菩萨从马上卸下包裹，打开一看，是夜行衣。这不是自己守夜时穿的？紧身墨黑小袄，腰上戴扣挂，悬着腰牌，还都是锦衣卫的牌子。这是要冒充锦衣卫出去？

杨振和自己穿这袍子，名正言顺，但那几个番子归属东厂，穿锦衣卫的卫服，显然是不合规矩。大明早年，谁敢这么干，铁打地掉脑袋，但现在东厂和锦衣卫都在魏忠贤手中，两家不分，锦衣卫当番子，番子当锦衣卫，早已司空见惯，空余下锦衣卫心中留存的丁点儿骄傲自尊而已。

什么世道！

换上了夜行衣，杨振留在馆驿写报，给四个人派了活儿：他先拿出个细布袋子，敞开了口，里头是层薄油纸，里头放着些细土末，撮了一小撮儿出来，撒在桌子面上："夜磷粉，亮着时，就是寻常的土。"跟着又吹灭了屋里的大蜡，仅留了一盏芝麻豆的油灯，往那粉子边一靠，也就神了，那土末子，竟亮出了淡绿光。

"城里外除了这家馆驿外，客店、酒家，能住人的店都转一遍，扫每家店的大门口，找这夜磷粉。天亮前要找着，见着了，就回，其他的，一概不做。”杨振交代，“几位都是行家，卑职不必啰唣，但是这活儿，实在需要各位仔细，别出岔头。”

说完，他没看别人，唯独瞪了赛青一眼。赛青心里有点怕，赶紧耷拉下脑袋，心说这几个东厂番子你惹不起，也就能吓唬我。

新野算是大城，店多，城里放不下，还有店在城外头，背靠着山。现在的馆驿在城北边，几个人从北往南，散开了找。赛青想离这些人远些，就奔了城外。手里拿着个燃炭的小玲珑灯，那灯外罩是细铁条围成，中间是燃着炭的托盘，腕子上套着袋子，里头放着散碎的刨花，不需照亮时，那炭就是暗黑色的，该照亮时，揪一小把刨花，从灯口塞进去，再吹口细气儿，炭就燃着了刨花。

连看了三家，都没发现，到第四家，发现了蹊跷。那夜磷粉被撒在了大门口饮马的石槽子下面，槽子不高，又是人不常待的地方，确是个藏这东西的好地方。赛青猫着腰，拿玲珑灯前后扫了个来回，瞅着了，于是把灯轻泡进了马槽，炭火轻刺一声灭掉了，四周又陷入一片黑暗。

既然看见了，就算完了活儿，不必着急回去交差，索性自己待会儿，这大半月来，每时每刻都和那几个杀人鬼在一处，简直不是人受的。

赛青低头又看了看这夜磷粉，这显然是什么人饮马的时候留下的记号，自己这一队人，是在跟着他们的路走，杨振交代找着这记号就算完，还嘱咐别出岔头，是怕惊着人。那人撒了记号，告诉杨振他们行到了此处，住了这家店，但不想让别人知道。

谁呢？

赛青抬头，趁着月色看了看这家店，不是客店，是个酒家，十个买卖里七八个是吃饭，余下不赶路的才住下，价钱较城里的客店低了不少，又在城外，离了喧嚣吵闹，住这儿显然是奔着不引人注意来的。

这一队人，要么是不阔气，要么是怕惹事。

再看，店后面就是座矮山，上下笔直，上不去人，店也没后院，又守在官道边上，上下货物方便，有个风吹草动，也好跑好撤。跟着又看了看马槽，里面的水饮下去了大半槽，还没补水，显是这些人的马只使了八成的气力，没跑出大汗，该是天亮走天黑到的。于是又挨着门，侧耳听里面，马蹄子挪动、喷鼻涕的声音，不算多，也不算少，估摸着十四上下。

这又能算出来，这队人不多，只是一两车东西，又没玩命赶路，要么不赶时间，要么车上东西金贵，不敢跑快，一切图稳。

这一队人，是逃犯？一想到这儿，赛青后背有点凉。这一队番子，加上杨振，都是实打实的杀人鬼，杀逃犯用他们，显然对路。但又一琢磨，抓捕的事，用得着自己？许显纯说叫自己跟这趟差，是因为画影画得明白，而不是杀人的能耐大。再者说，自己虽然从没做过追逃的案子，但总听卫所里司抓捕的人讲，逃犯通常不住店，而且绝不会白日里上路夜里歇。

越想，越是各种的疙瘩在里头，一出二，二出三。

要么，进店瞅一眼？这念头只要一冒头，就难再按下去。是得看一眼，跟着跑出去了大半月，竟不知道跟的人是谁，自己早看一眼，是福是祸多少算知道，即便是祸，也算是知道什么事，就能盘算出能不能和什么时候能回京。

不琢磨了，深更半夜，身边左右又没人，这店又不是教坊司，断没有巡夜的伙计。主意拿定，进去！

于是赛青在墙边矮着身子，手摸着墙面，寻了处结实的地界，长的那条腿一蹬，短的那条腿一蹿，手搭着墙头，翻了进去。

还行，出来时间不短，胳膊腿还能动，赛青猫身在墙头，打望着院里和店房。院子里用木草搭的马厩，果不其然，马和自己估的数一样，都是跑路跑熟了的骟马，见了人，不惊。再看车，两驾马车，是寻常跑买卖驮货的架车，非是富贵人坐的轿架。这下心里又犯了疑，跟着伙跑买卖的？

又看了店房，心说，费劲了。这是个一截半的矮楼，一层半截是灶房和柴火房，二层是饭厅和客房。房是木搭的，房顶铺的厚草，下头有毡布隔着，这房顶就算架着硬梁，也上不去人。盗贼行里的俗话讲：宁塌十瓦，不踩一梁。这种独木梁做顶的房，一个失足就直接掉进草里进了房，即便没失足，房梁也承不了重，走两步，房顶草里的零碎就得噼啪往下掉，屋里要是有人，保准砸一脸。

上不了房，就从里头进。现在天色黑，瞅不清店内是什么木头，但快出了河南，又近了南方，盖房的木头就不再是北方常见的黄松，都是硬木重木，只要踩轻巧稳妥了，就难出声。

赛青脱了鞋，把鞋底能出声的碎石子擦了下去，翻身下了院，蹑手蹑脚地进了店。

先到了灶房窗前，侧头微微一打听，炉火熄得没了味道，饭烟也散了尽，这说的是这队人吃饭该在两三个时辰之前。他盘算时刻，这会儿该是睡得最紧的时候，心里就多了几分把握，于是顺着灶房外的楼梯，上了二楼。

赛青沿着廊边，蹲在地上，一步步压着身子挪。一是窗矮，屋内屋外光亮不一，直身走屋内人兴许能看见人影；二是怕声，蹲着挪动，声音最弱，自己长短腿，蹲着是动静最小的姿势。

先过了间大房，还没走近，鼾声就传了过来，细打听，五六个声音，有大有小。赛青沉默了一会儿，用手指节轻轻顶了顶窗，虚着力气，没发出半点声响，但这窗从里头拿绳子拴了，只能顶开半指细的一道小缝，能看到小半个屋子。打望过去，屋里深处一团漆黑，什么都看不见，但眼前窗下的粗木桌上，趁着些月光，能看见些物事，那是横竖胡乱扔着的几条马鞭，还有三两个黑土布做的瓜皮帽，赛青看得明白，那帽上还钉了粗皮边儿，这是车夫伙计戴的，顶太阳走车时防光晃眼，和寻常瓜皮帽不大一样。

这屋的是车夫？赛青盘算，差不多，车夫住店住不上单间，向来都是一群人的大通铺，听那些鼾声都自房深处一个方向来，扎堆在一起，显是应对了。

再往前走，到下一个屋，走了两步，眼前出了古怪，要不是自己眼灵光，绝看不出来。房檐缝里洒下的一道月光，照在廊上门前，映出了地上一深一浅两片，赛青挪近了细瞅，深的是地，木头颜色，浅的，竟是把细沙土。

在门前撒土？赛青提了口气，再低下身子，趴在了地上细看，那土原来是层幌子，下面似是埋着闲白东西，于是用小指在土灰边缘微微蹭了蹭，放在眼前，又看，莫不是方才见到的夜磷粉？赛青吃了一惊。这是里头的人防夜里有人窥探，布下的消息儿，屋里的人有防备？

刹那赛青心就紧了起来，小心，得再加倍小心。看准了那片消息儿的地方，吸匀了气绕了过去，稳住了不动，再喘下一口气。悄悄挪到了窗边，再调匀了呼吸，用手指节轻轻抵住了窗户，用绵到了极处的劲往里面轻轻一顶。不对！有东西！于是另一只手从腰里拽出根去了毛的细鹞子尾巴，那羽既坚又柔，拿来探路最好，轻轻顺着窗板间的缝隙递了进去，边探边感觉着抗力，果真遇着了碍事东西，是什么？挪了右边再递，还有，板子？赛青一吸气，这是防下睡药，先拿板子封住了窗！

欸？

屋里的人竟知道许多防贼的法子？老手！这可怎么办？这门被夜磷粉封着，靠近不得，窗也堵着听头。冒险上梁？不行，先不说妥不妥当，怕是也有消息儿守着。

这一队人，真真的了不得。妈的！到底是什么人？

赛青暗暗吐了口唾沫，微一转头，来了主意，这房竟然挨着饭堂？赛青一下就来了精神。

就是它了，消息儿再怎么也摆不到旁边的屋。于是他就又挪进了饭堂。七八张桌子散在里头，赛青就着月光，定睛看了一会儿。靠近那房的一侧墙，也是木板子搭的，堆着几把散椅子，中间有片空，赛青离近了，掏出炭桶好歹照着，发现木板之间略有缝隙，但极细，从这缝里，看不见屋内。

看见这条缝，赛青算是吃下了定心丸，成了！跟着从怀里掏出个小包，那是赛青下听头用的家伙什，几年来从不离身，里头放着应对各处房子的玩意儿，迁风锉、细撬、扫苗，还有铲瓦用的细铲子，那可是赛青自己打的，连造铁具的工匠都做不出来。即便是黑着天，赛青也能闭着眼从里面挑出自己用得着的物事。

用的是迁风锉，那东西是一根铁条，极细，却是硬出了意料，打的时候还加了花样，埋进去了微如芒刺又密密麻麻，眼儿乎不可见的碎铁尖，这也是他自己打的，专用来在木墙缝里钻洞出来。这物极通人性，手脚毛糙的，往木缝里一搭，就出声响，但在赛青手里，黏着劲，顺着木头的性子均匀使劲，就毫无声息，即便耳朵贴在边上也听不见半丝声响。

他的能耐，全在这上面。

赛青顺着木缝，把锉子递了进去，微微一拧，觉察出了木头的能耐，是樟，较黄松硬出去不少，但这木油大，锉起来虽费工夫，却不出声，倒是好事。赛青又一提气，轻轻往外勾着锉，这才能让锉出来的木屑落不到那屋里去。每锉三个来回，喘一口气，待到喘了七八十口气，在两块板之中的木缝里，钻出了一个眼仁儿大小的洞来。这是个锥子孔，手艺活儿，里头窄，外面宽。

成了！

又用扫苗，把带出来的木渣子左右轻轻挥扫清楚，免得留下痕迹。再从包里拿出个听头，这物拿小截象牙做料，先拿骨锉锉出大小来，再用迁风锉一点点钻出孔洞，到最后，成了指头长短、光滑均匀的一根管子，和锉出来的孔正搭配，也是上窄下宽，窄的那头，和孔搭得恰好，宽的那头，正罩在眼上，遮杂光，看得清楚。

定睛往里头一看，竟看到桌上的灯火还燃着，里头的人，睡觉竟也不熄灯，这是防贼防到了不能再细，有丁点儿响动，就能立时还手，不必摸黑。再一看梁上，果真，挂着网铃，不消说，窗前门上也都有消息儿。赛青心里一阵子佩服，这些人真如自己所想，了不得。

再往人上看，正对面就是炕。城外酒家，不是好床，只是拿乱木头搭的一个通铺，上面睡着人。

谁呢？

亮个脸吧！

一细看，是自己盯的那兄弟俩，梁正和卫剑锋，此刻正睡得沉。

果真！果真！一路上他都在想，许显纯让自己跟那两个兄弟，和现在跑的这个案子应当不会毫无关联，那兄弟俩雇了马夫，马夫还是湖广的，方才那屋，住的该是他们。

杨振带这队人，一路往南跑，很有可能是要跟着这兄弟俩一行。白天睡觉，夜里赶路，是因为夜磷粉白天看不见，非到天暗了打灯才能瞅见，所以才在天亮前趁着街上没人找他们，为了判断他们行到了何处。

可有两个疑点。一是大门口的那堆夜磷粉是谁放的？这队人住店挑城外，又做了防人的消息儿，显然是不想让人注意，怕人发觉，可偏又要给自己这一路人做标记，让他们知道，这前后拧着。二是杨振早该知道行到湖南，离了太平地方后这一行人会给他留夜磷粉，但又嘱咐自己四人不许惊了羊，这也是前后拧着。

一琢磨就捋清了，这一队人里，分了两拨儿，一拨儿想低调行事，又一拨儿，跟杨振是一伙的，悄悄卖着行踪。

还有最大的一个疙瘩：这么大费周章，图的是什么事？这案子，到底讲的是啥？

正琢磨着，炕上哥儿俩旁边，有个人翻了个身，露出了脸来，赛青又一定睛。

我的天！这一惊，险些把听头掉到地上。

是那花子，自己拿的那俩带着马蹄金的花子？

赛青吸匀了气，再看，是，是那俩花子里小的那个，那一脑袋乱长头发捋明白了，脸也洗净了，还略胖了几分，和先前有些变样，但绝不会错，自己认人的本事没出过岔子，是他！绝对是他！旁边还有一个，是他哥，个子小的那个。

这两对哥儿俩，怎么会凑在一起？当时自己盯着那屋，竟没发现？是了，有天哥儿俩分开，自己跟了哥去外城，准是那弟弟去接的人，回来后，就再没出过屋，难怪自己不知道。

赛青又往深里一琢磨，把所有的事串到了一起。

自己拿了那俩花子，交了金子，上头压下了金子的事，又找了那俩锦衣卫，让他们带着俩花子，往南方走，这铁定是要去寻那金子的出处，一路要秘密着走，不让路上出岔头，所以兄弟俩才下消息儿防贼，但又给许显纯派去的第二拨人指路，这显然是要在找到了金子出处后，让第二拨人做什么事。

什么事？都不用琢磨，宝敏、白片子、花哑巴、黑菩萨，这一队杀人魔王跟着，这是要往地府里送人！

那魏忠贤，想私吞了这金子的出处！

自己没有杀人的能耐，用自己，该是要画写出那金坑的位置和样子。

赛青脑顶竟然出了冷汗，自己也是杀人的帮凶？

赛青脑子里一片清明，却又一片波涛汹涌。自己怎么办？怎么办？

不知什么时候，脚下窗外扔进来的月光里，竟晃悠了一个影子出来。

有人，还是树影？

赛青回头拿炭桶照，刚一打过去，就照见了一张白惨惨的脸，满是皱纹的苍白老脸，正皱着满脸褶子朝自己笑，如同鬼魂。

天！

黑菩萨！

赛青一声惊叫还没发出来，脖子就被一只手捏住，那手如同铁闸，生扭住了大脉和嗓子。赛青一口气没上来，觉得脑浆子都凝住了，想喊，连个声都发不出来。

那黑菩萨又是歹毒一笑，另一只手揪住了他裤腰，竟把他整个人平举了起来。赛青想挣扎，却不知道黑菩萨掐住了他腰上的哪里，整个身子全是瘫的，如同冻住了一般。

完了，自己完了，赛青心里狂跳，又动弹不得，也喊不出声。

跟着，黑菩萨举着赛青，挪到了廊上。举着个人，脚步竟轻到完全听不到，更没出丝毫大气儿，这能耐真是高到了没边儿，怪不得方才不知道他跟了上来。

但黑菩萨的能耐只在手脚上，眼神不行，到了那锦衣卫哥儿俩的房前，站住了往里面听，浑没注意脚下的夜磷粉被踩了个稀烂。

待没见屋里有动静，黑菩萨才一个翻身，举着赛青从二楼跳了下去，又在墙上蹬了两下，没声息地翻到了店外。

三转两转，到了城墙边的林子里，黑菩萨把赛青往地上一扔，跟着拔出他那两把夺命的短叉。

“小哥，怪不得我。”黑菩萨那张老脸竟然仍带着笑意，“没规矩的是你，刚领头的说的话，你扭脸就忘，下辈子记着点，不该看的，别看。”

赛青的心，停不下来地狂跳，到这儿了，这辈子到这儿了。

自己千不该万不该，不该惹上这官司，不该贪功，不该好起疑，这世上哪有什么功，哪有什么好官！

爹，青儿不孝，先走。赛青心里大叫，苦！儿苦！

赛青说不出话，也动不得，脑子却是临死前的一片清明。回想起从小到大的散碎记忆，那二十来年的酸甜苦辣，已经记不清的娘温柔的手、哥哥们护着他的胳膊，还有爹的那张哭着、骂着、傻着的老脸，那间走风漏雨的破房，还有自己像草一样的命，想着，眼角里竟流出了泪来。

赶紧闭眼，留着眼泪，一会儿下地府，眼里含了泪，阎王爷知道他冤。

于是赛青两眼一闭，跟着那叉子钻进了肉，冰凉。

咔。

是钢铁撞击发出的动静。

章拾壹
夜访

没鸡子儿的太监!

史可法在崇文门牌楼旁酒家二楼靠窗的位子，看着楼下街上的囚车队缓缓驶过，心里在滴血。

那些押车的番子进了北京，就换下了锦衣卫的衣服，领头的太监穿着大红袍子，左右摇晃着身子招摇过街，不停地斥骂着挡路的人流。

囚车里是师伯、二弟、三弟，还有同样拜在老师门下的师弟们，还有那些投奔老师的门客，所有人都萎靡潦倒，形同死人。

自己若是个莽夫，此刻恐怕就冲下去，一掌一个番子，然后拆车救人。

怪史可法没用，他心里对楼下的左家人喊道。想在桌上磕几个头，可又怕破了脸，只能把苦藏在心里，目送着囚车在楼下拐了个弯，奔北去了。

从桐城起，路上的江湖朋友就不停地飞报问他何时下手救人，自己一直压着，不是不敢，而是不能。老师和左国柱一直在诏狱，路上若动了手，二人也凶多吉少。那些劫车救人的话，只是在安慰左国柱而已。

那天在诏狱听了老师归天，左国柱当时就晕了过去。史可法不敢久留，急急地出了诏狱，寻了没人的地方，痛哭了一场，双眼泣血，痛不欲生。

痛的是师仇。自己年少习武，任由着血气纵横，差点走了歪路，是老师收留，教育圣贤之道，端品德，炼修行，才将自己引往正道。老师虽有四子，却独独厚爱自己这个学生，视为己出，这是何等的福分，自己怎能忘记。

更痛的是国难。这些年阉党已将大明上下害得千疮百孔，此番再将老师、杨涟等忠义命臣赶尽杀绝，天下岂有宁日？为师仇，为大明，也务要除尽阉贼。

史可法捻土为誓：不报此深仇大恨，何以苟活！不将阉党斩光杀尽，何以安身！

但眼前，有更紧要的事。左家三十几条人命，都押到了京城，都握在东厂手里。

眼前要救左家上下，该怎么办？

番子们押着囚车，从楼下往北走，史可法在二楼，看得清楚，囚车往北过了三条胡同，又折向了西，这是奔东厂，不是去诏狱。

是了，人是东厂番子假冒锦衣卫拿的，又没驾帖，按规矩，自然也不会往诏狱里送。东厂胡同番子们自己设了牢房，关的都是不入罪、待缴赃才能赎出去的囚犯族人。番子们还给那牢房起了外号，叫“肉得兴”，是京城大当铺“润得兴”的谐音，意思是交钱赎人。

看囚车去了东厂，史可法稍放了点心，那里虽然是贼窝子，但总比诏狱稍好些，至少没有诏狱里的严刑拷打：一来番子都是精细之人，没拿到钱，不愿弄出人命；二来现在赎出去的人，难保之后成了自己人，留条后路，以后没准共事。

但恐怕，左家之后，绝无可能，此仇不共戴天。

今晚，得去找徽商，凑钱救人。

老师若在，断然不会容了自己拿钱赎人：一来，这钱给了，也就算彻底认了老师受贿这个罪，这是往老师坟上泼脏水；二来，以左家的家底儿，这两万两，无论如何给不出来，只能借，问谁借，都脸上没光。可眼前，怕是顾不了这么多了，这法子最快。

但去之前，要先解决几个小鬼儿。

史可法假装喝酒，眼角却瞥了瞥楼下：正东边药铺门口，一个；南边胡同拐角里，还有一个；北边看不见的地方，应该还有一个。这是夜里的一队，白天的时候，是另一队，六个人倒着班来。

史可法把酒杯放下，夹了两口菜，什刹海附近有名的爆河虾，进嘴却没味儿，心里全是怎么打发这几个人的法子。

自己从诏狱出来转天，这几个人就跟上了。自己怕连累了他人，这些日子就哪里都没去，只在街上晃悠，原本想甩开他们，可几趟下来就知道这些绝对都是老手儿，硬是甩不开。

扮相每班一换，绝不重样，挑担子修头脸、卖糖豆儿、拍槐花饼子、算命、脚夫，几个人把京城街上常见的身份使了个遍，竟然还使不绝，也是能耐。自己若没在江湖里走过，觉察不出这几个人来。

这是东厂番子跟人的法子，番子，还算好收拾。

史可法又喝了几口酒，看着日头偏了西，心说不能着急，入了夜，才好下手。今日中元节，再过一会子，街上走灯，家家户户都跑出来，比白日里还热闹，要在戌时过了再下手，到时鬼门一开，街上没人。

这几日被盯着，史可法也断出了几个人的走法，每一班，两个人总是一头一尾夹着自己，还有一个游击，仨人跟着自己的走向换位。京城的路皆是横平竖直，这走法总是失不了人，但若去了深浅纵横的巷子，难免会有疏漏。

史可法在心里盘算了一遍，反复推演，拿定了法子。看看日头已经全落了下去，便喊了算账。

“爷，吃得还算好？”见史可法多结了点钱，伙计乐开了花。

“酒，较往日差，不是大兴的吧？”

伙计一瞪眼，一脸佩服：“爷您行家，您别怪，头些天查逆党，不许大车进城，酒用的都是备货。今晚上大兴的酒让进城，兴许这会儿正卸着呢。您明儿过来，正经的烧锅，来劲儿。”

史可法点点头，下了楼。

街上人多了起来，往什刹海方向走，那里放灯的人最多，街面上人多，各个买卖家也都晚着关门，整个内城里，往宽里热闹。

卖灯的先拉出饮马的大水槽子，打满了水，把灯摆在里头，引来小娃子踮高了脚往里头看，却拿手够不着，着急，就求着大人买。那灯红的黄的都有，绢纸糊的，里头放着油灯捻儿。史可法买了一盏，点着了放在河里。心想往年在桐城，中元、中秋，和老师一家放灯时的场景，不由得心酸到一阵疼，流了泪下来。

“老师，在天有灵，保佑全家度过此劫。宪之今晚要和人动手，老师莫怪。”

还有卖冥钱的，他也买了两捧，一捧烧给祖宗，另一捧烧给老师。

烧纸的时候，他往三个方向都瞥了一眼，仨人果真跟着。

再往前走，赶上了打鱼厅里的衣冠铺子还在开着，这些年时兴在中元当天换新衣，说是为了乱鬼眼，保平安。换衣服，也是自己法子里的一节，史可法进了店，要了身亮青色的直裰和白色的瓜皮帽，在店里就直接换了，旧的也没要，出了店，就往西。

整一条街，都是卖闲食的，炸菜团子，南方的米糕、荷角，切碎了的熏肉、鸡腿子，大壶里烧的粗茶，各色的点心，酱饼子，肉馒头，还有大刀面，一群小孩看戏似的看。老号门口，自然是人贴着人，游贩跟前，生意也未必差了，在街上摆成了一溜儿，热闹坏了。

得先让三个人跟丢一回，上上火，才能心浮气躁。自己换了衣服，又扎在人海里，三个人必定措手不及，忙乱一阵。果不其然，从街头走到街尾，仨人中有两个没跟上，被落下了，直到什刹海边上才撵上，显然是惊慌得不行。

看清了，仨人一个像个寻常书生，另一个是算命的，之前躲在酒家后门的，是寻常的小厮打扮。

到了海沿儿，月亮就上到了正空，今天又赶上有风，天上一丝云没有，干干净净的一片月色打在水上，波浪弯刀，轻划岸边。

沿上有卖拿荷叶包着的梅子酒，想起老师爱喝这个，于是买了，跪在海边朝南，桐城方向，把酒洒在地上，又磕了三个响头。顺带着又瞥了眼左右，仨人离自己都不算太近。

丢一回还不够，还得再来一次，再闹个动静。

他看了左右，岸边有条夜船，挑着灯，船里摆着酒菜，有个胖子站在船头，搂着个容貌轻佻的姨子，正在调笑着赏月。

就是你了。史可法磕头时手里抓了颗石子儿，搭在指尖。得罪。

顺着起身的势，一发力弹了过去，那劲道不比火铳打出去的石头轻多少，直直地撞在胖子腿弯里，疼得他"嗷"了一声，脚下一软，扑通掉进水里。那姨子一失魂，被胖子拽住了拖泥裙子，刺啦一声，半边腚露了出来，又勒住腿，尖叫一声也跟着掉了下去。

"有人掉水啦！"岸边这下闹开了锅，哄地一下人扎了堆儿，瞅那姨子的白腿在水里扑腾，又有人喊："还有个娘儿们，光着腚哪！"这下可算放了炮仗，附近的闲汉、半大小子，还有一堆有的没的，都瞪着眼跑来看，后边看不着的，还叫着嚷着不愿意，边骂边跳上了树。

胖子在水里扑腾，姨子叫嚷，岸边一阵哄笑议论，就是没人下水去救，海沿的路，正经的兵荒马乱。

史可法扎在人群里，待到姨子被捞了起来，一群人轰着要看腚，乱七八糟的时候，又瞥了眼，书生还在掐着自己，剩下两人还在人丛中乱找。

就是此刻!

转身拨开人群，过了桥，一路往西，再往南，奔教坊司，在那里下手。

今日中元节，祖宗看着，没人狎妓，教坊司是城内人最稀薄的地方，且那里街巷纵横杂乱，三人肯定是散着的，动起手来有先有后，才算稳妥。

史可法先过了牌楼，进了教坊司，左拐右拐，闪进一条胡同里。这胡同之前自己来过，往北出胡同口，横着的是条稍宽敞的大街，上头紧挨着这胡同口的侧面，有一家勾栏的货门。除却这一个门，东南西北百步之内不再有门，也就出不来人，巷子两边是两家勾栏的外墙，墙高昏暗，巷子又窄，最好下手。

进了胡同，蹬一下墙，上了房顶，趴下，把影子压在后头，等第一个人进来。

果不其然，先进来的是书生，这人最稳，两次岔头就他一直没跟丢，先解决他。也是该着了，这人和自己的身板最为接近，都是宽肩、高瘦。

史可法压着呼吸，声息皆无，待那书生进了胡同，发觉没人，又往前走，过了自己的时候，才悄无声息地滑了下来。

下落时，出手如电，一把搭住了书生脖子。书生也是个好手，史可法下落时没听到，但脖子搭上了手，立时就有反应，右臂曲肘上抬，跟着往左拧腰弓身，也快如闪电，这是辽人的摔技，能脱人背后擒拿。

史可法早料他有能耐，搭脖子的同时，左手成拳，中指压在大拇指上，突出个锥，打在书生背后肋骨处。这法子有个名号叫“铁菱”，钻入肋骨间，打对了劲，一拳能打瘫，但此刻只为破了他摔技，不让他翻身，劲卡着算的。

果不其然，只一下，书生就被破了招，轻哼一声，半边身子软了，登时慌乱，任由史可法右臂曲拢，左手跟上竖立，卡住了其喉咙脖颈。

书生想喊喊不出，双手又够不到人，只能乱打。

“得罪。”史可法在他耳边轻声说了句，抵着书生的头，又一用力，卡住了脖子上的大脉，往后拽。三四口气上不来，书生就不再挣扎，瘫软了身子。

史可法不等他身子委顿落地，就脱下自己身上的衣服，摘了帽子，又脱下书生的直裰，换了两人衣服，再把书生放倒，平趴在地上看不见脸，自己站在了书生旁边，把脸藏在暗处，等着第二个人来。

再来的第二个，比书生笨，丢了人，必定心浮气躁，这昏暗胡同里，自己和书生换了衣服，只能靠身板和衣服分辨，刚才那两次岔头，足够让他死死记住穿在书生身上的衣服，自己在京又没露过能耐，他必然会把书生当成自己。

果不其然，第二个来的是小厮，远远地见了史可法站着，书生躺着，惊了一下，以为书生拿下了史可法，就急急地跑了过来，口中问着：“怎么给拿了？不跟了？”说罢就低头看，浑没料到换了人。史可法又是右臂曲拢，左臂竖立，小厮能耐弱，没想法子，只摆着手挣扎，瞪大着眼睛，仿佛看到了鬼。

除了两个，还差个算命的。史可法把二人扶坐在墙边，又上了房，盘算好他应该从东边过来，就沿着屋顶到了胡同东口。果不其然，二十几口气的工夫，算命的也来了。

你倒是乖巧。

进了胡同没走几步，就看见两人坐在墙边，知道出了事，又觉得胡同昏暗，不敢进来，就从怀里掏出了号弩，那是里头藏了消息儿的火箭，打上天之后，又亮又响，全城的锦衣卫和番子就会来。

歇了吧！史可法跳下墙，先弹了石子儿，正砸在他号弩上，当的一声打脱了手，顺势单手成叉，掐住了其喉咙，再一使劲，捏住了大脉，硬生生把他一句叫喊卡在了胸里，跟着一拧身到身后，换成了左臂曲拢，右臂竖立，也把他卡昏了过去。

好悬，差点坏事。史可法忙探头向胡同两边打望，街上没人，四周屋顶也是空的，这才踏实，转过头把昏了的三个人归拢到了一处，先搜身。

一掏怀里，愣住了，摸到了册子。无常簿，还有腰牌？翻开一看，三人不是番子，竟是锦衣卫。这大出史可法意料，锦衣卫是拿驾帖抓人办案的，怎么做起穿常人衣服跟梢的活儿，当起了番子？

又一想，现在的锦衣卫，都能去勾栏听床，跟人又算得了什么？魏忠贤拿锦衣卫这么作践，谁敢说半个“不”字？

史可法吐了口唾沫，多亏没下杀手，险些伤了人。

腰牌是他们的命，丢了是大罪，不能动，就只把三个人的无常簿都拿了去，又脱下了小厮的衣服换上。

三位兄弟，对不住！过了这事，我请你们吃酒。

这当口，街上传来了铃响，果不其然，拉酒的牛车到了。

吃饭时酒家伙计说今晚大兴的烧锅进城，算是老天爷帮了自己一把，要靠这些拉酒的牛车帮忙把人送出去。拉酒的都是从外城进，走南边的崇文门，先送内城南边的酒家，再送东边、北边，最后才走到教坊司，放酒给勾栏，再从崇文门出去。守城的知道拉的是酒，通常不拦。

史可法又瞅了一眼，六头牛、四十石的大车，上面七八桶，送到现在，大半该都是空桶了。四个送酒的伙计，拿木担拴绳套着，抬了一桶满的，吭哧吭哧地进了勾栏。

勾栏买锅烧是对付武官用，一般都兑水，所以不买整桶，在里头要先接酒，再计分量，费工夫。

就算一时半会儿出不来，也得快，史可法左右手各搂一人，一使力，不打晃地从胡同出来，两步就到了酒车旁，把人扔到车上，开了酒桶盖子，一股烧锅味直冲鼻子，那都是齐胸前高、拿铁箍勒着的重木桶子，比水缸还大了半圈，一人一桶，装得恰好，待把三人都塞在桶里，盖好盖子，也不过一眨眼工夫。

这一晚，真算没白折腾。

史可法长舒一口气。三人都被勒闭了大脉，没两个时辰难醒，又被塞紧在装烈酒的桶里，被酒气熏着喘气，妥帖地会大醉一场，两场晕摞在一起，没到天亮醒不来。这牛车慢，拉到大兴，少了也得半宿，即便路上醒了，再赶回来，也是天亮，自己的事，早也办完了。

只是自己今天一下露了能耐，再往后，就麻烦了，但也管不了那么多了。

三人一走，这一晚就没了跟着的鬼，该找的人，也能找了。

徽商的宅子，都在西四的几个胡同里，史可法一步都没闲着，一路快跑，眼睛耳朵盯着四面八方，那真是全北京现在最快的两条腿，转眼就到了。

先到了徽商领头的李顺城家，这人是做粮号的，老师治水后，他家生意千顺百顺，现在是安徽有名的大粮号，算是承老师恩最多的，对老师奉若神明，救老师这事，也由他来联络众商号。那日在教坊司和谢启光接头的，也是他。

这时候到了亥时，不敢在夜里敲门，敲了怕也不给开，索性直接进去。史可法蹬墙上房，先打量四周，明月高悬，天晴如雪，猫腰看了好一阵子，四周没见着听着锦衣卫的动静，才定睛看李顺城家。

这一看，心都拧了个疙瘩，整个院子，没一间房屋亮着灯，跟死了一般，丁点儿人气儿没有。

跑了，或是睡下了？

翻身下了院子，脚下是灶房，家有没有人，摸灶就知道进去一打听，没烟火味，也没饭味，再一摸灶，凉的。

心咔嚓也凉了：真的跑了？

转身就出去奔厅房，这院子不小，几进几出，里头外头找遍，哪有一个人！

跑了，是真跑了，可悔出了血，那晚就不该放他们回家，就该留着他们。

再去其他家看看，又翻身上墙，连去了几家，都是黑灯、凉灶、空房，终于在第六家逮着了个守房的老头，老头被吓了个半死，话都说不利落。

“走了，走了好几天了。”

“说去哪儿了没有？”

“没。”

“再好好想想。”

“爷，是真没，走得失魂落魄的，好多东西都没拿，我们下人谁敢问哪！”

“留下什么话没有？”

“也没留，就给我留了点钱，让我看着房。”

“说没说什么时候回来？”

“没说，爷，这是怎么啦？是不是要打仗啊？哎哟我的妈哎。”

老头不像说谎，史可法心都悔拧了筋，气得直捏拳头，还能去找谁?

谢启光!那日教坊司,徽商都怕得要死,谢启光却还镇定自若:“没画上,没凑前来,也没听见,那就没事,顶多算是看见了我进来而已,算不上数。”

那时他还帮自己宽慰那些徽商来着,这人胆识是有的,应该不会跑,还在京城。

也住在这附近,史可法没耽误,沿着屋顶过了去,奔什刹海。

果真,灯亮着。

谢启光是五品官,宅邸正门三间三架,厅堂五间七架,这还是按洪武年的规矩造的房,着实罕见,按等第屋脊可用瓦兽、檐桷可用青碧,但竟没用。在这官员造宅超规越第如同家常便饭的年头,竟能做到守着规矩,实在难能可贵。

谢大人,虽不是东林,但也是难得的好官,老师常说此人可交。

史可法见灯亮着,就放了心,从后院溜了下去,沿着墙边到了亮灯那屋,许是书房,躲在窗下,从窗缝里看,果真,谢启光在点着灯写字。

“谢大人。”史可法轻敲了下窗户。

谢启光显是一惊:“谁?”跟着桌上窸窣作响,拎了个砚台在手里,“出来。”

“晚辈史可法,宪之。”

谢启光轻轻推开窗户,看了一眼他,就移了眼神看他的前后左右,确定没人跟着,伸手比画了两下,史可法一蹬窗沿,就进了屋内。

谢启光待他进来,似还是不放心,缓慢虚合着窗,仍往外打量。

“晚辈刚把周围扫了个遍才来的,没人跟着。”史可法说,“若是有,晚辈也不来。”

谢启光一挥手,止了他的话,把窗关上后,快步走到柜子前,拿出个琉璃灯桶，罩住了油灯，屋里一下就暗了许多。跟着示意史可法待在角落，待他待稳，转身开了门，喊了声：“老赵，老赵。”

一个老仆应了过来，站在门口。谢启光没让他进屋，只半开着门，挡住了史可法，说：“叫你儿子、陈伦、方林上房顶，盯着外头。”

老奴一愣：“老爷，这是……？”

“别问。”

“欸！这就去。”

谢启光待老奴走了，又看了看门外，才进了屋，锁紧了门，拧着眉头上下打量着史可法。

史可法也打量着他。这人是个鹰眼，鼻子奇大，薄嘴，脸硬得像石头砸出来的一般。不知怎的，这谢启光丁点儿能耐没有，却有股子天生的杀气。

“你怎么还在北京？等你老师投胎？”话也冷得像石头。

史可法一愣：“晚辈师仇未报。”

谢启光眉头一拧，不等他说完，深哼一声：“每天都有给东林报仇的，全都泡绿了在外城河里看天儿，你找他们聚聚？”

说着，楼顶传来了响动。

二人都不说话，是谢启光的家丁，腿脚笨重。

等楼顶人站住了，谢启光才又冷冷地说：“连累的人还不够？”

“阉党来过您这儿？”史可法一惊。

“狗不啃骨头？”

“可为难了您？”

谢启光鹰眼一立：“没凭没据，大理寺脸上是他们能泼脏水的地儿？”

是了，那日锦衣卫没画影，也没听见，史可法心里踏实了不少。“谢大人一身正气，想来他们也不敢轻举妄动。”

“甭捧我，我只认规矩，谁正谁不正，尺在规矩上。说，什么事？”

“求大人救命。大师伯，还有老师两个儿子和家里的三十几个男丁，被番子拿了。”

谢启光眉头骤然拧紧。

“番子装成锦衣卫去拿的人，没驾帖，现押在东厂，说是要缴了老师受诬的两万两，才放人。”

谢启光眉头拧得更紧了：“谁给的话？”

“许显纯。今天街上，见了人被拿到京城。”

谢启光想了几口气儿工夫，抬眼问：“你那些做买卖的，房都空了吧？”

戳到了自己麻筋，不能撒谎，只能点头。

谢启光又哼了一声：“世上最不能信的，一商二娼。东林依赖着商人，咎由自取，把我往他们身边凑，也是不对。”

这话，自己无从反驳。那些商人求的是财，老师在世，自然一切好说，老师一死，全都保命第一。史可法心想，若是让这些商人见了诏狱里凌虐的法子，只怕他们宁死也不会和东林党扯上关联。

“除了给钱，就没有别的法子？”

谢启光冷笑一声：“碰上路匪绑票，你老师怎么教你的？爷，行行好！我给您开堂课？您看，这个字念‘义’。”

这一鼻子灰碰的，史可法心都绿了，咬咬牙，又说：“刑部、都察院，能办这案子。”

“巧了，你老师就是御史，又怎样？你烧把香问问他这案子怎么办？”

“再不行把这事递到宫里报给皇上，东厂私捕，是重罪啊大人。”史可法也有些急。

“欸！是个法子！”谢启光叫了声“好”，又说，“可我问你，宫里东林还有人吗？你当王安还在？打听打听去，现在管事儿的叫魏忠贤，全乎人儿一个，仁孝礼义样样讲究，大字不认都爱看你老师的折子。”

这话戳进了自己心口，又狠命地拧了几下。亲东林的大太监王安被魏忠贤斗败，先放到南海子淘粪，再后来不明不白死在了那儿，听说还给喂了狗。现在阉党紧握着天启和内廷，杨涟和老师弹劾魏忠贤的二十四罪，压根儿没到天启手里，半路就被魏忠贤截了。

“宫里没人，皇上没看着，就不是奏折，是泼妇骂街。”谢启光紧盯着史可法，话冷如刀，“东林输，就输在只会骂街。”

该死的，观音菩萨，让这老头住嘴吧！史可法心里说不出的难受。谢启光的每一句揶揄，都说出了这大明的真相：路匪都穿上了官服，把人逼得毫无活路。史可法捏紧了拳头，暗自发狠。

谢启光冷冷地看着他运气，半天之后，沉重地哼了一声，转身从书柜底下取了个上锁头的匣子，从腰上解下钥匙打开，匣子里是一沓钞纸。他也没数，全都拿了出来：“都是官票，东厂认，该是五千两多一些，先赎小的。”

“使不得！”史可法大惊失色，赶紧推道，大理寺清水衙门，这五千两，怕是他全部身家。

“你眼前能找着钱的地方有几个？勾栏里有认识的鸨儿？”谢启光把钞纸拿块布裹了，鼓鼓囊囊一包，扔在史可法面前，“可有一点，这钱你是抢的偷的我都不管，不是我的。”

“晚辈谨记。”自己没别的办法，只能拿，于是塞到前襟里。

这人说话冷言冷语，但给的钱是热的，这叫真豪气，绝非江湖里大酒大肉的吹牛把式，一念之间，五千两银子的家底儿，说给就给，毫不犹豫。

史可法以大礼跪下，给谢启光磕了响头：“替老师在天之灵，谢大人救命之恩。”

谢启光仍是那副冷脸：“其余的，怎么凑才是关节。”

“还请谢大人给指点。”这人远比自己熟悉朝中事与人，又能为老师倾尽家财，值得信赖。

“不能找东林，宦党捏了个本子，每个东林都有人看着，你去找，就是给诏狱送功。”

这话虽然是泼冷水，但对。阉党做了本《东林点将录》，竟套了个书里的名牌绰号，什么天罡地煞一百单八，把堂堂东林当成了祸匪。

“不在东林的，老师的旧识，倒有一些。”

“也不全妥。”谢启光手一挥，“给你本册子，你挑出来我对。”

说完，又从柜子里拿出个册子，是份名册。史可法打开一看，列着外廷各部、寺、司、府六品以上官员。

“有的已经没了。”谢启光看着名册，眼神柔了下来，话也不再那么冷，似是自言自语，“我们这批同期，还几个活着？”

“谢大人……”

“挑吧。”

史可法拿过纸笔，坐到偏桌，一页页翻看。谢启光不再理他，接着写起了字。

这名册是大理寺通发的官员名册，因这些年官员变动频繁，这册子现在是按季编发。确实如谢启光所言，曾经不少老师的旧识，已经不在册子上了。

挑册子里的东林和阉党，都容易；两党都不是，却与老师交好的，难。

遇到见过的，就放心写，老师大贤，结交的都是贤德俱全的人，歹人绝不会带到家里。还有些老师提过但自己没见过的，也列了出来。

两三炷香的工夫才挑好，抄在纸上，共六十五人。词林，六人；

各部院，十二人；卿寺，除谢启光外，三人；台省，二十六人；部曹，十八人。

列好后，给了谢启光。谢启光拿起笔，先划下去二十一个：“死了。”又划下十二个，“在诏狱。”又拿出个册子翻看了，对照着再划下去三个，“充军、被贬。”还有不在京的，又下去七个。

每划一个，就是在史可法心上割上一刀。

剩下二十二人，谢启光一下子慢了下来，半天没再划。

“这些都可找？”

谢启光瞥眼看了他，一声嗤笑：“一大半管魏忠贤叫了爹！”

这个朝廷！这些官！

最后，谢启光只留了六人。礼部、吏部各一人，顺天府一人，太常寺一人，承宣布政使司一人，通政司一人。

“这六个人，我都不熟，但该是向着你老师，也有些家底儿。记得绝不能提我。”

“大人放心，史可法宁死也不拖累大人。”说完躬身又是一拜。

“人都记住了？”

“嗯。”

谢启光拿过那纸，转身去了墙角，撕碎了扔进火盆。回过身又说：“凑钱能快就快，快不了，就能赎几个赎几个。这年头，能活下一个，都得烧香。”说完，去开了门，“走后门。”

“谢大人，我走房上。”

“前后左右住的都是官，你想让人看见，我还没活够！”

也对，什刹海这儿，官员扎堆儿，家丁也多。

老赵守在后门，见他来了，迎了上来：“爷，走这边儿。”说完开了条门缝，向左右看了看，把身一闪，给他让开了道。

史可法对老赵点了点头：“有劳。”抬腿就迈了出去。

慢！

不对！

眼神从老赵脸上滑走时，猛然发现他的眉头抽了一下，眼里的余光似乎瞥着门缝，往胡同外。

门外有人？

心里一紧，却也晚了，半个身子出了去，眼前就被什么东西晃了一下。定睛一看，坏了，是黑洞洞的铳管子！

撑在眼前，墙边，一溜儿人，全是黑袍子。

锦衣卫！

着了埋伏！

怪不得让我走后门，后门好藏人！

嗡地一下，史可法脑子里血脉险些崩开，根本来不及想，出手如电，往回一弯身子，一把拽向老赵。

这奸贼害我，先拿他，护着出去！

可手还没搭上他衣服，老赵手就一翻，顶了他手肘，跟着脚底下一使劲，平地退出去小一丈，回了院里，仍摆了退势。这老贼带着能耐？跟着，跳下了人，一左一右和老赵一起护着回屋的路。

“叫你儿子、陈伦、方林上房顶，盯着外头。”

话里是三个，跳下来的，是俩！

这个谢启光，吩咐那老奴的话里，原来有暗语埋着。又让我写单子拖时间，为的是拿我。

可怎么会？他怎会害我？他不会害我啊！

脑子就短了这一下，房顶、墙上，又齐刷刷站起来二十几个锦衣卫，火铳、弩箭，全瞄向了自己。

冲！

电光石火之间，史可法脚下一使劲，向胡同外冲，拼了。他全身筋肉绷紧，瞬间身子就成了铁疙瘩，胳膊挡脸，只要别打着脸，身子挨了火铳弩箭，最多打几个眼子，自己筋骨带着硬功，不打着要害，难死。

跟着两边房上咔咔几声响，打出来的却不是火铳，而是弩网，四人一组，重弩上连着人高的网子，当地一下，硬箭深插进地里，网子把史可法整个人都兜在了里头。

这是什么，网子？史可法心头一凉，自己没带家伙，于是拿手一拽，硬是拽不动，心里又是一阵大骇，自己这双手，能把树撕开，却抓不动这网子，龙筋造的？

跟着，又是一组，再一组，还有一组，四张网，十六支箭，把史可法兜了个严严实实，在地上动弹不得，弯着脖子，弓着腰，趴在地上。跟着，几把刀架了上来。

完了！完了！史可法胸口一团血，几乎吐了出来。

谢启光！我瞎了眼！老师瞎了眼！怎么会信你？

一身的能耐，此刻成了困兽。史可法喘着粗气，无力回天，只剩下低声嘶吼。

眼前走来了人，一脚踩在他手指上，使了力气踿，咔嚓一声断了一根。史可法哼了一声，抬头一看，竟是那书生！

“法子挺好啊，再来一回？”书生涨红着脸，晃着身子，咬着狞笑。

原来今晚从头到尾，都是场戏。

跟着两列锦衣卫从后门出来，持刀环侍，护着一个白袍子金线飞鱼服。那人也不过来，就站在远处看着自己，那张鱼脸，不是许显纯是谁？

该死的，该死的！

跟在他身后又闪出一人，是演了一出好戏的谢启光，那张原本刀削斧砍的硬脸，仍拧着眉头，看了看地上的自己，掏出张纸，递给了许显纯，又在他耳边说了几句。

王八蛋！怪不得他撕纸、烧纸都背过身去，原来撕的、烧的是另一张，我写的那张他却偷着留了下来，要这张单子上的人，才是他今晚唱的戏。

这张单子，能抓来十几个老师的朝中旧友，然后就是抄家掠夺，既得了人，又得了财。两万两银子，从自己这儿出不来，却能出在别人处。卖友求荣，计使得好毒！

“世上最不能信的，一商二娼。”这是他说的，不对！少了一个，还有官！

“谢启光！狗官！”

史可法用尽全身气力大吼着，闷在胸中的一口血，终于吐了出来。

章拾贰
并骑

别人也管他叫爹，但和自己叫他爹，是同音不同味儿，天渊之别。

爹曾说，收了他，是老天给的福气。自己只一个身子，却让爹有了一儿一女。

临出京的那天晚上，爹叫他进了司礼监，给他送行，这是每次使他走差、用他杀人前都走的惯例。

爹那么多义子贤孙，什么崔呈秀、田尔耕，可能让爹在司礼监内厅里没人伺候着两人一起吃饭的，天底下，只有一个自己。

饭桌上，爹虽仍是一言不发，但带着笑，他们谁能见着？听自己说话、给自己夹菜的，是当今大明最有权势的第一人。

他也给爹夹菜、倒酒、盛汤，讲他在宫外头听到、看到的市井闲事，爹那时候的笑，就像他第一次和自己吃饭时那样。

在他身边独处时，自己是百依百顺的宝贝女儿；出门替他办事杀人时，自己是赴汤蹈火的孝顺儿子。

可爹老了，自从爹掌了宫里宫外的事，就一天天老了。大明江山社稷这辆破车上，只拴着爹这一头老牛。

吃饭时，看见爹额头上有了新的褶子。再强的人，也敌不过额头数道褶子，每多一道，就是阎王在生死簿上记下的十年。

这黑菩萨更是如此，年轻时煞神一样的人物，到了老，能耐终归有了个尽头。

先是钝，自己一路跟来，没听到、看到；再是慢，自己的长刀从他叉尖里钻了进去，竟能拦着；还有弱，年轻时的手劲消失殆尽，刀叉相碰，自己不过一抖腕子，就破了他的劲儿，扎进那赛青身子的口子，就才不过寸许。

好悬，自己过来得再慢一个眨眼，这矬子就成鬼了。

该死的老鬼，差点害了事。

宝敏压着怒气，笑着说："黑爷爷，您唱的哪出啊？捅起自己人啦？"

手底下却丝毫不松劲儿，刀叉绞在一块儿，万一这老鬼再撒泼，还得预备着。眼瞄了瞄地上的赛青，见他眼睛翻着白，不省人事。这人可真不像个锦衣卫，孬得没个样，才见了点血，竟然晕过去了。

废物玩意儿，宝敏心说。

又一想，不对，是给捏住了脉，怪不得。

黑菩萨没料到宝敏竟然跟着他们，更没料到会挡了他一叉。老头哼了一声，不能拔叉，也不能再动手，就僵着，一嘴的没好气儿："我还得问你呢，拦我？这黑驴腿子没规没矩，没开园子就想看戏，咱的事要是乱在他身上，怎么说？"

话是没错，这小子冒冒失失，看了不该看的。不过也想得通，自始至终，这人是这一队里唯一不知道案子的人，傻跟着跑了这么远，不起疑才怪。黑菩萨准是路上瞧出了他心神不宁，才偷摸跟着他，怕他捣了乱，倒真是果不其然。

自己呢？自己跟着这矬子是为什么？竟想不起来。

"可按我爹的意思，这人有个能耐，在路上用得到他，您要真送他走，才是乱咱的事呢。”宝敏又咯咯地笑了起来。

老鬼，你可别多问你不该问的。

“去那金坑的路没图，老田派去押送的人会沿路画路图，但终归只是一张，出个错，或是那两人不可靠，动了歪心，就失了一切的关键。”下差时，涂文辅交代，“那个拿了金子的锦衣卫，老许试了他几次，画影能耐不差，带他跟着那一路人，再画一份路图，左右对上了，才算稳妥。到了地儿，他画完，自有给他的说法，你不必管。”当时爹也在，显然这是他的安排。

宝敏想着，这事该不该跟黑菩萨说？

“用他？跟我可没说到这一疙瘩，我还心说干吗带这么个废物玩意儿，俩长短腿蹦跶，给咱耍猴戏解闷儿来的？”黑菩萨眯着眼，又笑着看了过来。

他是不信，个老东西，滑。索性跟他说了，免得后面再出岔子：“到了云南找那金坑，得再画张路图，就是他画。”

黑菩萨恍然大悟：“噢，怪不得了。”又打量了打量赛青，“这人下听头趴夜儿的手艺，倒是还行，画影估计行，行。”

给爹做事的规矩是，每个人只知道自己该知道的那块，多一分一寸都不行，给杨振的、给黑白花仨人的，还有给自己的，都只是零碎的片段。这防的是同谋，也防线头。多少年来，自己习惯了这么做事。

“不过丫头，”黑菩萨又阴阴地笑了一声，“小老头儿我瞎说一句，你可不能动了凡心。”

啥？宝敏一愣。

凡心？

我去你妈的！

“我要动凡心，那也得朝您，论资排辈，头前的是您。”宝敏给了他甜甜一笑，一刀切了你得了。

“我？”老鬼打个哈哈，“老喽！要不然也不会让你挡住那一下。”

少他妈废话，知道就赶紧把叉子拔了，再不拔人就死了。

还没等宝敏再说，老头眼一抬，闭了嘴，宝敏跟着也矮下了身子。

有人？

城门下头，正有人要进去，听见了说话的响动，擎着灯弓着腰拐弯过来看，两人搀着走路，一个人拿锣，另一个人拿着梆子，是打更的要去上更。嘉靖之后穷苦人多了，各地就把打更的差给了花子乞丐，报时辰连带着防贼。

黑菩萨噌地从赛青身子里拔出了叉，脚底下抹了油，蹿了出去。

坏事了！宝敏来不及想，也跟了上去。但慢了个眨眼，就再没跟上趟，再一眨，黑菩萨绕着弯溜到了树的阴影里，两步疾跑飞了出来，手里亮光一闪，钻了一个人的脑袋。那人哼都没哼一声，矮着身子躺下了，手里的灯掉了地，照着了脸。

是个半老的瞎子，眼全翻着白，脑顶上的洞里呼呼地冒着血。

爷孙两个？

旁边是个七八岁的小娃，忽地见爷爷躺在了地上，旁边又多出个人，吓得连喊都忘了。黑菩萨反手倒提叉，撩了上来，直奔小娃面门去了。

王八蛋，怎又乱杀人？还是个崽子！

钻！

宝敏又是一刀钻进了叉子，在叉尖要戳进小娃脸前拦住了黑菩萨，跟着手再一使劲，拽，生把那叉拽出半个身，这一次二人都使了全力，拽出一溜儿火星子。都动了杀心，手一搭上，谁都不敢停，更停不住，不过几个闭眼，就架了十七八招，一串霹雳炮仗，刀狠又急，奔的都是对方要命的地方。

“疯了？”宝敏骂道。

“你才疯了！”黑菩萨也急了，手里的能耐却丝毫没停。

这一打岔，那小娃大难得脱，没了命似的转头急跑，快跑到城门处，就要喊。

要坏！

“别喊！”宝敏话还没出来，树林里头就飞出个东西，带着尖锥子，正砸在小娃脑袋上，一声骨头响，那小娃天花盖子砸飞出去半个，血迸出去一片，打在墙上。完了！宝敏一叫苦，是花哑巴的飞锤。

那声响，倒似是鸣金收兵的鼓点。正赶上刀叉又搅在了一块，两人算停了下来，但谁都没拽出兵刃，仍是搅着。

“手倒快。”黑菩萨站定了，对林子里出来的花哑巴阴阴地说。

花哑巴嘎嘎喳喳地笑着，拽回他的飞锤，抡了两圈，甩掉上头的血污，瞅着小娃的尸体，像看着个宝贝。跟着，白片子伸头甩脸地也从林子里钻了出来。

王八蛋！宝敏心里的火冲到了脑门。

这两人一个老瞎子，另一个小崽子，哪个看见你们要紧了？杀了，才是节外生枝。

黑菩萨转过头来，盯着宝敏的脸：“丫头，这俩烂肉，也是魏公公交代过的？能耐在哪儿？打更打得准？”

“谁许你动手了？”宝敏盯着黑菩萨的脸，毫不示弱，“才捅了一个，还不够？”

方才黑菩萨杀赛青被自己搅了，这杀心顶在脑子里，若是不杀点人，怕是今晚睡不着了。

黑菩萨听了，一愣，那张故作惊讶的脸好像宝敏说的是要嫁给他似的：“不对啊丫头，改行当观音了？搁以前，先蹿出去的是你。”

宝敏心里一紧，这老鬼的眼睛毒得要死，再不给他点脸子，越来越没上没下。

“想死？”

说着空着那只手，如同蛇放芯子，从腰里一带，抽出了短刀，钻，奔着黑菩萨脖子去。这是倭国浪人传给他的近身技，里外就这一下，毫不花哨，只图一个快，并要找准下刀处，让人防不住。

果不其然，黑菩萨从没见过他这招的能耐，全没个提防。手里的两把叉又架着长刀，抽不回来，眼见这一刀钻向脖子，不由得也是大骇，慌乱间只能闪，那脖子像个簧，猛地往后弯去，带着脑袋似平地移了几分，避过了刀尖，跟着就是腰身使劲，脚底下左右一踹，手腕子松劲，退了兵刃的纠缠，倒退了三步站立，惊魂未定，跟着双叉又举，做了守势。

吓死了吧？不给你知道我手段，怕是立不了威。这一闪，老鬼使了自己一辈子的能耐，堪堪只做到个能跑。看你还敢再闹？

花哑巴和白片子见宝敏动了真招儿，都怪叫着，抽出兵刃，紧盯着二人。

“丫头，玩家底儿啊？不想想，能耐够吗？”老鬼喘着急气，逃归逃，嘴却还硬着，“戳着麻筋儿了？”又嘬嘬鼻子，朝宝敏嗅了一嗅，“身上的血味儿没了大半年，怎的，吃素了？”

爹养的这些恶狼，眼毒鼻子灵，自己大半年来没杀过人，在东厂里做这行当，不杀人，身上没血味，就是生了腿疮的兔子，这些恶狼闻得出来，随时能咬他一口。

“爹交代路上少出是非，坏规矩的，该怎么办？”要把爹扛出来，才压得住他，爹是自己的护身金牌，是自己的天，这些人不敢不服。

“是吗？魏公公说没说，我可不知道。可涂公公给我的，却是另一个信儿——碍事的，看着来。”黑菩萨一笑，又说，“魏公公多久不亲自说案子了，宝敏，我还没死，记得清。”

那双阴冷的老眼滴溜溜地戳着自己。爹确实没交代过“少出是非”这句话，几年来，传令干活儿的都是涂文辅，这人心狠手辣，交代的都是脏活儿，黑菩萨说的这话，倒对。

将了自己的军。

该怎么回？正想着，黑菩萨嘿嘿一笑，又说：“刚捅那矬子，是小老头急了，可这俩打更的，要是靠近了破了咱的脸，再一嚷嚷，点子知道了去，是不是麻烦？”

话是给自己辩解讲理，这是要服软？

“您意思，我唬您？”宝敏眼睛立了起来，这时候，要姑娘蛮横有用，再补一句奉承，“黑爷爷，我可啥时候唬过您？”

话戗到这份儿上，该有人认退了，但绝不会是自己。果然，黑菩萨没再紧逼，打了个哈哈，往回收了叉子，说：“那是没有，小老头儿哪敢怪到宝姑娘头上？”跟着躬身一拜，“后面的活儿，按魏公公的意思来。今儿这事，是小老头儿闯了祸。”

对，你还是忌惮，说到底，你再凶，也不敢咬主子。自己是爹最宠的小辈，为个小事得罪了自己，犯不上，于是宝敏嫣然一笑，算给他个台阶：“忙活一场，算没出岔子。这锦衣卫，往后我看着。”

“欸，按宝姑娘说的办，来拾掇拾掇。”黑菩萨朝花哑巴和白片子使了使眼色，花哑巴从包里抽出块大布，铺在了地上，又把两具尸首搬在了布上。白片子咧着一嘴烂牙，晃着满是伤疤的脑袋，挥了挥大片子刀，走向两具尸首。

后面的事，自己不愿意看了。两个冤鬼，修来世吧。

眼前，还有条半死的鬼。

“扛回我那儿，先治活了。”

“欸！”黑菩萨扛着赛青，和宝敏一前一后回了馆驿，把赛青放到了宝敏房里。

宝敏着了灯细看，眉头一皱，黑菩萨的叉亏是自己挡了，再往里深上两指宽就是心，这人就成了鬼。

那老鬼倒识趣，手一拱："看宝姑娘手艺了，小老头儿不扰。"说罢出去，临走还朝宝敏邪行一笑。

王八蛋，什么意思？

宝敏抽出短刀，削开了赛青被血染透了的夜行衣，又削开贴身的亵衣。

那刀说是刀，其实是把薄剑，是按照西洋打铁的法子，又合了倭人造刀的能耐串打的家伙什，刀身薄到了极处，立着看，就是一道线，却又极韧，有个尖，这是近身搏战和斗室内使的，快，专钻人身子，一捅一个血缝子，一划就掉片肉。当年爹找了西洋使剑的黄头剑客和一个倭国的逃亡浪人一起教自己，索性就造了这么把串种的刀，为的是让他不使江湖能耐，路子偏，才会少出线头。

自己却没想过，这刀一直都是杀人，此刻却要救人。

宝敏拿蜡烛头烫了刀，凉后扒了扒赛青心口的伤，一道细缝儿，血是清的，微有些脓，还好黑菩萨的叉子没喂上毒膏。

地上摆着的是小厮烧好的一大盆水，上头盖着新白布。宝敏拿布在水里晃了一晃，拧到半干，擦了赛青伤口。

"新锅，烧热了倒掉，再放水，反复烧开三回，拿新白布盖着，别掉了灰。"

自己的话，他倒认真记得住？

赛青学舌这事，就像往自己心里扔进去了只耗子，跑了一整个晚上，挠上挠下，让自己不得安宁。

快别跑了！

司礼监的太监，不傻的，能听懂人话的，个个连我八百年前说的话都能记住。这黑驴是个窑房里听床的，连鸨儿怎么叫唤的都能记，记住我几句，就新鲜了？记不住才怪！

想着，他从包袱里取出一个大红的细绢包，拿银丝绣的一条大游龙盘在包正中，周围是其他瑞兽，龙是爹和自己的生肖。

这包老了，陪在身边十五年，虽然做工材料远远比不上后来爹给的宫里的包，但他一直舍不得扔，因和那刀是爹同一天给的。

从学会女红那天起，爹的贴身衣服，他就再不许别人做，这包，算是个见证。

从包里取出捏线头的镊子，也放在蜡烛上烫过几个来回，揪住了已经翻开的皮肉，又把刀再烫了一回，先切了一些已经翻开、对不整齐的散碎地方，再烫过剪子，把伤口内出了脓的地方剪了，那刀剪子到处，微有烫在肉上的焦臭传来。闻了这焦臭味宝敏倒有些放心，烂处被烫，便能止血和脓，但方才和黑菩萨一通比画，耽误了时刻，这会儿，倒真不知道肉能不能再合上。

得使那东西？

不行，怎么能给他使？那是自己的命。

可不使那东西，真要是长不好了，怎么办？这一阵恼怒烧着脑门。黑驴腿子，该死的黑驴腿子，你属贼的，几天不上房撬门就腚子痒痒，非闯这招死的蠢祸？那东西就那么丁点儿，又是天底下最能耐的宝贝，给你使，你可也配？

可若不给他，让他死，方才和黑菩萨的梁子，算是白结了，这是一；二是要没他在云南画路图，万一出岔子，那金坑的事就鸡飞蛋打，再补不回来，爹的事，也就算断了。

罢了，王八蛋。

“黑驴腿子，死王八蛋！”宝敏扇了赛青一耳光，手上没敢使劲，心里却发着狠。要不是为了爹的事，让白片子也拆了你得了。

但终归，还是得救他。于是从包最里面掏出个黑璃大金花团凤方盒，那盒子是宫里东西，后来赏给了爹，水泼不进，油渗不穿。轻开了来，凑近了光，里头是个细缎子裹的小包，拿镊子轻轻放开扎包的鸡皮筋子，里头又是层油布，又拿镊子放开，再里头，是一团软粉色、带着青梨花浆子色的油膏。

天大地大宝贝多，可这东西，只这一盒，是自己的命。

宝敏咬咬牙，先反复洗了手，再用小指甲盖挑了一点。这东西是只要沾了肉，就立时化了进去，紧黏着肉，若拿来愈伤，怕是天底下再找不出这么灵验的宝贝来。就这一指甲盖子，够补这口子。

宝敏盘算了大概，又拿镊子掀开赛青的伤，吸足了一口气，把指甲盖子递进了伤口，匀着劲抹。抹的时候无比仔细，生怕丢出去一点，又不敢慢，只怕慢了肉合上的地方又被揪开。

涂好了，再看，涂药不能算完，还是要缝。黑菩萨的叉子比自己的刀厚，若是不缝明白，这伤会让他几个月不能动弹。

自己缝肉的能耐来自太医院的亲传，几乎够上堂的了。宝敏捏了根细眼针子，放到火上燎。

算你烧了香，碰上了我，宝敏又瞪了赛青一眼，但瞪着瞪着，眼神又柔了下来。

这人，算烧什么香呢？烧香之人能拿着那块要命的金子？

蠢驴子，还以为自己捡了功，还以为自己拿了宝？那算什么宝贝？那是阎王爷的夺命旗、招魂牌，那块金子害了多少人？他恐怕都不知道！

害了的头排，就是他自己的爹。走差前，上官指使人看管亲人，这是东厂都知道的封口法子，他托了的那个人，必定得杀了他爹。怎么杀的？不知道，该是做了法子，做成老死、病死的吧。这还没完，杀他爹那人和他算熟，也算是进了这根线里，估摸也得没命。

还有工部的一个相户部矿料的库事，那人见了那金子，当晚被抹了脖子。另外还有黑菩萨封口的，那晚上户部门口打更的，说是去卫所半路遇到了，按涂文辅的意思，知不知道都得封，再加上今晚这爷孙俩，都是不知道为什么死的苦鬼。

后面呢？那坑里所有的人，全都得封，这是爹和涂文辅的意思。这条线上的赛青、田尔耕派去的两个锦衣卫、那群马夫，甚至带队的这个杨振，这些人都不是东厂的人，也都知道了这条线。哪个能留？哪个得封？不知道。怕是只有留夜磷粉的那人能活，不，没准也得没，按爹以往的做法，都不留。可谁来杀谁？爹给自己下的事，是和杨振、黑白花一起封矿民。其他的，自己不知。

这赛青，横竖该是死路一条。

都是火里的草，说成了灰，就成了灰。

自己呢？又要当起给爹杀人的孝顺儿子。

“你爹的原意，是要让年轻一辈更多担当，才把事给了田尔耕，毕竟案子是他那边拿的。可他放着你爹那么多人不使，只派了两个嘴上没毛又不是自己人的锦衣卫去，你爹心里不踏实，嘴上却不能说，我才替他找补。他知道你大半年没动刀，也知道你厌了，本想不再使你，留你在宫里身边，可这次的案子非比寻常，不是为了你爹自己，是为了江山社稷，交给旁人，他终究是不放心。”找自己时，涂文辅说过，“你爹，最想的是你好，跑来跑去的事，最后一趟了。”

好与不好，自己早已看淡。爹把自己从乱葬岗里刨出来，对自己的恩，没的可报，为爹杀人，就算下了地府，罪自己扛着便是。

这都是命，为了爹，自己舍得没来世可修。

你，宝敏看着赛青，已经跟我一样是孤儿了，这倒也没什么，到了年头，习惯了也就好了。再说，你孝着时候爹走的，在地府团圆了，也有话说。我呢？

生我那个爹，那狗日东西，该死八万遍的畜生，是我一刀一刀拆碎了的，宝敏咬了咬牙，到了地府，搞不好还得再杀他一遍。

忽地手一抖，这一乱想，拿着的针在蜡烛上燎久了，烫了自己的手，忙摇了两下，引上了纱线。那线细，又不带颜色，拿来缝肉，还算能使。

针尖进了肉里，浑似扎进了棉花，毫无滞碍，这是手劲。饶是如此，赛青的身子好似还动了动。

跟着就是一声叫，也吓了宝敏一跳。醒了？那东西果然好使。

赛青瞪大了眼睛，望着宝敏，仍是失着神，好似鬼门关里走了一遭，跟着一把抓住了宝敏的腕子。奇了，能耐没有，手指头倒是有劲。

真是头黑驴，躺下吧。宝敏一翻手，甩飞了他腕子，跟着一拳钩在他颞颥上，又把他打晕了过去。自己能耐是女人路子，这种刚劲还是差着，但仍够砸晕他。

弱得像根草，这乱世，可怎么活？宝敏又心想，到了地界儿，用完了他，谁会杀他？什么时候杀？一想到这儿，心里又一紧。终归一死的人，现在自己却在救他，值吗？

心思一散，手里就又出了乱，一针挑了指头，该死！

这么会儿工夫，几回了？自己慌张什么？

死了就死了，活在这乱世，死又算得了什么？谁无辜？谁可怜？自己一生，不知道“可怜”二字，只知道拼命。

可这矬子那句话，却一直绕在耳边，总是扔不掉。

“新锅，烧热了倒掉，再放水，反复烧开三回，拿新白布盖着，别掉了灰。”

长这么大，除了爹和太监，谁还记过自己的话？谁还记得照料自己？只要一想这儿，心里的这只耗子就跑起来没完，而且跑着跑着，似又来了一只——

“你可不能动了凡心。”是黑菩萨那诡异的一笑。

凡心？

什么是他妈的凡心？自己杀了十几年的人，才停了多半年，就算动凡心了？不过是让他多活几天，就算对他有了凡心？

这么个黑驴腿子！放他个狗屁，可也配？

王八蛋！王八蛋！宝敏气恼着，手底下加快，也不管缝得好赖了，爱死死，爱活活，大不了缝死了他，到云南我自己画那路图。

谁还没长了眼？

眼。

对！刨根问底，惹祸的是眼，是这人的一双好眼。

“兄台莫怪。”

自己什么样的凶神恶鬼没见过？偏就他一句话，竟能把自己打出一身寒战。

他是怎么看出来的？就这一眼，就能看破打穿了自己的身子？自己拼尽了法子死死紧守着一副女人面皮，男的、女的，老的、少的，从来没人能看出来自己是男人，即便是宫里去了势的太监也不例外，可这人，怎么就一眼能看穿？

这两只眼，这看人的能耐，是天生克我的？

自己活着的根本，归根结底，都在这夹在男和女当间的身子上，若让人看穿了，传了出去，自己没法子活。

让他死吧！让他死吧！自己是爹养了二十年的宝儿，让这么个人看穿了，跟爹怎么交代？

这伤，缝不下去了，宝敏凝着眼望着赛青。真要让他死？

可他和我一样的命，他看得穿我，他记得我的话，他是我救的，他……

宝敏的眼睛，如同那膏药，黏着赛青的伤口。

这一望，就望到忘了时候，待到回了神，再一看那伤，竟是已经缝完了。

真是恨死了自己这身子，恨死了身子里的另一个自己。

罢了。

宝敏叹了口气，是他的命，是我的命。

于是从裙子里拽撕了两条细纱给他裹了伤，又扔了床被到他身上，好歹胡乱给整了平，跟着下了楼。

那小厮忙活了整宿，此刻正在灶台上蜷着打盹，见了宝敏，直愣地站了起来，打足了精神："小姐，您吩咐。"

乡野村里，不比北京，饭菜只能有什么要什么了。

"白水熬粥，米要今年的，敢拿去年的我吃得出来，不许见着丁点儿闲白儿。再杀活鸡，要母的，还没下过蛋的。鸡脯子片下来，不许见着丁点儿血筋儿，拿没疤去过皮的青瓜炒，不许放你们的油，用鸡皮洗净了出油，这是一个。再去给我找几样菜，小兔儿卧单、香茶、地花、拖白练苗、蜀叶，找着哪个都行，切碎了，拿鸡清炒，丁点儿黄不能见着，炒的时候也用鸡皮油。俩菜都不许使荤炝锅，盐也给我用细的，我也吃得出来。再蒸一屉新面的馒头，蒸满一屉，给我屉中间的两个，拿错了，我也吃得出来。还有，洗米、洗菜、熬粥、蒸馒头的水，也得按规矩，还记得？"

小厮点头如捣蒜："记得，记得，新锅，烧热了倒掉，再放水，反复烧开……"

"三回！拿新白布盖着，别掉了灰！"宝敏竟脱口而出，跟着心里咯噔又是一紧，好一阵懊恼，可在懊恼里，又分明有股子别的味道在搅和。

黑驴腿子王八蛋！宝敏咬了咬嘴唇里子，又说："这些是给我的。剩下的鸡，炖汤，扔些红干枣子，记着，干枣子。炖烂熟了之后凉凉，喂给我屋子里躺着的矬子，如果他能喝。喂时小心别崩了他胸口的口子，让我见着一滴血出来，拆了你。再给他换床新被，窗门关紧，左右前后不许给我出吵动。再给我烧回洗澡水，我睡另外的屋，饭好了、水好了都放门口，再敲门，敢进我屋，拆碎了你！”

“欸欸欸！”

说完，宝敏又取了把门闩，上了楼，进了间新房，一开门，就看到了窗外。这时日头还没钻出天边的云缝，只闪出来一团金色的光，照出了些许云霞，只这一点点光，就让宝敏目眩神迷。

多久没见着早上的太阳了？多少年，自己活在暗影里，见不得光。

于是在新野的清晨，宝敏合上了窗，趴在桌上，闭起了眼，让自己再次陷入黑暗之中，没多一会儿，他就做了个到死都没能忘记的梦。

待到日头渐落，又要上路时，宝敏用枷镣锁住仍在昏着的赛青，让他靠在自己背上，坐在同一个马鞍之上，鞍子上自己切了棉被铺着。

杨振、花哑巴、白片子都惊讶地看着，黑菩萨又是诡异一笑——“你可不能动了凡心。”

宝敏只觉得自己脸颊一热，分不清是因为黑菩萨的眼神，还是耳畔赛青的呼吸温暖有力。

一蹬马蹿了出去。

云南在哪儿？自己从没去过。如果能，希望到那里的路再远些。

章拾叁
断岭

天高地远一万里，云南府的天，还是姓朱，但归风婆子管。

那风可真是霸道，碍事的云彩一朵不留，被风撒泼似的撵着，在天上打着滚儿地往东奔走。

可要了个命，梁正心说，眼睛才舒坦了几口气儿，那太阳又从云里蹿了出来，火烧火燎地烫着眼，于是赶紧眯缝起眼皮。

“起！”掌旗又高举了旗，两个百户半跪着举平了铳，瞄着前头三十步开外挂起撑开的白布，那白布上描着人形。

“给！”旗一放，两个百户一齐扣了消息儿，两把铳随着响动冒起的两道白烟，眨眼间就让风婆子收了去。

没一个打到地界，能耐不行，梁正扫了一眼，不动声色，嘴里却说：“二位大人好准头。”

这种虚情假意，自己不愿意说，可这两人大了自己好几级，就算屁能耐活儿没有，还是大人。

跟着接过铳，撤了用过的子铳，又清了膛。卫剑锋接过子铳，脸上写满了咒骂，哼着气往子铳里填药和弹丸。

你也气这帮废物?

也难怪，云南天高地远，铳这家伙什儿在这儿是稀罕东西。那俩百户年岁不小，显是行伍多年了，却是第一次摸铳，能打得准才叫怪了。

待铳溜子稍凉了些，梁正又拿绵条子蹚了一遍，才续上了新的子铳。“大人请。”于是又两个百户上前，这两个百户更老，也更孬，颤颤巍巍跪下，其中一个没等掌旗的发令就扣了消息儿，砰的一声，铳半立了起来，铁珠石子儿都迸上了天，让一群围看的人吓了一大跳，跟着就是起哄嘲笑。

一群祖宗！梁正看着叽叽喳喳的一群看客，小声叹了口气。

自己以为，充其量十个八个人试铳，哪知来了几十号人。

田尔耕的文书走的是急驿，早自己好久到了云南，招云南都司下辖的正百户以上来云南府试铳。两个意图：一是把戏做足，遮盖火药的真正用途；二是这些人里有元江府的武官，离了驻地，元江的沿路查验必定松懈，一行人好走。

可没想到，这些百户来是来了，却都不是一个人，全都拖家带口，来看这能喷石子儿的新鲜玩意儿，还带足了吃的，像是来开席看戏。吃食可让梁正开了眼：炸蚂蚱算是不吓人的，还有黑乎乎一盘，说是水里没飞起来的蜖蛉，那东西竟然能吃？又有生鱼，剁成了块子，泡在黑漆漆看不出咸淡的水汤里，浮着看不明白的叶子，再拿筷子捞出来就往嘴里放；还有生猪血，凝成了块子，也泡在红汤里，这都是梁正看不懂的菜。给狼吃的？倒也有看得明白的，炸菜团子哪儿都有，米做的面条倒是一路上见过不少，就是滑溜溜，不算个滋味。还有跑山肉，说是猪肉，可那味道怎么吃也不像。糍粑饼子，干烤出来的饼，怎么是北方做法？这倒都是路上吃过的，着实不歹。

小娃子也不拿筷子，手攥着往嘴里塞，边嚼边看铳喷烟，哇哇地叫好，满场子乱窜。瘫在椅子里盖着大缎被的老爷老太，见了这铳里的玩意儿飞上了天，也都惊得瞪眼。还有一两个给吓坏了，抚着胸口捯气儿。

都是世袭的官，祖上、后辈，这都是大明脊梁？梁正好一阵苦，自己辛酸几千里，给他们送戏来了？这铳使的，好悬没点着了胡子。

想起胡子，他低了头，瞅见了自己嘴边下巴上长出来的那片黑胡，真是怎么看都觉得稀罕。太监们都去过势，蓄不出胡子，便给仪鸾司定了不许蓄须的规矩，脸上丁点儿黑不能有，于是梁正就从没见过自己蓄须的样子。这次倒好，几千里路没人管没人问，算是把这辈子的都蓄出来了。

听娘说起过，爹当年就蓄着胡子，两道长髯飘着，像庙里奉的关二爷。

关二爷当年千里走单骑，护的是嫂子，自己哥儿俩也走了千里，送的是祖宗。

新野住店夜里被贼踅摸，让二人虚惊一场，常德赶上了湘水撒泼，淹了八十里，走的每一步都心惊胆战。再到平溪，赶上了官府撵匪，断了驿道，来往商车一律开箱盘查，查到了火药，梁正拿出所有的文牒，仍是不放，差点去了卫所，最后私底下给了十两银子才放了行。

闹呢？卫剑锋急眼了。

“分不清谁是官谁是匪，交差办案竟然还得给贿赂。”卫剑锋恨得牙痒。

倒不说钱多少，商车堵住路，耽误了工夫才要紧，要再进卫所，报回北京核查，这差不就见了光？

卫剑锋是不依不饶：“这事，得报田大人。”于是在回报田尔耕的文书里也写了这事。梁正盘算了盘算，让他去了这块：“写也没用，给田大人心烦。这些官兵，今天是官收银子，明天匪来了，又换了皮当匪，还是抢银子，横竖是求个发财，回信过来查办，鬼知道他到时是个什么？没准都死了。咱这一路，只求平平安安让物事和人到了，就是功。是非闹腾，只要没坏了咱的事，随他们去。”

能活着就活着，能忍就忍，这乱世，能怎么办？

再往南，正经到了贵州山里头，二人就再没睡过全乎觉，换班睡觉不说，夜里还得擎火把绕着客店转，再没了入湖南前的踏实。有几次梁正都瞅见了房上的人影，于是摘下枪来走能耐，还拿铳练了几下，才把人吓跑。

最险的事出在清平到龙里的路上，赶上了匪被官兵撵得没了活路，就堵在官道上，挨着车地抢东西，还点了火，拿着火把要扒车。梁正没办法，下重手伤了几个，匪还是打不散。连老陈一伙马夫，还有阿大阿二都拎起了棍子，跟着打人。最后还是卫剑锋豁得出去，点着了铳，朝领头的给了一铳。那人没见过铳，被突然冒火的棍子吓得魂飞魄散，又被打坏了胳膊，带着人没命地跑了，众人方才得脱。

大明横竖上万里，自己才见过哪儿到哪儿？这些匪要是有活路，谁做这会没命的营生？这天大地大，又得有多少委屈苦难？

爹娘保佑吧，自己一路拜着爹娘牌位，不求升官，不求富贵，只求爹娘让正儿、锋儿顺当地完了差，回北京踏实过日子。

梁正又伺候完接着试铳的武官，抬头看了看天，差不多了，日头到了天当中，那铳扛不住没完没了地试。

“佥事大人，怪小人叨扰，得歇铳了。”梁正朝领头的指挥佥事躬身说道。

那佥事王弦是个小年轻，显是也承了世袭。连看了两天试铳，竟是没厌，眼神全在铳上，看见打准了的，不断地叫好呼哨，听梁正说停，看都不看他：“再玩会儿。”

欸？玩儿？那是要人命的东西，梁正心里叫苦，两把铳连着使了两天，就算一路上自己好生擦养，也扛不住折腾，真怕爆了膛。这些武官虽然身在远藩，但搞不准个个都在京里有依有靠，都是祖宗，伤了谁都不是自己能兜的。

再说，哥儿俩比伺候爹娘牌位还仔细的硫黄火硝，让他们在这儿当砸炮儿似的糟蹋，自己也心疼，这费了一斤，开矿时就少一斤。

梁正正琢磨怎么回他，一直在身旁的陆北阳说：“我看，歇了吧。”说的时候手插在怀里，也不看王弦，不把他当回事似的，“几十个人，试了两圈儿，我看行了。”

这是爷，云南左卫的千户，也是锦衣卫千户，比王弦官小，但直属田尔耕，是锦衣卫在云南的顶头，腰杆子比这场上所有人都硬，田尔耕所说的在云南的接应，也是他。

见他说话，王弦撇着个嘴，抬眼看他：“没玩够呢！”说完又凑了凑身子，央求陆北阳，“要不，把东西留这儿，以后慢慢玩？”

闹呢？

梁正心里一急，他要是真拿官衔压着自己，硬留下火药，这趟可就白来了。

“王大人。”陆北阳放下手，斜着眼睛看着他说，“田都督交代，铳、药，试过后都得回京，这是规矩。”

王弦低下眼睛，小声嘟囔：“又不缺这两把，留了也就留了。”

不能总让陆北阳挡，自己也得攒劲：“回佥事大人，临来时田都督一再交代，这次来给云南的大人们试铳已破了例。眼下辽东战事吃紧，每把火铳都是记着号儿的，留在云南虽是没多大要紧，但若是其他州府知道了，也要，那田都督那儿就周全不开了。再者说，这铳虽是好好造的，但咱这儿风干物燥，火器无眼，要是爆了膛，那是真能把人脑袋炸飞，哪怕只是迸出个火星子，伤着各位大人，小人跟田都督没法交代。小人斗个胆，大人要真是喜欢这玩意儿，赶明儿再进京时您移驾来神机营，小人伺候大人再试，您看可好？”

话说到这份儿上，王弦仍是磨磨叽叽，陆北阳脸一沉，喊了声：

“来人啊，撤铳，收营，谢田都督！”

哎！

这时候，谁胳膊硬谁说话管用，场下的校尉掌旗都是左卫的，听了上官发话，纷纷喊叫着：“谢田都督。”跟着撤了场下的家伙。

“话说得漂亮，田都督没打眼。”回卫所路上，陆北阳和梁正共乘一车，说了起来，“这云南的官，多是从祖上从南京配过来的，还守着老爷脾气，以为自己了不得似的。要我看，还不抵你会办事。”

“大人谬赞，小人尽本分而已。”

“这铳，就试到这儿了，后面犯不上费事。田大人信里交代，让你们尽早离，别耽误。”

“是。”梁正答道，心里却想这陆北阳不知是否知道自己一行人的计划。

但这人老辣，即使知道，怕是也不会跟自己提。

试铳的地方没设在云南府演武厅里头，为了躲开人多眼杂，就选了几十里外杨林镇靠南的御所林里。杨林镇是个守着驿道的镇子，往来车马进出云南都在这儿过，梁正几个就住进了邻近的卫所。

“路上使的鸽子。”到了卫所，陆北阳直接引他进了后院的鸟房，养的都是短嘴勾眼瓦灰，“都是打小养在云南府的，训教妥了，原本是报灾使的，这几年太平，正愁怎么用，你来了，也算给它们条活路。”说着开笼子掐起来一只，红眼仁，白条嘴，瓦灰色的脑袋，脖颈一圈亮闪闪的紫，咕咕咕地哼着，还抻着脖子瞅梁正。梁正在宫里见过太监们养这个东西，没想到在云南竟当信鸽使唤。

“只要路上没起天灾，个个都能回来。这畜生眼睛好使，能躲开鹰。”说着，他让身旁的小厮拎来了鸽笼，拽上了十只，捆住膀子塞了进去，“膀子都练过，十天不拆绑也死不了，过了十天，拆了在笼里动几下就行。也不必喂，放了自己会找食儿。若一时半会儿放不了，就喂点寻常的稻谷。”又给了些递条子的小信筒。

田尔耕曾经交代，到了金坑，多放几只报方位，免得出岔子，十只该是够使了。

先前到了后，就退了老陈一队人，给足了尾钱，老陈欢天喜地。接下来的活儿就得靠本地马，于是又牵来一队，也是老陈用的滇马，但是军用的，头短，耳朵尖细，不善快跑，却能攀爬。这些都是左卫调训出来的货马，翻山扛货尤其好使。

正查着，卫剑锋领着韦家兄弟回了来，几大麻袋装着东西。梁正自是知道那是采买的铁器工具，陆北阳却不知，也没问，知他们要勾兑，就没再待，临走嘱咐卫所的主事好生招待。

卫剑锋瞅了左右没人，打开麻袋，给梁正看："补买的铁尖，二十把，槌十头，撞头三十。这镇子小，也就买了这么多，再多，说是要去云南府和元江才有，要不在那儿再补？"

梁正琢磨了一下，问阿大："这些，够不？"

阿大讲："坑里应该还有，这些是补缺的，够不够，难说，得看顺不顺。"

"先对付着，不买了。"云南府和元江比这镇子人更多，一下子采买大批挖矿的家伙，引人猜疑。

又盘了盘硫黄火硝，两天试铳，使了三成，和自己预估的差不太多，余下的，兴许开完山还能有富余。

"哥，咱啥时候走？"阿二问。

着急了？想赶紧回家？梁正笑了笑："知道你想赶紧回去。收拾收拾，这就走。"

"欸！"兄弟俩答得脆生，归心似箭，哪里留得下半分耽搁，草草扒了两口饭，众人就上了路。

从杨林到云南府不过几十里，都是平路，众人上路，没半点耽搁，到云南府时日头还没到天腰。

这云南天长，能再走。于是绕了南泽，过晋城，日头才低了不多，驿道边不断店和村落，又挨着大府，自是不惧盗匪，于是破了天荒，众人走了夜路，住在了澄江外。

阿大讲，出了澄江外，还有四片大山，要走六七天到最山窝子底下，就是元江府，再上山走七八天，就是坑里。说的时候，藏不住地喜。

之后再上驿道，梁正强压着阿大、阿二归家心切的性子，仍是平稳着走，待到了元江府，已是六天之后。

那元江府，怕是云南这一路走过来最惊心的一个地方，从山缝子里钻了出来，就是一股团着胶着的热浪，怎的热上了？云南这一路，虽是日头晒，但好歹算是清爽，唯独这一处，热出了谱。

梁正打望四周，元江府原来是片山间大谷底，怪不得这么热。那东南西北的粗山，全然不似来路上的绿，山干石燥，只稀稀拉拉几片绿皮的山头，如同粗糙的帷幔，圈拢着拦住了云，任那炉子似的日头烘烤眼前的土地，莫说岩土皆被烤成了焦红和黄色，即便沿着峭壁灌下来的那条江，竟也是同一般的焦红色，不对，比土还红，分明像是铁水。

那金子，就是这水冲出来的？

“元江地矮。”阿大说起，“江水头子没见过咧，爹说是从天上来的，一路跑，拽下来路上的土末子，还有宝贝。到了元江，水被四面硬山困住了，宝贝过不去，就只好顺水被踹进了山缝儿，咱坑在这条水的支脉上，爹说，铜和金就是这么来的。”

硬山狂水出丰金，田大人给找的师傅也这么说。

“元江府，咱不进了吧？”卫剑锋凑了过来，小声问。

“不进。”梁正瞅瞅日头，“再走。”

从现在起，得画路图，卫剑锋自是没忘。阿大在最头前带路，自己随后，身后是马队，阿二在驮队中间撵着，卫剑锋在最后，逢路口、界标，便记下。

这一路，才叫真正的风餐露宿，一行人在深山之中辗转翻越，只能住在沿路的庙里，或是借住在没房的打尖小店。自然是免不了担惊受怕，但所幸沿路民风淳朴，人又少，走了几天，只见到几个走山货的货郎，还有点村民，都是夷人的装扮，说话口音都似阿大、阿二，见了他俩，都如同躲瘟神一般，远远地离了去。

“咱矿民，早些年，都是死命鬼，天天刨土，一身烂泥，一条烂命，说死就死。这些村民，都嫌咱命脏、身子脏，不搭理咧。”阿大咧着嘴笑，阿二又跟着说：“听爹说，再早年间我们没来的时候，本地人还和外来的挖铜的干仗，打死过好多人。打到最后，本地人都怕了。”

“官府不管？”梁正问。

“官府？管腚咧，老爷们儿谁乐意进山？他们嫌脏咧，收铜都得咱给搬到元江。再说，死的要么是夷人，要么是挖铜的，哪个都不是他官家的，他管？”

这些事，对在北京打了一辈子旗的梁正来说，隔得太远，但那些官只管收成不管命，自己都能想象到。

“你们现在，不跟夷人打吧？”

“不打，不打。”阿大直摇脑袋，“我们爹不会。”

身后的卫剑锋插了嘴：“不打夷人，却对自己人狠，北京到这一路，我都嫌怕，你俩跑去能不能活着到，你爹就没想过？”

阿大、阿二一听，都耷拉下脑袋。梁正瞪了卫剑锋一眼：你又泼人家一脸冷水？两人都快到家了，就让人高兴高兴算了。

好在路上半点岔子没有，只是那沿山钻谷的路，岔路纷密，又似是无个穷尽，碾磨着众人的耐心。

行到第五日，竟是走上了山尖，趁那云雾消散了片刻，才看到了这片山的全貌。虽然一路上阿大、阿二很多次地对他讲过，但此刻，终于近在眼前。

这是片悬在云里的群山，似是一尊尊披了绿袈裟的佛陀，稳坐着，盘算着江水的进贡。山上目光所及之处，是无边无涯的林子，山尖有松，被风裹过，枝丫摇摆，如同涛声。这松拿来做炭最好，王恭厂那个鬼交代过。

下到山腰，松就渐少了，插在其中和底下的，是低低矮矮的闲树，有麻栗、桑、桃树、甜梨树，还有从贵州一路过来看到的木姜子、漆树、黄泡和紫泡、野茶树、珠理果。路过了岔路或是庙前，还能看见大香樟子树，盖顶之大，比孤子营的院子不小。还看见一棵梁正这辈子见过的最粗的楠木树，上面栖满了鸟。这些都是梁正认识的，还有些叫不上名的，大叶如同蒲扇的怪树，树干长着刀剑似的外皮；还有树上吊着黄红色、似梨又似杏的古怪果子，还有路边一些低矮却叶子有倒刺的红树，走过时，直划脚。这些都叫啥？

“骂婆娘树、佛头。羊屎果，腚尾巴，那果子可不能吃，吃了尿不出尿。”阿大胡乱地答他，眼睛却紧盯着山谷下的一条河。

“快了，是咱家的河。阿二，看见没？”阿大朝弟弟吼道。

这小子，心思早飞回家了，梁正心里笑，换作是我，怕也会如此。

路，快点到头吧！脚下的山路并不宽绰，较官道、府道窄了些，但拉矿拉木的车多了，时候一久那山路竟也有几分平整。在这山里辗转腾挪，时而上山，时而下谷，岔路众多，且似乎都长得一样，几分不出东南西北。果真印证了若不是韦家兄弟带路，这坑怕是真的会埋在这深山之中，谁也找不到。

但路再难走，也有个头。终于，梁正听到了那句他早就想听到的呼喊。

“坑！坑！看见坑了！”阿大兴奋地叫。阿二一听，紧蹿了几步，也上了来，跟着叫道：“是坑！哥！”

两个人紧抓着手蹦高，梁正心里也是一阵喜，阿弥陀佛！爹娘保佑，兄弟们保佑，这一路颠沛辛苦，终于到了地界。

“剑锋！”梁正回头喊着兄弟，却没听见他回，于是扭回头看，却看见卫剑锋铁青着一张脸，绷着眼，紧张地向山上和前后左右打望，手紧扣住刀。

“咋？”梁正心里一揪。

“不对劲，有味儿。”

“味儿？”

“血！有血……”

话还没说完，卫剑锋眼睛瞪出了眶子，铿的一声，掀胳膊拽出了刀，厉声喝道：“豹子！”

天！

梁正猛抬头，头顶树丛里飞出一团黑黄色的畜生，顶着脸蹿到众人一丈外的路上，跟着树上咔嚓一声，掉下半只死鹿。

好大一条！梁正汗毛根根都立了起来。

这豹子，怕是赶上了老虎大小，较宫里养的豹子大出、宽出了一倍。遍体金黄底子，铜钱花，尾巴跟梁正的枪一般长短，正受了惊猛甩，呼呼扫着风，打得身边的树枝子噼啪掉了几枝。一块还没吃完的鹿肺子挂在牙上，那双眼睛像对铃铛，眼仁儿长得跟箭头相似，死死盯着他们。听得了卫剑锋的喝声，它显是也起了怒，趴伏在地上，头脸低着，弓弯了身，全身硬毛奓起，嘴里嘶吼着，四颗飞镖似的大牙龇亮着，活活是头杀人的豹子！

梁正心里一寒，跟着就想起要命的事，马！

他们的马显然吓惊了，随着梁正的心思直立了起来。这些马虽都是云南府的战马，但猛地钻出头豹子来，仍是扛不住怕，打着鸣地往后倒退，跟着就撵了后头的货马，堆挤在了道上。

梁正心塞到了嗓子眼儿，马身上驮着火硝硫黄，挨着就是山谷悬崖。

好死不死，辗转几千里，要坏在坑门口？梁正心里似是挨了一火铳。

对，火铳！

“铳！”梁正喊，铳在卫剑锋那儿。

“来不及！没挂子铳！”卫剑锋也急了，声音走了腔。

要了个命！

“退！你们拉着退！我挡！”梁正大喊，跟着跳下马，拽下枪，冲了上去。拼了！

“哥！”韦阿大一声暴吼，拦在梁正头里，小声说，“别动。”那脸，是梁正从没见过的阿大，冷静、沉稳，好似换了个人。

跟着他转过身，低声对那豹子叫了声：“爷爷！”

欸？什么爷爷？

阿大没理他，埋着腰，挪着步子向了前。也是奇了，那豹子见了他，竟闭上了一直龇着的嘴，身子似是也抬了些微。

“爷爷，是阿大，您再看看，听听。阿大回坑哟。”阿大跪了下来，双膝着地，用梁正没听过的温柔声音对豹子说，“这两人，您没见过，帮咱来打坑，不是歹人。”

这豹子，听得懂他的话？那豹子听了他说，直了直身子，往侧里挪了几步，扫视这一群人，蒲扇大小的爪子拍打着地面，爪子里握的是杀人钢刀，眼睛如有一团迷雾，中间那道眼仁儿又似是霹雳闪电，照得梁正心里犯虚。

“是管山的山神爷，一年见不着几次，我们见了它都得拜。”

“剑锋！”梁正也弯下了身子，和阿大一样拜了下去，“爷爷，梁正、卫剑锋，京城来的，给您添烦了。”

阿二见他跪下，高兴坏了：“哥，好使！爷爷分得出人好歹，他认你！”

果然，那豹子的尾巴静了下来，又甩了甩头，身子渐渐扳满了起来。

“哥？”又一声叫，从头顶林子传来。

是个女声，尖厉嘹亮，竟比路上听的苗家女人放歌时的气力还足。

那豹子听见叫，也是一激灵，没再搭理众人，轻晃着尾巴蹿下了路边。

“花儿？是花儿？”阿大腾地站了起来，也吼了起来。

“是花儿！”阿二也叫道。

话音还没落，头顶树林里似飞一样跳下来个身子，脚一蹬地，直撞到阿大身上，紧抱住了他，哇哇地叫：“哥！哥！”

“花儿！”阿大也叫，撕心裂肺。伴肩走了大半年，从未见阿大如此欣喜过，这是见着了亲人。

阿二也蹿了过来：“妹子！花儿妹子！”

“二哥！二哥！”那女人也号，哇地哭了出来，伸了只胳膊，紧搂住阿二。三个人就搂成了一团，又哭又叫，拜天又拜地，说的都是听不懂的土话，但看得出，声音里都是无限的欢喜。

是到家了，梁正回头看了看卫剑锋，他仍是平时般板着个脸。

自己这兄弟，什么都好，就是不爱露个笑。

仨人哭闹嬉笑了好一阵工夫，那女子才从二人怀里露出了脸来，打望过来，朝他二人笑。

是个圆脸，好看！让人一看就有股子欢喜。这女子绷着皮的顶圆额头，弯弓眉，杏仁眼，腮帮子鼓鼓的肉，满满的嘴唇瓣子略微翘动，独边酒窝边上，是颗尖虎牙，笑起来比云南府的日头还晒眼，眉目间带着几分山里女子的粗悍，偏又面皮儿白。是从没晒过太阳？全不似沿路见到的夷人女子，像足了北京冬夜下到清早的新雪。

“雪花，这俩哥，也得见。”阿大牵着她过来。

欸，竟然真是想到了，叫雪花？梁正一愣，也行了礼。

“这是咱家妹子，雪花，梁正大哥、卫剑锋大哥。”

“哥，哥！”那雪花似是有点傻气，弯腰就要磕头。梁正吓了一跳，想扶起，又不好伸手，忙躲开：“这怎么？”

这女子，怎么磕上了头，竟然不懂见了生人的礼数？再一看装扮，明白了，她背着把大半人高的长弓，穿的衣服看不出男女，是身粗麻未漂色的大长褂子；腰里拿腕子宽的硬布胡乱地一勒，上头还挂了两只兔，弓上钩着只野鸡；腿上是条墨色的阔脚长裤，颜色褪了一块一块，还短了一条裤腿儿；脚底板下，是双缺了小半截倒正合脚的男草鞋。这么一身儿裹在身上，整片脖子和小半截膀子竟露在外面。这是个打狼抓鹰的母豹子。

阿大大笑：“我这妹子啥也不懂，一辈子在这山里，没见过生人，比我还不如。”

那雪花，就只咯咯地笑，似是也不知道害羞，更不知道腼腆，直愣愣地瞅着自己和卫剑锋，好似看到了什么稀罕东西。

那笑，那眼神，比自己见过的女人都热！梁正不由得觉得自己脸有点烫。

“两个大哥都是京城里的好官，给爹带了赏，给咱带了火药。”

“是呀？”雪花回了头，跟阿大说，“我还说，你俩拿着包袱一路跑没了，不知道去了哪儿，也不知道哪一年才回。我天天跑上山瞅啊瞅，瞅你们回，可怎么瞅也瞅不着，以为你们死了。爹说，大不了就死了。我就跟他红眼，他就骂我，我……”说着，竟说不下去，又哭了起来，那结实身子一颤一颤，刷子长的眼睫毛挂了泪，泪球子明亮剔透，摇摇晃晃坠到了脸上，竟站不住，箭似的啪啪滚落到了地。

梁正听懂了大概，心里也不由得一酸。从小到大，好像从没人惦记过自己和卫剑锋，没名没姓的俩孤儿，还不如阿大、阿二有人挂念着。

“先走，到了地儿，随你们叙旧。”身后，卫剑锋把受了惊吓的马又规整齐。

这孩子，没个时候，专挑人麻筋儿痒痒的时候戳，梁正心里一笑，倒是得赶紧，眼看着到地儿了，别再出岔子。

那坑，可不就在山底下吗？放眼望去，在云缝子里头若隐若现。

那是片山间谷地，在漫如波涛的绿色之中，有三座一点绿色没有的秃山，还有座和那三座山一样秃的半截断岭。怎么就这几座山不见了树？再一想，是了，就着矿坑的木头，该是都伐掉了。

最高的那座秃山旁，一条大河侧着流了过去，从高处看，那水虽不如元江的红水宽阔，却也不歹，像条绿带。上段奔腾暴躁，水花砸着山石溅起黏糊糊的沫子，排队冲下了坡；下段进了谷，想来是够深且宽，那水一下就瘫了下来，沫子消失不见，只剩了绿水服帖着平静淌过，冲出一片鹅蛋白的卵石平潭，然后拐个弯，就奔了南去。

沿着路再下，谷地间就全露了出来，好大一片，够盛下五六万兵的大小。沿脚下路向山谷扑散开来的是一汪汪水田，和一路上见过的梯田一个模样，虽数不多，但显是足产，水好，稻就丰。再往下看，水田漫出去的水正适合种菜，大片叶子，是还没成，不知道是什么，想来是自己没见过的本地菜。菜园子边也圈着牛，是南方的大角田牛，扛得住水里的差事，比北方耕牛粗糙许多，此刻正喷着鼻涕啃草。还散养着三两头驴，正做着龌龊事，全不顾身边叫嚷着扑腾着翅膀的田鸭。

这是片矿民自给自足的天地，怪不得出金，好山好水好灵气。

可怎么没人？

“怎么见不着人？”下到山谷里，梁正问阿大。那田地里毫不见有人耕种，谷里也不见有人。

“头两天山神爷给过雨，按规矩不能进田，人就都在坑里。”雪花不等她哥说，抢在头里跟梁正说话，眼睛又是一眨一眨地笑，看着他。

梁正心里一喜，倒不是全因为这雪花的笑脸好看，而是自己跟阿大学的土话这雪花竟能听懂。

“闷亮了？”阿大一愣，略有紧张的样子。

“没。”雪花赶紧答道，“爹是担心，让都下去看着。”

“那就成。”阿大好似松了口气，“这坑里头，规矩多。你们刚给山神爷磕了头，可还没拜矿神爷，今天进不得坑里头去，先在外头放下东西。花儿，你留这儿陪着哥，我们进坑吼爹出来。”

说着，阿大、阿二跳下了马，往山脚下的洞口跑去，边跑边叫，叫声中满是欢喜和激血。

那雪花听了他们遇到了豹子，眼睛瞪得好大，问了起来。知道他们磕了头，又是无限欢喜，竟拉住了梁正的手，害得他羞红了脖子，赶紧转身打量起这个坑，顺势抽出手来。

这就是出那金子的坑？

站着的地方是片平地，算是谷底，再往前，就是那坑口，秃山脚下一个大的坑口，三四人高，高处还有一个小的，俩半人高，洞口都宽阔，估摸可以并排进车，上下用木道连着，也能走动。两个洞口都用人腰粗的硬杉做了洞框，围住四周。这是防山崩的？梁正心说。

再看四周，洞口前引过了一湾水，由河北端引入，顺着地势做出了高低，由南再入了河。这湾水浅，许是拿来冲洗矿石的。水边上一个小土坡上搭着几座木屋，虽是粗木搭的，但仍有梁有檐，工工整整。

“哥，那是矿房和炭房，挖出来的铜硖头，还有坑里用的柴炭，都堆在那儿。”雪花见他看，讲了给他。

“你们打铜，在那儿出？”梁正又指着木屋外十来丈处，那是几个两人高、大石头外头糊了泥的物事，像是烧砖的窑。

雪花点头，又是笑：“那一堆都是，不过今天不开炉，开炉是大事，得拜金火娘娘。”

工部的人讲采金时梁正听过，说采矿是窃江山之宝，只有皇上本人进坑才能不遵规矩，其他人等，莫能不从。而这云南，除了天下皆通的规矩外，还有本地特殊的讲究。禁争尖和夺底，说的是不能争矿，断别的矿路；禁执持凶器，说的是不许带凶器杀物进坑，否则断手脚；更禁烧香结盟，是说不许矿民结党交拜、自称团号。自然这些都是官家给矿民定的规矩，为的是矿不生乱子。

还有矿民自己的禁忌，不分汁水、有水、闷亮、盖被是四害，矿民千方百计要躲。还有语忌，封要为丰，忌矿之封；土念作垙，忌的是吐音；石念之硖，忌音失……林林总总，多如牛毛。

讲了几个给雪花验证，她竟听出了自己的学问，拍着手叫好。

“住的地方在那儿？”卫剑锋冷冷地问了一句，“怎么就一间？”断岭脚下的土坡上头搭着个矮顶宽房，齐着土坡两头建的，比炭房和矿房大出许多。上头也铺着木梁，加了油毡和草顶，一般的工工整整。

雪花看卫剑锋一直冷着脸，似是有点怕他，点头不敢笑：“都住那儿，你们来了，看爹怎么说，兴许要再搭个房。”

屋开了两个门，分左右，虽说是男女各一侧，但终归还是住在一处，道外的人，缺教化。听阿大、阿二讲，他们坑里一共五十六个矿民，都挤在一间房里，倒真是简朴。想来也是，矿民在大明各处，都是草民里的草民，大山里淘矿也是淘命，吃的苦比享的福多得多。

“可是不易。”梁正跟雪花说。

说话间，远处的矿洞口喧哗一片，奔出来了人。阿大、阿二领头，跟在左右的是一群光着臂、敞着胸的汉子，都披头散发，满身泥浆顾不上擦，其中也有女人，穿得和雪花一样，简陋朴素。七八个汉子，抬着个粗木夹上椅子做的木轿，上头瘫坐着一个老汉，随着木轿的颠簸晃荡着身子。

那就是他们爹，这个金坑的矿主？走近再看，分明就是个老农，一个被年岁和辛劳折磨着的年迈老农，白发脏乱，从头顶双鬓胡乱地垂着，脸颊瘦小，灰白长眉耷拉在眼角，密密麻麻的褶子盘在脸上，似是被人用刀划出来的，那褶子里又挤满了污色，竟分不清是矿里的土泥还是垂老的青斑。老败、衰残，加上病入膏肓，整块麻布做毯裹起来的那个身子，裤管里的双腿无力地垂着，随着木轿的颠簸甩来甩去，似是毫无筋骨。

刹那间，梁正心里涌起了对这老人的可怜。一辈子在这不见天日的深山老林，好不容易挖出来块震天动地的金子，却不敢自己留着，那宫里的皇帝整天什么都不做，却敢说那金子是他的。

“爹，梁大哥、卫大哥，京城来的，带了大官们给你的赏！”

阿大在那老汉耳边大声叫着，老汉侧着耳朵，听了两遍，呆着眼睛看梁正。

若说这老人一身唯一有生机的地方，就是眼睛，仿佛不该长在这衰老的身子上，那眼仁儿明亮清澈，是许久不见阳光，未被晒出过泪的缘故，韦家兄弟的眼睛，也是这样。

“大人？是京城里的大人？”老汉发呆了好几口气的工夫，忽似是抽筋般，猛地用力喊叫，喊出的声音却几不可闻。

“是大人。”阿大回，“给你带的赏！咱那块金子，大人们拿着了，封了你的官！”

“官？封我官？”那老汉又嚷。

“是，是封您官。”

可真好使，那老汉竟似一下又活了起来。他在笑？看不出来，只看到他用力支撑着身体，宣布道：“扶我起来，扶我！我要见皇上！”

轰的一下，眼前的矿民笑成了一团，叽叽喳喳地围着老汉嘲笑，梁正也跟着笑了起来。

但转过头，看到了卫剑锋，他似是浑不关心众人的嬉闹，冰冷冷的脸上毫无笑意，双眼紧盯着那黑洞洞、似乎看不见底的矿坑深处。

章拾肆
死命

一队人在那矿洞对面山上的一个洞里窝着，藏了三天，换着班盯着远处那一坑人每天进进出出。

洞口外，赛青做了遮障：外层是削下的大把松枝子，内层是带着叶的杏树枝子，都绑紧了；又斜插了粗枝当梁，削进洞口上方的石缝里，既防野兽，也能遮住洞口。洞本身就在林子里，远看近看，都看不见这里藏了人。

洞里虽然亮着个蜡烛头，但比卫所里的牢房还黑，又不知道深到了何处，只听到滴滴答答的水声从极深、极远处传来，一片寂静里，那声音能把人折磨疯。

众人分在洞里各处。杨振在那里琢磨心事，长吁短叹，没个宁神，出来京城已经太久，又闷在这石洞里多天，想来也早憋疯了。黑菩萨却沉得住气，要么打坐，要么蒙头睡觉，不理别人。白片子待在他原本就该在的黑暗里，嘴里支支吾吾地呻吟着什么，偶尔又大声咒骂，似是在做噩梦，可又分明是醒着。那个砸人脑袋的花哑巴没人可砸，就拿锤子四处砸乱窜的耗子，砸准了，就傻笑着拎起来，直接扒皮，就着酒生吞下肚。

赛青自己，一直在趁着烛火，垫了簿子画白天照在脑子里的画面，从元江到这金坑的路图、每个岔路和紧要地标都已画完，只剩下这矿坑谷地还有几张没画全。枷镣板子当间锁的铁链发出轻响，另一头，攥在了宝敏手上。洞里就算黑，也能看到他盯着自己的黑白眸子，像只掐着耗子的猫，很长时间来，他什么都不做，就只那么盯着自己，盯得自己心里发毛。

直到听见了洞外有人掀起遮障，所有人全抄起家伙什，齐齐地对着洞口。

待那人撩起山洞前的树枝，俯身进来的时候，赛青险些叫出声来。

果真是他，果真是他！原本自己怀疑是那队马夫给杨振留了夜磷粉，可在云南府，那千户陆北阳暗地扣下了马夫一伙，在卫所牢房里让杨振他们灭了口，而自己一行出了元江府，到这金坑的一路，那夜磷粉竟然还一直在，山路里每到岔路，那物就被撒在接下来要走的路边，藏着掖着，像是教坊司黑夜里的檐灯，把他们一路引到了这坑。跟着杨振又让黑菩萨顺着那最后一摊再撒，把这人引到了众人藏身的山洞。

能把夜磷粉一路悄悄撒到这金坑来的，只有他。

青脸大个，双眉如剑。

卫剑锋。

这人，和杨振是一伙儿的？

跟着挨了黑菩萨一下的伤口，又隐隐作痛起来。那晚挨那一下，不就是因为看见了他？

怪不得黑菩萨要杀我，撒夜磷粉的是他，跟杨振一伙儿的也是他，他哥和那俩花子肯定不知道，自己若是闹出了麻烦，一准儿惊了羊。

卫剑锋进了洞，一眼见了杨振，似乎也是一惊，愣住了神。

他没料到是杨振？这倒奇了。倒是杨振，仿佛早知道似的，咧嘴一笑，跟着把那卫剑锋让进洞里。还扫了扫洞外，见漆黑一片，也听不见声响，不似有人，才放下遮住洞口的摆设。

“卫剑锋。”杨振向众人宣布，“卫总旗，这趟案子结了，就是卫百户。”

他原来不是小旗吗？赛青见过他身上的扣子，和自己的一样。

“涂公公、许大人亲自提的，跟我算是不打不相识，咱能一路到这儿，多亏了卫总旗。”说着杨振打了个哈哈，“这一路，卫总旗藏得结实，没惊了羊，能耐！”

那卫剑锋听了杨振的恭维，竟无动于衷，冷冷地打量众人。

不打不相识？怕是没那么轻描淡写。

杨振见他不搭理自己，也没在意，手朝宝敏一敬：“这位小姐来头大，魏公公的干女儿，宝姑娘。”

宝敏瞥了眼卫剑锋，卫剑锋略一点头。

“老人家，黑菩萨，东厂里的老祖宗。”杨振把蜡烛头朝向黑菩萨。黑菩萨对卫剑锋笑了笑，上下打量，接着杨振的话，指了指白片子和花哑巴：“俩伙计，没啥能耐，没名没姓。”

“校尉赛青，拜见总旗大人。”赛青知道自己屁都不是，索性自己说了，免得费杨振唾沫。卫剑锋见了赛青被枷镣锁着，不由得愣了一下，但稍纵即逝。

“就你们六个？”卫剑锋说了话，声音低沉，洞里回音隆隆作响。一张嘴，赛青就听出了能耐，声音里有杀人的调子和杀人的心。

“对付点挖坑刨土的，还得从京城调兵？”黑菩萨一脸微笑，杨振跟着点头：“几位都是高人大手儿，稳。再说，不还有你在里头吗？”

卫剑锋仍是不耐烦的表情：“长话短说，坑外头，都看全了？”

“赛青，拿图。”

见杨振叫了自己，赛青赶紧把画好的图摆了出来，虽缺了几张，但关键所在都在。一共八张，拼了一起，便是那矿坑外山、河、谷的大半全景。

“明早上先拜神。这坑里所有的人都会到，在这儿，一个不落，点子说一共五十六个。你们点数对人头。”

跟着卫剑锋指着洞外河边的土坡，此处有两座木屋。

“坑里火药眼子已经砸过了，拜完神直接进坑下药。出了石头，在这河边砸碎碾磨，要做到日落前，随砸随在这河里筛洗。出了金，会再拜神，再见了拜神的火，就是出金。”

“出金最好，也算走得其所，神仙保佑。”杨振笑着又说，“这狗烂地方，可不是人待的。”

那卫剑锋盯着杨振，过了好半天才说：“若出了，晚上摆酒，也是所有人都到，还在这平滩，到时还得点人头。麻药带了？”

黑菩萨掏出个小布口袋，扔给卫剑锋：“解药也在里头。”

卫剑锋打开之后，侧头扇风闻了闻：“曼陀罗？”

黑菩萨嘴一咂：“能耐行！正经的曼陀罗，太医院配的，喝了一个时辰之后，不会喊叫不能动。老爷官们拿来对付不肯老实进屋的，都使这个。”说完歹毒地笑。

卫剑锋皱了皱眉，又说：“他们酒不忌讳，男女都喝，麻药我会下好。明晚上弯刀月，又动了矿气，按他们规矩没人敢在月上了山之后走动，喝完都会回到这屋。”说完指了指断岭下土坡上的房子。赛青这两天看过，是伙房，住在这儿。

“黑灯之后，众人倒了，我才抬我哥出那屋，什么时候见门口平滩那儿我点了火把，你们再下来，在屋里动手。懂？”

“动手时，你不搭一把？”黑菩萨问。

“涂公公交代，那是你们的活儿。”卫剑锋仍是杀人的冷脸，

“几位大老远来的，轮不到我抢功。”

“讲究！”杨振拍了拍卫剑锋的肩膀，卫剑锋在黑暗里一脸鄙夷，赛青看了个清楚。

“若是没出金，怎么办？”宝敏冷冷地问，眼睛却盯着赛青。

对！赛青感激地看了眼他。若是没出金，也要灭了这些人的口？那姓魏的、姓涂的到底有多好杀？若是没出，就当空欢喜一场，各回各家，各过各的日子，多好，非要这么心狠，非要杀这些无辜无罪的苦命人？这些王八蛋官，为了贪，真是什么伤天害理的事都敢做！

半晌没人说话，唯有黑菩萨慢悠悠地回道：“几位，出没出货，这些人合着是知道公公们收了金子的事，也知道公公们送火药来开这个坑，那些东林逆党要是听见、闻见了……怎么交代的，不用我说了吧。”

横竖都是要杀？对了！一来是灭口，二来就算一天不出，不是以后不能出，先灭了口占了坑，金，早晚有人来采。赛青一琢磨，心里头就疼，都是平头百姓，那可都是平头百姓！又看了眼宝敏，求你可怜！

宝敏一眼把他瞪了回来。

没人说话，全看着卫剑锋，成不成，得看他，没他那把火，这些恶鬼就做不成买卖。

沉默了好一会儿，卫剑锋咬着牙说：“不出金，晚上我也想办法让他们喝，见了火把，就动手。”

畜生！你们都是畜生！

“就是这句话！到底是在诏狱待过的！”杨振一拍大腿，“涂公公看人，不走眼。”跟着他话锋一转，又问，“不过你哥，这一路上当真被你瞒着？他要是添了乱，怎么说？”

听见杨振说到他哥，卫剑锋眉毛陡然立了起来：“魏公公、涂公公只把案子给了我一人，我哥丁点儿不知，他只守着田大人给的案子。谁动他，我有刀！”说完把手搭在了刀上，眼里瞪过一阵杀风，脸冷得泼了水能冻上。

这人的阴毒和能耐，绝不在这些人之下，可不知道怎的，说到他哥，这人却有几个人都没有的一股子豪气。有一瞬间，他想起了小时候护着自己的哥。

“喀，想哪儿去了？”杨振又说，“你哥的能耐，怕也没人动得了他。这哥儿俩……”他扭头背对着卫剑锋，朝众人挤了挤眼睛，“能耐行，是真行。”

这话皮里阳秋，不打不相识原来在这儿，看样子杨振在他哥儿俩手下吃过亏。等等，他朝众人挤眼睛，是什么意思？

“我说的，都记住了？”见众人没人答，卫剑锋撩起了门口的摆设，临走时又阴冷地说，“田大人那边，出没出金，我都按没金来报。你们待到什么时候我不管，我们明晚就回，要是后面田大人那儿出了岔头？”

“涂公公说了，他招呼。”杨振给了他一个虚情假意的笑，话说完，那树枝也落了下来。

“可是奇了，魏公公、涂公公竟然还防着田大人？这年头时兴玩起自己人了？”黑菩萨笑着看宝敏。

宝敏哪会理他，赛青心说，宝敏那双眼睛，打在自己身上，和自己如同成了一体，黏在了一处。那漆黑却明亮的眸子里，有恨，有怨，也有自己看不懂的什么东西。赛青想起，曾经醒的那天，不就是吗？

黑菩萨那一叉，好似就是昨天捅的一般，疼痛从没消失过。

两天之后在鬼才知道是哪儿的馆驿床上，自己一睁眼，看到的就是宝敏盯着自己的眼睛，还有摸索着自己胸口和腰腹的手。

天！

这伶男要做龌龊事？赛青吓了个半死，挣扎着就想爬起来，可胸口一阵剧痛，爬不起来，就只能哀求：“大人，宝姑娘饶命。”

“偏巧这会儿醒。”那宝敏见他醒了，也毫不羞臊于摸他，只是挪开了身子，淡淡地说。

赛青手往下摸，还好，裤子还在。跟着就是胸口又一疼，忙低头看，自己敞着怀，胸前裹着纱绵。

他只记得自己被黑菩萨捅了一下，没死。他饶了我，还是怎的？

“活了就好，省得拆。”宝敏冷冷地瞥了一眼赛青，下了床来。他穿着贴身的长白亵衣亵裤，散着头发，闪着光的眼睛眨巴着，却不知道看向何处，敞开的颈子里肤白如雪，浑身的香气和俊俏，浓得让赛青胯下疼了起来。

自己有病，他是个男人！

“小人，小人该死。”

“啥？”

“小人这模样。”赛青赶紧胡噜过敞开的亵衣，盖在身上，“辱没了宝姑娘。”

那宝敏竟知道脸红？啐了一口：“不瞧瞧德行，黑驴腿子，你想啥？你可也配？”

“小人不敢，小人不配。”

“你以为？觉得自己敢的、配的，都给我抹了脖子。”宝敏似笑似不笑地说，“你们魏公公用我，就用在这儿。”

用他的女色魅人，再用他的男身杀人。赛青不由得打了个寒战，自己听说过各种东厂番子杀人法子的传说，却从没听说过这个宝敏的能耐。

就这一丝惧怕，也没逃过宝敏的眼，刹那，他从女相换成男相，和上次一样，绝美容颜眨眼荡然无存，只剩下冷冰冰的一副杀人脸，那男声仍是曾经的绝冷声调："老实回我，你想活，还是想死？"

这还用问？我想活，再娶个比你还好看的娘儿们，过我的踏实日子，不对，没你好看也行，是女的就行，别会拆人就行。

"想活，小人想活。"赛青忙不迭地点头，"小人家里还有爹……"

宝敏根本没心思听他说完，话似钢刀砍了过来："想活，从现在往后，你每时、每刻，喘每口气儿，眨每个眼，都不能离了我。我在，你在；我走，你走。敢离了我，用不着别人动手，我送你上路。"

欸？

赛青直愣愣地看着宝敏，他那眼神里的杀气如此笃定，仿佛容不得自己说不。

"小人不敢。"

见他答应，宝敏的脸又柔顺了下来："那黑菩萨杀你，被我拦了，是要留你做事，不是饶你。"

就因为我看了点子，就要杀我？

"是，小人该死。"

"你是该死！"宝敏又咬着牙，换回了女相，斥责他，"你该死。"那眼神里有恨、有怨，也有自己看不懂的什么东西。

欸，他这眼神是什么意思？自己做了什么对他不住的事？赛青又惧又怕，但更多的是钻了头皮的反胃。

宝敏又说："后面，他们做他们的事，你做你的。"

他们做的，是杀人，是灭了那群人的口，占了那群人的矿！

赛青的记忆回到了黑菩萨扎他那一叉之前，那房间里的每一个人他都看得真切，之前对他守口如瓶的案子，他把每一个点都串成了线。你们瞒不住我了，他想，魏忠贤种种安排，是为了杀人夺矿。自己是这事上的一环，那梁正、卫剑锋是，杨振也是，东厂的番子更是。

"小人还是不知，许大人让我跟着，到底要小人做什么。"

"到那地方的路，折腾弯多不好走，要你画影做路图。先前不告诉你，是还没到时候，可你倒好，非要自己找死。"

"那杨大人他们要做的是……？"当然，还有你。

"别问。"宝敏那眼睛离了他，呆呆地看着墙壁。

果真！憋在心里的问题有了答案，果真是要杀人！赛青声音也抬了起来："那俩要饭的，都是挖矿的苦命啊，魏公公怎能如此狠心？宝姑娘，我们锦衣卫是护苍生保社稷……"

"放屁！你们保的是我爹！"等不到他说完，宝敏一把掐住他的颈子，眨眼间又是凶神恶煞的男相，"我爹要杀的人，就是好人？王八蛋！老虎叼死了狼，狼就是好的？风拽倒了树，风就是歹的？"

喘不上气，赛青翻起白眼。他要掐死我？赛青抓住宝敏的腕子，却使不上丝毫力气，直到双眼模糊被白茫茫一片笼罩，宝敏才撒了手。赛青像条出了水的鱼，大口地喘着气，脖子上乌黑几道血痕，立时就浮了出来。

"你记着，保这大明江山社稷的，是我爹，魏忠贤！没我爹在，你们一个个都得死！一群凡夫俗子，没身份指摘我爹！"

"我一刀一刀拆碎了你。"不需要刀，拿你说这话的眼神就行，赛青胸口的伤，又剧痛起来。

说完宝敏转身拿了枷镣，扣在了赛青手上，上好了锁后又穿了条铁链，也没见他蹬了哪里，竟然平地拔起两人高，把铁链子套在了房梁上，身子吊在空中，又加了把锁。落地后看都不看赛青，只说了一句："现在起，你闭嘴，一句话不许和我说。"

说完就出了房去，从外面扣了门闩。赛青知道了，自己插翅难飞。

从此之后，枷镣如影随形，每日睡觉、便溺的时候，链子就总是拴着房梁、房柱。在外头路上，宝敏的眼睛，无时无刻不盯着自己，赶上人多嘈杂的城县，那枷镣绝少不了。

自己成了囚犯。杨振、黑白花全都把他当不存在的东西，那宝敏，也再没和他说过半个字。一路之上，和自己说话的倒是腿下的马，不停地喷着鼻涕。

没人搭理，没人仔细，度日如年，那路，更是没完没了。

过湖南，过贵州，过山，过河，过一眼望不到边涯的竹林，过成山成海的流民，好了胸口的伤，多了手腕上的伤，后来又好了，跟着又坏了，如同那满月到残钩的多少个来回，自己毫无知觉，犹如行尸。

一路上，领教了东厂的天罗地网。每地驿站，杨振都拿了自己给那兄弟俩的画影，和驿站的该管对两人给北京交驿的日子。从京城延到云南，这东厂的眼线，竟没断了。

"从这儿，交了最后一封。"到了云南，卫所的千户陆北阳竟然也是，"两个神机营的校尉，两个营兵，前天走的，按田大人的意思，给了鸽子十只，粮饭、装备、马队，就是没给人。四个人除了给武官试铳外，没见人。带走了余下的火硝硫黄，又采买了东西，怕惊了他们，没找人跟。买的什么不知，但那杨林镇，卖的都是南来北往的杂货，买不着蹊跷东西。"

去哪儿，他没说，显然是不知道，也不会去打听跟踪，知道得越少，说得越少，越是安全。自己呢？知道得太多。赛青心里一阵阵无穷无尽的后悔，贪这个功，到底图个什么？

跟着，陆北阳又引着众人到了卫所牢房："几个马夫，按许大人的意思，留了。没打也没问，几位请。"说完，他侧立在外，并不进去。杨振给宝敏使了个眼色，自然是让宝敏押着赛青也在外等着。

跟着几个恶鬼进了牢房，不一会儿，里面似乎传来了声音，陆北阳、宝敏未必能听到，赛青却听得真切，那是一群人在临死前的绝望哭号："我们什么都不知道，就是拉车，大人饶命，真的什么都……"

口音里带着湖南口音，是那几个马夫！那声音像是祭祀时猪羊的号叫，叫嚷不绝，但猛地戛然而止，再没了声息。

死了？

跟着出来时，几个人似是什么都没发生过，只是花哑巴的腿上，又有了些污迹。

死了！死了！几条命没了！

杨振一拱手："劳烦陆大人。"

那陆北阳似是早已司空见惯："哪里哪里，还要劳烦众位，问魏公公、涂公公好。"

畜生！一群畜生！赛青赶紧低下了头当什么都没听见一般，心里却咒骂着杨振这一伙。

但这念头不过一闪而过，有更要紧的事。赛青啊赛青，你能活吗？你知道所有的事，你什么都知道，说是让你画路图，可画完之后，你能活？从那时候起，赛青每天都要问自己无数次。

跟着离了云南府，向南，又进了茫茫群山。但路已不再是宽敞平坦的驿道，而是曲折的山路，路上的人，开始说起和那两个花子相似的口音。

是这儿了？

待到又走过了一道红水环绕的大府，杨振终于给他布下了活儿："到你了，使手艺，从现在起，做路图。"

"他们做他们的事，你做你的。"宝敏说的话，这时用鞭子似的眼神又说了一回。

老老实实让做什么做什么，求条活路。自己只求能活，能活着回去见着爹，跟着就退了锦衣卫的差，带爹回老家，大不了当个铁匠，没名没姓地活一辈子。

爹，赛青多少个夜晚，都惦记爹惦记出眼泪来。

到那金坑的一路，仍是夜里走，心惊胆战，那路在一片片黑、只能看见影子的山里蜿蜒曲折。那些山里路旁的树，在月光的勾勒下，化成了一尊尊夜叉，居心叵测地瞪着这一群挑着灯赶夜路的孤魂野鬼。

更瘆人的是声音，到了天黑，群山就是飞禽走兽的天地，都是些什么东西在叫？有的声音凄厉，也有的阴沉鬼祟，像是小鬼呢喃，又像老妇梦呓，更像那几个马夫临死的哭号："我们什么都不知道，就是拉车，大人饶命，真的什么都……"

那几个马夫的声音，此时赛青知道，明日月亮再升起时，眼前这个山谷里的无辜矿民，又要再次喊起。

"自北入元江府北界，渡水有舟，自东南绕府出，向东南，自府外水龙庙起向南，十里路口，东，后三里路口，西，后十五里，渡水有舟，后五十里路口，南，后八里，出元江府，入山，后七里路口，店无名，东，后十五里，溪可涉，后五里，店无名，后八十一里路口，店无名，西北，后十里，桥可过车，后八十里路口，南，村无名，店无名，出村东，三里路口北，过树巨，池无名，自西绕池北出，后六十里路口东，废庙无名，后二十五里路口西南，入坑民道，后九里，入谷，坑民道止，四向荒山合围，东水南向北，水侧断岭，即金坑。"

赛青把最后完成的路图和画影给了杨振，杨振看完之后，又交给黑菩萨反复对照。

这个金坑在这儿，这一坑临死的花子、矿民、苦鬼，无依无靠的草，大明子民。天高地远，谁知道他们？谁看得到他们？

卫剑锋走后，天渐亮了起来，众人这一天，都趴在那洞前的半截悬崖上盯着谷间的一举一动。

伙房边上有了人，拿了木桩搭起两人高的一个架子，架子上有个平台，又在架子上摆起了什么东西。赛青眼神最好，众人看不见，他却能瞅着，被杨振逼着不停地报给了众人："树杈，大块子石头，水盆，火盆，还有人扔上去个东西，像是锤子。

"这是金、木、水、火、土，又牵来头牛，还有羊和猪。"

"宰了。"

"多少人？"杨振问。

那些人都跪了下来，密密麻麻磕头在拜，每个都是不大的一个小点儿。

"日头大了，人又密，瞅不太清，得拿听头。"那象牙锉出来的听头，一头大一头小，能遮光聚睛。

"给他。"杨振对宝敏说。赛青的随身包裹，在醒来之后就给宝敏收了去。

宝敏从怀里掏出装听头的包，扔给了赛青。打开来，取听头的时候，赛青小指一挂，把另一个东西也引进了袖子，动作极细，又极快，没人看见。跟着腕子一弯，进了枷镣，再顺着举听头的劲，把那东西挂在了袖里，再把包扔回给了宝敏。

成了一半！阿弥陀佛！没人看见。赛青费了好一阵工夫，才让自己狂跳的心静了下来。

"领头的，是个轿子上的人。"他眯着眼从听头望去，又数着，"连那两个锦衣卫，一共五十八。"

跟着众人搬出箱子，也有人扛着麻布。"像是火药，往洞里去了。"

待日头到了中午，众人又从矿里退了出来，按卫剑锋所说，这要开山轰石，显是在矿坑极深的地方。没多一会儿，矿农进去推着独轮拉出大小不一的石头，跟着所有人抡起大锤小锤，砸碎了在那河里筛洗。整一个下午，破石之声连绵不绝，声聩山谷，便是众人离得足够远，也能隐约听到那铿锵之声，直砸到日头偏西。

赛青边看，心里边盘算着，琢磨了许久逃跑的日子，就得是今天。自己知道全部的事，难逃一死，自己死后，就是爹。自己其实早就想到了这一点，只是不敢轻易放掉最后一线活下去的可能。直到杨振和黑白花杀了马夫，又知道了卫剑锋和杨振一伙串通，赛青就知道他们绝不可能让自己活着。

跑！必须跑！只能跑！

此刻日头已经快垂下山去，再一小会儿，天就黑。趁夜黑，往反向跑元江，舆图里每一个岔口，他都记得，就算是黑夜没有灯，他也能跑回去。杨振他们第一要务是杀这些矿民，自己逃跑，他们只能顾着一头，赌一把！自己脚快，个子又小，在林子里他们不容易追上，只要跑到了半路他们藏马的地方，带了他们的马跑开去，他们断然追不上自己，然后没命地跑回北京，不吃不睡也要在他们前头回去，带爹远走高飞。

但这样一来，纵使自己能跑，这一坑的人，也会没了命。赛青从听头里看见，那些矿民衣不遮体，在河里艰难筛着沙石，如同蝼蚁一般，自己若是独自跑了，他们放了自己不追，那再过一会儿，这些人就都是一个个孤魂野鬼。

现在能救他们的，只有自己。怎么办？

“火！”黑菩萨小声喊了一声，众人像被鞭子抽了一下。已经陷入阴影里的山谷，亮起了一道火焰，那火焰边，似是一群人在大声叫嚷庆祝。

出金了！

赛青仿佛听见身后，杨振站了起来。

要跑，就是现在！赛青趴在地上，从袖里轻轻拽出了那物，迁风锉，两指一捏，倒了个儿，拐弯推进了枷镣的锁眼里。

锁是山西平阳造，单簧铜条子，卫所里全是这东西，刚进锦衣卫时天天把弄，撬锁法子是一牵一挂，赛青用脚指头都能撬开。

可怎么今天不行了？赛青快急出了汗，眼却仍和众人一样看着前方，是手在抖，不停在抖。

会死吗？自己被他们发现，会死吗？去他妈的，死就死了，宁死，也得跑！

赛青闭上了眼，又无声地深吸了口气，胸口使劲，把气压匀，一牵一挂，一牵一挂，然后亡命天涯。赛青牙根一紧，一牵，迁风锉极细微的一下轻抖，搭住了，一挂，挂上了！

开！

跟着一睁眼，锉子也如小儿夜梦中微微一抖，锁头无声地开了。赛青轻挪手腕，在身下从枷镣里松开了手。

就在这时，他听见了身后的动静，是杨振，他拔出了刀！朝自己来了！

果真是！也要灭我的口！

自己做完了事，线上没有给自己的富余地方，要是不死，就是他们杀人的累赘。

“那卫剑锋，怎么动手了？”赛青大叫了一声。

这是骗招，要的就是一个眨眼！

果不其然，杨振几个人都是大吃一惊，又望了过去。

正是此时，最后一道光色从山谷里消失，把目光所及之处都扔给了黑暗。

现在！走！

赛青猛地往前一蹿，纵身跃下眼前的山崖，在浓黑的树上手一挂，落了地！

“王八蛋！”身后怒骂了一声，带着惊，是宝敏，紧跟着就是杨振和黑菩萨的怒骂。

跑！快跑！

刚两步，脑顶砰的一声，是花哑巴的飞锤，砸到了身旁的树，好悬。去他妈的！眼前只顾着没命地狂奔，身后扔来什么，听天由命！

跑！不顾一切地跑！

“找死！回来！”宝敏和杨振的声音，就在身后。追下来了？不管他，自己早跑了他们两口气时间，没那么好追。

有生以来，赛青从未如此狂奔过，每一步都像飞起来一般，往那群矿民那里跑，到了他们那儿，报了信，引了乱子，戳穿卫剑锋，这些恶鬼就没法，只能动手，矿民手里都是锤子，必定打起来，六对五十几，胜负难说，自己扎在人堆里，趁乱再跑！

刹那间，他好似回到了北京城，眼前的一棵棵树，就似教坊司的一座座房子，脚下松软的地面，就是一片片早已踩惯的砖瓦，曾经听房扒门缝的贼，此刻成了救人济世的英雄。

“有人要杀人，别喝酒！有人要杀人！快来人！”他叫着，仿佛要吼出心肝。

只盼着山谷回声越大越好，越远越好。

自己气喘如牛，从未听过自己的呼吸如此急迫。

耳畔身后，风声虫鸣、脚踏叶碎的声音，都挡不住同样狂奔追着自己的脚步声，离自己越来越近。

他似乎已经看到，矿民里有人听到了他的声音，他多想他们像自己一样飞奔着跑来。

阿弥陀佛，菩萨保佑，娘、哥，保佑青儿。

还有十丈，离跑出林子还有十丈，八丈，五丈……但那终是幻想。

一把又细又尖的刀，毫无怜悯，毫无迟疑，如同巨手钳住了他的身子，如同大浪砸碎了梦幻泡影，从黑菩萨曾经捅过的地方扎了进去，不同的是那一次只扎进寸许，而这一刀，穿胸而出。

刹那间，赛青停下了脚步，呆立在了那里。

原来被刀扎穿了身体，是这个感觉。

赛青感觉不到任何疼痛，只是浑身不住地颤抖，唯一的知觉是身后又贴上的那个软绵的身子，但和上一次不同，这身子也如自己一般颤抖着，那曾经的香气，似乎也已经荡然无存。

赛青用仅存的力气侧过头去，他看到宝敏的脸藏在阴影里，唯有那双眼睛仍在闪着，那眼里有恨、有怨，也有自己看不懂的什么东西。

贴在自己耳畔的美丽嘴唇里，说出的话字字疼痛："我告给过你……"宝敏似乎是哽咽地轻声说，"别离了我。"

赛青想握住露出胸口的刀尖，仿佛留恋着自己最后的一口呼吸，但那刀已悄然拔走，冰凉冷冽，又似是有一丝丝温暖。这是血的温度？

在宝敏的一滴眼泪落到他肩膀前，赛青终于倒了下去。

"跑得挺快，知道自己要死啊？"跟着是杨振，在赛青弥留之际也追了上来，看了看宝敏留下的刀口，收回了刀，弯腰在赛青耳边说，"窝囊崽子，奔你爹去吧。"

爹。

赛青绝望地抽搐着，眼睛闭给了黑夜。他觉得自己幻成了一团魂灵，飘荡着穿过无尽的黑暗幽冷，不知道多久之后，终于登上了那座桥，脚下黑水拍打着岸边，他看到桥的那一端，果然，爹正哭着，和他娘、哥哥们一起等他。

章拾伍

探金

如果脑子里那个拿锤头破硖一般乱砸的小鬼能像山神爷爷那么慈悲，自己愿意天天拜它，可它不，从来不，今夜也是如此。

韦阿大又被痛醒，睁开了眼，瞅见了身旁的弟弟也和自己一样醒了过来。今儿又是准时准点儿，哥儿俩躺着换了个眼神，坐了起来，无声无息。

直到走出伙房，坐在檐下，二人才能轻轻叹口气。很多时候，能顺当地叹口气，都是难得的舒坦。

“都回家了，还疼。”阿二轻声说，那声音小到天底下只有自己哥哥才能听到，在外人耳朵里，就是没有声音。

断了些时日，毛病就出来了。阿大点点头：“爹说，以后再不吃了。”

那东西是麻癫子，自己头一次吃是什么时候？十五岁，还是十六岁？不记得了。只记得刚吃的时候，觉得这是天底下最难下咽的东西，那之前自己可是吃过不少难吃的东西，臭鱼，被鸟啄过吃掉了一半的蛇，生着吃的树皮野草，一坑人最饿的时候，还吃过一头快烂掉的牛尸。就是这些，恐怕加在一起都没那小小的几颗果子臭。

爹那会儿看他俩吃完吐得死去活来，脸上毫无仁慈，只是也往嘴里放了一颗，说："你们吃一颗，爹就陪你们吃一颗。"爹吃的时候，却面无痛苦，似是那东西没在嘴里，他嚼的只是块寻常的什么东西。

一吃就是快二十年。头五年，吃完之后总是发烧，吐，却对针扎、锤子砸手这些小伤不那么痛了；后五年，身子基本长定了，爹就放开手脚，开始打他们，拿鞭子、藤条，再换棍子，打出一身伤，却感觉与以前的针扎和锤伤差不多疼；再往后的十年里，爹打断过他们的腿，拿刀扎过身子，还用马踹过他们，都只是筋骨受损，疼痛却半分没有，这身子，就是砆头。对兄弟俩来说，疼就像这世间从没存在过的东西。就算是在那牢里，狱卒们拎铁棍打、用人高枷镣锁、使板子拍后背，都只如轻摸、轻触。

可自进了诏狱那天起，那麻癫子就断了，从北京回来的路上开始，十几年来攒过的所有的疼痛，都一股脑还了回来。不，怕是得四五倍地还了回来，全钻了脑袋，那是天崩地裂般的疼痛，折磨得二人痛不欲生。

这一路，自己没怎么睡过舒坦觉，回到了坑，急忙又吃了一颗，以为能止了疼，可那麻癫子却像是在报复阿大、阿二弃过自己似的，失了能耐不说，反而越吃越疼。每天，在疼痛中睡去，又在疼痛中醒来，即便睡着了，那疼也使着能耐。

"又是歹梦？"

阿二点了点头，昨天是，前天也是。

阿大叹了口气："再等等，该是能退了，爹说他也这样，硬扛能过去。"

阿二听了，没说话，此时虽然仍是一片漆黑，但天上的星星已经有不少暗了下来。"天要亮了。"他说。

到日子了，阿大咬了咬牙，对弟弟说："拾掇拾掇脑袋吧。"

二人到了河边，拿手抄了水浇头，那水迎了一夜山里的凉风，早已冰凉入骨。

“这两人，倒是知道干净了。”他半路听到过卫剑锋说他俩。那卫剑锋怎会知道冷水洗头是自己对付这疼唯一的法子，只有冷水泡进了头皮，那痛才能缓上一缓。

阿大把整个脑袋埋进了水里，耳朵听着水下咕噜咕噜的声音，心稍微宁静了些许。

洗过了头，山缝里有了远方的红晕，眨眼天就由黑转晴。今天会是好日头，说也奇了，连平日山谷里的雾气今日也似是懂了事，竟是半点没有。

今晚弯刀月。

伙房里的其他兄弟也起来了，抬出了爹，伺候他洗脸。

阿大和弟弟去了房后，那里放着拜神要用的家伙什：一丈半高的架子，一尺见方的台子。两人合举着抬了出来。坑里的规矩是年岁最长者架台、唱拜，年岁最小者引祭，但爹的身子，实在是扛不动东西，于是就只搬台子过去，到爹那儿让他搭着轻抬了一下台子，架台就算是他做的了。

“头又疼？”他爹搭完，轻声问他俩，几乎和阿二说话的声音一样，细若蚊咛。

“疼了。”

他爹点了点头，又问：“扛得过？”

阿大看看阿二，两人都咬了咬牙，点头。

他爹盯着他的眼，阿大再熟悉不过，硬得像铁，冷得像铁尖，能把硖头凿穿。

爹看得出自己在害怕？阿大听见自己的心在哆嗦。

好几口气的工夫，爹猛地就成了那张疯癫脸，啊啊地大喊起来：

“老爷！老爷！”

是梁正、卫剑锋过了来。阿大背对着他们，也笑了起来：“爹，是大人，两位大人！”

梁正过来躬身一拜：“老人家，之前叫我大人还行，现在您是锦衣卫百户，比我们大了不止两级，得我叫您大人。”

是吗？阿大心想，但脸上仍是那副一路来时的样子，憨傻、老实的乡野村夫韦阿大对他爹说：“爹，您听梁大哥说了吗，往后，不能叫他大人！”跟着又在他爹耳边大声说，“您才是大人！”

“啊！我是大人！我是大人！”爹又大叫起来，“大人好，朝廷命官。”

“对，朝廷命官。”阿大附和道，梁正也笑。

“拜矿神爷探金的日子，哥，咱不能带这进坑，也不能碰，留屋里吧。”他说的是梁正的枪和卫剑锋的刀，“矿神爷忌讳这个。”

“欸！”梁正当然知道坑里的忌讳——有人教过他俩，于是答得痛快。卫剑锋瞪了阿大一下，倒也没说什么。两人返回伙房，把东西放下。

旁边的兄弟朝阿大眨了眨眼，阿大微微点了点头，就转身去搭了架子。

日头蹿出山尖的那一刻，就是起祭的时候，那祭台上按金、木、水、火、土摆了五样，台下，雪花牵来一头牛，是他哥儿俩走后新生的，还有遇到他们一行人那天她在山上布套子抓的岩羊和野猪，这算是凑齐了三牲，由她引祭，三个兄弟齐齐下刀，放倒在台下。待那三个牲口不再搐动，他爹被抬着放到了台前，嘴里喃喃地哼起了唱拜。

唱拜的歌，梁正兄弟二人自然是听不懂，那不是官话，也不是本地口音，而是遥远的故乡言语。

看着这一切，阿大心里就有了动弹，如果不吃麻癫子，那动弹就是疼。

久到仿佛是上辈子的那一天，不就是这样？

罢，今天可不是回想那时候的日子，至少此时不是，阿大闭起了眼睛，把耳朵全给了爹嘴里唱出来的古老歌谣，可无论如何都挡不住脑海里那些念想和咆哮着的呼喊，那是一片漆黑里的绝望呼唤——阿大！阿二！阿大！阿二！

拽他回来的，是卫剑锋低沉如同闷雷的声音："该进坑了？"

是！是得进坑了！你也等不及了？所有人，不都等着这一刻？

"欸！"阿大笑着答，"那牛羊猪矿神爷都收了，让进了。"

"哥？"卫剑锋问着梁正。梁正点了点头："布药去！"说完朝老人一拱手，"大人，您请。"

无论如何，梁正懂规矩、明事理，是个好人。

他爹给梁正的是一张我什么都不懂的脸，啊啊地呢喃着什么，流出了口水。

"哥，我爹扛不住动静，我带你们过去。"

"成，那您老在外头。"梁正朝爹躬身一拜。

说罢，几箱火硝硫黄，还有大斗笠装的炭粉，一一被抬上了独轮。梁正又对推车的人嘱咐："轻走，千万别掉下来。"

千万！千万！

韦阿大盯着那些箱子，眼角余光之处，他看见了爹眼神里那只有自己才能察觉的酸楚和痛苦。是了，爹也疼了。

硫黄、火硝、炭粉，刷着黄道儿的官箱，黑暗里的绝望。

阿大！阿二！阿大！阿二！

韦阿大在那滴眼泪能让人从眼里看见之前，加快了几步，抢在众人之前钻进了矿坑，在黑暗里悄悄挤了挤，又笑着对梁正和卫剑锋说："这边。"

对梁正和卫剑锋来说，这矿坑是从未见过的另一个世界，对阿大来说，却无比熟悉。众人进的洞口，是个朝阳旺洞，向南，日头好的时候，阳光能直打到洞里几丈深的地方，坑洞口四周都用腰粗的硬木顶撑，是个天方地阔的礌，上头还加了木头垒起来的莲花顶，倒不全是为了让坑口坚固，这坑是天地造化而成，足够硬挺，而是做一个让一坑人有依有靠的念想。

只要一坑人活着，就有依有靠。

再往里走，是平推，这个坑比其他那些需要人趴下才能通过的平推要阔气多倍，一丈高，一丈半宽，又直又平，四周岩壁坚固得不需要硬木撑着。

“这坑洞，是你们凿出来的？”梁正瞧着四周，亮子里的油，都是这几天新换上的，虽不至于把平推里照得十足亮，但仍能看出这坑的巨大，梁正显是被镇住了。

“不都是咧，爹说好坑一半是看矿神爷给不给饭，另一半是看打尖的人心诚不诚。这坑里头，刚进来的时候，矿神爷把该给的都给了一半，爹带着咱们，丁丁点点又锤出来一半。”

梁正似是懂了，点了点头：“可是不易，凿了多久？”

“二十年。”

二十年，足足二十年，哥，二十年！

“下一个三岔分尖，走凿手边，之后就不是平路，底板天篷都有硖头，不小心就敲脑顶盖子。”阿大压着呼喊，给梁正和卫剑锋引路。

穿山凿矿，一锤一凿，锤手在左，持尖凿者在右，凿手边即是朝右走。梁正也知道，一行人沿着平推向内走了半里多路，就见了个巨大的分尖，是个叉头状的分尖，把宽阔的平推分成了东、北、西三条路，众人沿着平推奔了右边。

再往前，路就不再是方才的宽阔平推，一上一下，路稍斜的，叫牛吃水，完全斜行的，叫陡腿，平推左右弯曲，时宽时窄。“咱在山身子里头，这山看似结实，其实里头都让水冲空了。”阿大一路给他讲着。

一路深深浅浅，往里面走了三里，过了奔流着涌水的木桥，十六道牛吃水，八道陡腿，还有七条风道，就进到了主坑。

“这是咱大坑。”阿大的话，泛起了隆隆回声。梁正抬头望去，被镇住了。

眼前是全坑的中心，是五丈多高、十八丈宽、三十丈不到进深的巨大坑洞，上下高矮错落，按高低打平了路，多年来矿农们往来踩踏，地面早已平如驿道；那洞顶上，自上而下悬着的是巨大的硖头，如同巨剑一把把挂着，硖头尖上悬着夜里的洞露，一滴滴掉了下来，像是刀尖上流下的血；硖头上着脚的地方还挂着满满的仙鼠，见进了人，就扑腾着膀子打成一片，密麻麻、黑漆漆，让人心里烦躁，但阿大早已习惯；还有沿洞进来避风的雀儿，有的窝在石缝里叽叽喳喳吵着，也有的伸缩着脖子打量着众人，又小声嘀咕，给没看着的同伙通风报信。洞身两侧的硖头早被采挖干净，又拿火爆打平成墙，再凿眼挂着烧着火的大亮子，每个亮子边都是蔓延出的一个个小平推，如同蛛网的网络，伸向四面八方。

梁正打望着四周，显然被这巨大的坑洞惊住了：“这地方，也是凿的？怎么这么大？”

“这坑，是老天爷赏的。”阿大笑，“多少个凿子，也凿不出这么大的来。哥，咱还得往里去。”说完，又引着众人奔着主坑正中的一条大平推下去，又是进了一里，两旁的亮子越来越稀少，坑道也越来越窄，再到后来，到了一块巨大的岩石旁，就停了下来。

“出金子的矿硖，就是这儿。”阿大点了个亮子，举着给梁正和卫剑锋看。

那是一块巨大的古岩，果真是足够镇住梁正的大，堵满了再向前的方向，露出来的部分，要五六人合抱才行。面向众人的一端，有半拉缺角，从缺角的硖头面相上来看，隐隐有光，那是金铜之色。

“爹讲，这条窝路以前应该是水道，不知道什么时候起没了水，再往里，该还有能走的地方，可这石头挡了路，想法子弄它，也弄不开，只掉下块金子来。”阿大讲给梁正听。

梁正用手摸着那巨石，那上面密密麻麻的坑洼，有些是原本就有，也有些是矿民锤凿而来。

“兑药！”梁正宣布。

跟兄弟上京这段日子，那巨石上面大大小小已经凿出了许多坑眼，阿大看了几个，深的该有一臂，凿口向下，这是可丁可卯为了下火药凿的。爹他们，没闲着。

兑火药的事，梁正和卫剑锋没让他和阿二动手，哥儿俩先是让把亮子挂到远处，铺了几条长大的粗布在地上，那粗布是拿许多片拼接而成，延绵开来，几有一里长，点着了之后，一时半会儿到不了埋药的地方，这是为了撤人。

跟着又取来早碾磨好的炭粉，两人从怀里各拿出半截钥匙头子，合到了一处，才打开存着火硝硫黄的箱子，按王恭厂那个凶鬼伙头给的法子，拿大布铺地，放了一大摊，再拿石铲反复铲拌。

又教众人拿削尖了、刮平去了内节的竹子分别取过，往早打好的坑眼里放。

“千万仔细，别沾丁点儿火星子，离近了都不行。灌进去八成满。”梁正反反复复仔细交代给每一个取药的兄弟。

他们当然知道，他们不可能不知道。阿大的头，又疼了起来，快结束吧，快结束吧。

可谈何容易，那黑黄混杂的火药，要一星一点填进每个坑眼，又不能拿亮子照，众人只能凭着感觉、听着声往里面放。待到填满了所有坑眼，又每个眼子都填好了线，已经是晌午时分。

点火的地方在主坑，两根长引上拴着七八头短引，每条短引里又续出来几条更短的，连着每个坑眼的火药。梁正和阿大先让所有人退到坑外，偌大的矿坑里，只留了二人。

“成不成，就看这一下！”梁正擎着火，往洞里望去。

“点！”

跟着二人弯腰，各自点燃了一个引子，火星蹿起，闪着星辰般的亮光。二人当即扭头，一路狂奔。

“快跑！”梁正吼道。

天！

疼！疼！疼！每跑一步、每个心跳，脑子里小鬼就猛砸一锤，阿大脚下一滑，摔倒在地。刹那间，恐惧笼罩了自己全身。

阿大！阿二！阿大！阿二！

不对，自己不该怕，自己的心是铁板一块，这么多年爹的调教，自己早该将一切置之身外，怎么会怕死？自己仍会恐惧害怕本身，比他怕的那个东西更让自己受不了。

“走！”梁正一把托住他臂膀，生生把他背在了身上，脚下没停，没命地往洞口奔去。

这人，没错，没生错。

二人在洞口一众人的呼喊中蹿了出来，跨出坑口的一瞬间，坑内远处爆出了一声闷响，刹那间，坑外所有的兄弟都和自己一样，呆立住了。

你们，也都还记得？

爹呢？爹呢？阿大急切地在人群中寻找他爹，终于，看见了他爹在人群的角落里，雪花扶着椅子上他那枯瘦颓败的身子。他看见了，也听见了，那身子微微颤抖着。爹眼角有眼泪。爹还会哭？

还好只有自己看见，阿大喊着："爹，开了！"

"开了！"爹也是腰杆一挺吼道。

"再进去，没事？"梁正问来，"里头该都是烟尘碎硖。"

"阿二，拽风。余下的，扯头面，进！"阿大大声吼道，"都仔细！都仔细！"

阿二"哎"了一声，领着二十个人先跑了进去，不分男女，都拿了打湿了的布堵住口鼻，跟着，余下的人推上来大大小小十几辆独轮。

"坑里有风柜，那条窝路是单开的，十个人没一会儿就拽完。"这是通风的法子，还有，"那条窝路锤手、凿手两边，还有天篷，都拿木头顶着，听爹说几十天没闷亮，就算爆了，也不会有闲白东西下来，哥哥放心，拽完了风，他们拉矿硖出来。"

听他这么说，梁正踏实了。不一阵工夫，大大小小的矿硖就被拉了出来，方才的那座巨石，此时就成了尸骨。阿二抹了把满是灰土的脸，嚷嚷着，声音里带着欢喜："爹，成了，全给轰碎了，咱都给拉出来！"

"锤他娘！"他爹喊，"锤他娘！锤他娘！"

众人哈哈大笑。梁正的脸满涨着喜，只有卫剑锋在一旁，仍是铁板似的脸。

"矿神爷嘿。"爹吼着歌，"脚板软。"

"矿神爷嘿。"兄弟姐妹们跟着唱，"心底儿软。"

"要饭农嘿。"阿大也吼，"脚板硬。"

"要饭农嘿。锤头硬。"

矿歌不在音律，近乎吼叫，这是破硖碾塃的调子。众矿民分成了几拨，手脚力气足的，将大块矿硖砸成小块；再一批，将小块碎硖用石碾碾成碎塃末子，最后一批是女子，在那河里反复筛洗。此时日头过了头顶，今日矿神爷收祭、布药、轰石、拣硖，再到破硖，诸事皆顺。

阿弥陀佛！

最要紧的，是出了梁正、卫剑锋和那些自己不知道名字的大官想要的东西。

“金子！”雪花站在河里，捧着手大叫了起来，“爹！出金子啦！”

跟着，更多的声音叫起：“我这儿也有！”

“大的！我这块大！”

“妈呀，真是金子！”

整一片山谷里叫声一片，众人皆有收成。一个个筛斗里，那金色的块子有大有小，待到都放到了一处，仿佛是那即将溜到山下的最后一角日头。带着泥，却闪着光，一颗颗犹如指甲、种子、杏核——不，眼泪珠子。

“这世上，黑的能成白的，白的能成黑的，什么东西都能变了颜色，就一种东西除外，金子。咱有金子，什么事都不怕！”爹的话无数次地念叨着，有了金子，就什么都不怕。

“哥，瞅瞅。”阿大把金子捧在了手心里，那金子压得手都知道了重量。梁正只看了看，没接：“得了，没白来！没白来！”跟着哈哈大笑起来，“剑锋，咱能交差了，没白来！”

在你眼里，交差比金子重要，你眼里没财，因你是正人君子，但别人不是，你那些上官，不是！他们眼里只有这金子！阿大在心里吼着，脸却仍是傻笑。

他爹也接过了金，仔细盯着，似是要把那金熔化进眼睛，几口喘气儿之后，大喊了一声：“请娘娘，请火，摆酒，喝他娘啊！”

“喝他娘啊！”阿大跟着叫，跟着所有人叫。他似乎听见了山神爷爷远在山岭的吼声，也听见了远在天上另一群人的叫喊。

于是阿大对这片山谷有记忆以来，这里最热闹的一次祭拜闹起来了。新打的山鸡插成了一排，揪了毛，在火堆上烤了起来，从河里拽网子打上来的细条子鱼，在那山鸡边上成了点缀。最大那摊火上，插着个头儿丝毫不弱于祭拜矿神那头的野猪，那猪早早就杀好了，也拿石盐腌过半熟，放在火上一转，那油脂就迸进了柴火里，迸出火星如同星辰。烤出了一片，就拿刀削一片——头一片，自然是爹的，然后是梁正和卫剑锋，再然后，按岁数大小排。

更少不了酒，爹把陈年的谷酒都拿了出来。那酒原本是甜的，放到五年，开始出劲；再放五年，就少了一半；如今是最香的时候，从坑里搬了出来，爹放了话："没大没小，随意比画！"

梁正成了众人灌酒的对象，这人真是好酒量，透着高兴，来者不拒。卫剑锋为他拎着酒壶，应对着每一个上来敬酒的兄弟。

那麻药，就下在酒壶里？

曼陀罗，就算藏在了酒里，阿大都能闻出来。曼陀罗，这山里全是曼陀罗，那东西我们从小当玩意儿嚼着玩，能麻倒我们？

到时候了！

从第一杯酒下肚，正是一个时辰，梁正的眼神凝着，身子已经不能动弹。

卫剑锋见他哥中了药劲，转头看了看对面的半山，对阿大使了个眼色，跟着搀着梁正回了伙房。

阿二也在稍后引着一众兄弟扶着东倒西歪的爹回了伙房。

临走，爹朝火神娘娘的架子磕了个头。

要分批走，扎堆一块儿，扛不住琢磨。跟着，雪花带了女眷们也回了去，一路嬉笑打闹，说着疯话，脚下打着摆子。对！戏要做足！

跟着阿大浇熄了各处的火堆，让山谷陷入了一片黑暗。阿大抬起头，月亮跃上了山尖，从云缝里露出了弯刀一角。今日是弯刀月头天，又被云盖住，除了这些习惯了在黑暗里行走的矿民，谁也看不见山谷里发生了何事。

他看见伙房里嬉笑的影子渐渐消失，于是也跟着进去了。

此时伙房里一团漆黑，除了卫剑锋和梁正之外，空无一人。炕上已经填好了被褥，做成一个个躺卧睡倒的人。

“都下去了？”阿大问道。

卫剑锋仍是阴冷着脸，对阿大点了点头。阿大又看着一脸错愕却丝毫不能动弹的梁正，说：“哥，对不住你，之后，我讲给你听。”

阿大轻抚了梁正的臂膀，对卫剑锋也点了点头，转身掀起最角落的铺盖，又掀开板子，下面是道半人宽的窝路。阿二早守在里头，见他下来，忙搭了一手，又合上了窝路的板子。

“这一出，每个人都必须做得恰到好处，不能有人出一丝一毫的差错。”卫剑锋先前交代过，“尤其是我哥，若是让他瞅了出来，这事就要耽搁。”

自始至终把梁正瞒着，是卫剑锋的主意：“我哥待人赤诚，最恶诡计。宁可事成之后再让他知道，也不能之前。”

先撂倒他，才能动。

“妥了！我去点火。”过了好一会儿，卫剑锋才在头上低沉地说了一声。

两兄弟谁也不说话，开始沿着窝路一路攀爬奔跑，这条路二人已经走过无数回，即便一片黑暗，也知道如何上去。

顶上那是伙房上方的断岭，爹、兄弟姐妹早在那里等候多时。

没人说话，所有的人都待在远处，只有爹一个人守在崖边，紧盯着岭下的伙房。远处，是卫剑锋点起了火把。

轮不到自己发话了，阿大默默地退到一边，接下来的一切，交给这里真正的主人。

此时，他已经不是老迈疯癫的老人，他迎着山间冷风，敞开的衣襟里是曾经壮年时强健的筋肉，那是护着一坑人的坚韧胸膛，爹脸上刀削斧砍的皱纹似是在颤抖着。

又是半个时辰之后，“动”，爹猛地举起手，从牙缝里挤出那个字时，隐隐的几个黑影从谷侧的林子里钻了出来，沿着河边，溜向了伙房。

阿大抬起了头看着黑暗中的长天，星辰成海。

弯刀月，杀人夜。

跟着他闭上了眼睛，心中念起祷告。

身后，早已藏好的一排排独轮推到了崖边，前后两队，一共四十八车。车上都装满了硖头，大的，巨如脸盆，小的，也比头大，都硬比钢铁，沉重到压得独轮发出轻响。

阿大能听见每个推车的兄弟姐妹狂跳的心，能看见他们攥着独轮的手在暗暗使劲。阿大的头，又似要炸开一般痛了起来。

再等一下，就能喊出来了。

“稳！”爹眼神如鹰，不动声色地轻声说。阿大看到那些黑影打开了房门，一个一个进了里面。

直到最后一个黑影消失在门里，爹手一挥，暴喝一声：“盖！”

话还未落，二十四辆独轮上的硖头同时被掀了下去，没人迟疑，没人延慢，几百块硖头笔直地从天而降，那是一片山崩海啸般的落硖之雨，从崖上滚落，一路砸下了更多山石，轰塌而下，爆出震天的轰鸣，比眨眼还快上百倍。

第一批落下的硖头，是最重、最大的那些，如同狂风卷走叶子，暴雨冲拍蜉蝣，一股脑儿地把伙房的房顶冲垮。木头搭的梁，草搭的顶，为的就是挡不住这从天而降的巨石。

紧跟着是稍小点的石头，密密麻麻，它们更尖更锐，如刀如斧，削砍着磕到、碰到的一切，有些砸在伙房的石头墙上，迸闪出火星和烟尘。

石头之间的撞击，如同雷鸣，响彻山谷。阿大听到了，那轰鸣里传出的一声声尖厉的惨叫，这惨叫，不就是一坑人多少年来盼望听到的天籁？

“爹！娘！爹！娘！”阿大吼了出来。那吼声之下，头里的痛仿佛消逝无踪，那山风在耳畔脸上温暖地吹着，像很久以前爹娘把他们搂在怀里的轻抚低喃：“阿大、阿二，阿大、阿二。”风越来越大，那低喃在风声中，也一声一声，换成了深渊里的绝望嘶吼，“阿大！阿二！阿大！阿二！”

“再盖！”爹又疯了般喊道，“再盖！”他苍白的头发在风里飞腾着。

又是二十四车，第二批！仍是没人迟疑，没人延慢，仍是一声声巨响，山谷之中，回声如同天雷滚滚，奔腾到远方。饶是如此，仍遮不住他爹，那个看似衰老病弱的老人撕心裂肺的狂笑：“盖被了，盖被了！”

之后，天地归于寂静，只有风声。

那一天，不也是一样？阿大眼角的泪水滚落下来。没人说话，没人动，只剩下山风清冷地吹着。真盼望，多些车、多些碎头。

阿大抹了抹眼泪。

可爹没给他时间思念太多，他深深地吸了口气，挥了挥手：“下。”

十几条绳索从断岭上扔下，都是用树皮拧出来的，结实。仅留了几人守着岭上的爹，其余全部滑下，一落地，爹就在岭上高喝：“家伙，守着！”

放心，爹，操练过多少回，不会有错。

最后排是女眷，雪花领头，都站在废墟外的碎头上，二十把长弓，拉满得都能听见动静，齐齐地指向这个废墟。

弓手前面，是二十把竹矛，每支比人稍长，尖头削得跟梁正的雪花枪不差。和箭头指的一个方向，二十个擎矛的弟兄矮着身子，他们都是爹亲传，用的是边军矛兵的身法，练得整齐。

所有人，剑拔弩张，心跳如雷。

硖头底下，是东厂派来的番子，都是杀人好手，就算是大被压顶两趟，也难保万一。

“下亮子！”

断岭上头扔下几个点着了的火团子，那是用竹皮里头裹着骂婆娘树皮，又内填了油火布点着了的大火球，最是扛摔、扛烧，一扔下，就把眼前漆黑的废墟点成了一片通红。

“上硖头！”阿大又喊，跟着走在最前，上了废墟。阿二领着兄弟，也上了去。

脚下是一块块碎硖，难以立足，却难不倒矿里的汉子，兄弟们稳稳地站着，先从废墟最上层查起，那一块块碎硖交错着，缝隙里漆黑一团。

“顶盖，没见。”阿二扔下了刀，搬弄着石头。

“上矛！”

跟着，二十个举矛的兄弟上前两步，矛尖朝下，顶着碎硖缝隙，这是防阿大诸人搬动硖头时底下有人暗算。

跟着，一块块硖头被搬开。

他们在哪儿？全死了？阿大抬头看了看岭上，十几丈高，和当年的断岭一样。从这高处下来的硖头劲力足够，只需一块削在脑袋上，神仙妖怪都得死！

“死的！一个！”

凿手边，两个兄弟搬开了一块大硖头。又喊：“不对，是半个，下半拉没了。”

好！这是第一个！

那道激血刚从心里挤出来，还没到脑子，就听见那兄弟一声惊喝，跟着，两团影子从他身边溜走，不对，是一个半，一个人手里揪着那具只剩下一半的尸首挡在身前，从碶头堆里陡然拔起，随势一刀削在那兄弟头上，小半拉脑袋飞了出去。

兄弟！阿大心里重重一疼，脚底下打了个晃。

果真有人活着！两趟盖被，竟没砸死！

跟着，那人举着尸首直直地冲向眼前举矛的兄弟。那尸首肠子肚子哗啦地掉着，举矛的两个兄弟就愣了一下，那人就把尸首撑进了两把矛里，跟着刀一横削，断了矛，又侧身一晃，从矛队里冲出个口子，奔了后排的雪花。

好快的身子！妈的！

这人从碶头缝子里就想好了逃的法子。先是拿同伴当挡头，拦了碶头，同伴被削死，又拿来当盾冲出口子，直奔着后排的女眷，这是要么冲出去，要么抓住一个再当挡头。就这么一口气儿的工夫，这人就想了法子。

果真，来的都是高手。

但哪有工夫想这些？阿大骂着自己，也蹿了过去。但还是不如这人。眼皮一上一下，那人就蹿出了废墟，离雪花她们越来越近。

那人穿着个血红袍子，是个女的？

雪花也是女人，却远不如这女人狠，突如其来的杀风把她吓晕了，拉满的弓抖着，失了平日的稳当，一箭射了出去，箭头子打了个晃，就只钉在了那半具尸首上。旁边的姐妹也跟着放了，那人只手腕一抖，偌大的半截尸首就似活了一般，挡住了箭，跟着脚下不停，近了雪花身前三尺。

可要了命！妹子！

阿大的心被陡然一捏，脑子里的疼像打了道闪电劈了过来，让他眼前一黑，妹子要没！

那一刀多快！从上到下劈了下来。

却没快过阿二，从斜刺里飞过来，跃在空中，一只手按住了雪花的膀子，生生把她推开，另一只手，迎着那人的刀头攥了过去。

阿二！阿大嗓子里尖叫着，那怎么挡得住？

那又急又狠的一刀，把阿二的手掌从中劈开，沿着小臂一路切到大臂，发出咔的一声，卡到了骨头里。

阿二！

雪花放声尖叫："二哥！"还没来得及抱住阿二，她就似是又感到了脸上有东西滑了下来，失神般地摸了一把，就捂住了脸尖叫了一声。

是血。

天！

自己心疼妹子，每次吃麻癫子时，自己常会把她那份偷藏了，她扛疼的能耐远不如阿二。

猛地，阿大明白了弟弟。对！这就是爹要的，东厂再狠，也狠不过我们，爹让我们从小吃麻癫子，要的就是这一刻的我们毫无痛觉，阿二放了条胳膊给那人，要的就是他的刀卡进骨头。能杀了番子，自损一臂对我们来说算得了什么？

果然，跟着阿二把插着刀的胳膊往外一拽，陡然欺近了那人身子，另一只手奔向了那女人的脖子。

岂知那人见阿二疯魔一般的打法，只是微微一愣，竟也丝毫不慌乱，出手如电，把另一只手里的半截尸首往阿二推去，被阿二一掌打开，但就这眨眼的工夫，那人身子侧了过去，几乎看不见手在腰间如何拧了个花，就揪出一把明亮亮的短刀，直奔着阿二的嗓子钻了过去。

阿大心里一声惊叫，这人，竟然还有把刀？

兄弟要完！

一声脆响，一把刀鞘打着圈，从两人当间飞了过来，砸在那人的短刀上，短刀重重一抖，几乎脱了手，从阿二身侧钻了出去。

跟着卫剑锋高大的身子像堵墙似的撞了过来，手里雪亮钢刀，从下到上反八字，全不似那女人短刀的巧劲，而是纯刚纯猛，没的抗拒。一刀撩起，猛拍在那短刀上，如同风拍败絮，把那刀崩飞了出去，也把那女人打得身子一歪。

“看后头！”卫剑锋大吼。

身后的响动，比卫剑锋的话还快。又一个巨大的身子从砆头堆里耸了起来，足足一人半高，浑身像在血缸里涮过一样。再仔细一看，不对，头都砸没了，怎么还能站起来?

“身子后头！”断岭上爹喊着，两团影子跟着闪了出来，把那没了脑袋的尸首一推，拔腿就跑。

“撵！”卫剑锋又吼，“这人，给我！”

哪里能有半分耽误？阿大早弓身蹿了出去，身后十几个人，从女眷手里抢下了弓，也拔脚狂奔。

两道人影像箭头似的奔向谷外，真快，像被惊了的狼。

不，比狼狠，半点人心没长！那女人拿同伴做挡头，怕是想都没想。这俩更狠，不仅也拿同伴挡了石头，还要等到那女人把所有人都引了过去才露头，显然知道自己挂了伤，绝不是众人对手，索性不纠缠，把那女人当食喂了，然后再跑，就算跑不掉，在半路动手，胜算就大许多。

又狠又滑。

两人，一个是老人，另一个是秃头，脚都快极，眨眼就进了林子。

想钻林子藏着，哪儿那么容易？这山，是我们的！

阿大边追边吼了起来，身后十几个兄弟听见了，也跟着吼，声音震响山谷。

那吼声不是人语，这茫茫群山里，只有一样东西能听懂那吼声。

它能听见吗？

山神爷爷，阿大求您！

那吼声，是每年给山神爷爷上供时的招呼。

两个番子跑到了林子，进了山神爷爷的地界。

远处半山腰上，似是也有一声低吼传来，阿大心头狂跳。

爷爷在？

跟着他远远看见了金子颜色的光芒一闪，是爷爷身上的花斑点子。

阿弥陀佛！

跟着从上而下一声狂吼，比所有人的吼声都大，撕着每个人的耳朵和心口。

那豹子从远处半山腰的树上跳了下来，也是一路狂奔，阿大几乎能听到自己的心跳。

两个番子也听见了吼，似是知道来了豹子，脚下更是加紧，没命地狂奔，那秃头还抽出一把大刀，左右抡着，嘴里哇哇怪叫着。

爷爷，你闻得见，这两个畜生浑身血味，他们背着无数血债！

“爷爷分得清人好歹。”跟梁正说的话还有后半句，“歹的，都给吃了！”

那两个人是鬼？巧了，爷爷是吃鬼的钟馗！

“爷爷！孝敬您的！”阿大怒吼。

豹子应着他的吼，从一块巨岩上跃了出来，那一团巨大的阴影泛着金光扑向两条恶狼。

阿大见过多少次爷爷抓牛抓羊，都是这般从天而降。

半空中最先亮出的，是爪窝里的杀人钢刀，兜头拽住了傻愣住的秃头，那爪子比任何钢铁都硬都尖，只一下，就插进了秃头的膀子里。

跟着豹子借着冲劲，硬把他拽了个跟头，那爪子却还插在肉里，纹丝没松开。豹子爪，带倒刺，只进不出，那秃头怎能受得了?

只一下，秃头就被带着在地上滚了两圈，也就是一跳眼皮的工夫，秃头的膀子就如同被斧子剁开了似的，红白肉全都翻了出来，耷拉在地上。那秃头发出的一声声惨叫，在漆黑的山林里如同被套住的狼。

疼吗，王八蛋?这声叫唤比起接下来的，甜得像哼了首歌。

该死的鬼，爷爷吃鹿先叼脖子，吃歹人，先啃脑袋!

那巨如石盆的大嘴，只一张一合，两排手掌长的巨牙就死死扎进了秃头的脑袋。

上齿钻进了眼，下排扎进了天灵盖。跟着，爷爷的满腔愤怒都成了狂躁的左右乱甩，随着秃头那阿大从没听到过的惨烈哭号和豹子阴沉的低吼，血和脑浆如同泼水一样喷洒了出来。

秃头半拉天花盖子被豹子生生撕了下来。

血和惨叫，谁更鲜美?对爷爷来说，是血；对阿大来说，是惨叫。阿大被复仇的激血烧着脑袋。爷爷，你听得见，这么多年我们这群孤魂野鬼每一天的祷告你都听得见，你可怜我们。

还有一个!那个被豹子吃秃头吓得魂飞魄散的老头，正挣扎着爬起来。

阿大一把拽下身旁兄弟的弓，林子黑暗，跑吧，跑吧，你快不过这箭。

“哥!”兄弟一把拽住，低声说，“爹说，留了活口最好。”

“放他?”这群畜生，放他们?阿大拉满了弓，咬着牙，心里是烧着的怒火，如何肯熄?

那老鬼整个后背都在自己眼里，要先射腿，让他一下就死，便宜了他!

“哥!”又一个兄弟急了，“这人是钩子!放他走，后面才有戏唱！”

话似鞭子，抽了自己一下。对！一坑人要的，不只是这几个番子的命，是更多，更多，更多。

阿大沉重的呼吸，也沉不过那老头踉踉跄跄的脚步。放不放他？放不放他？

阿大的头，又疼了起来。

不能让自己的一发狠毁了爹和一坑人的念想。

“回！”

阿大吼了一声，收了弓，狠狠瞪了一眼消失在黑暗中的那道影子。

山神爷爷也看了看他们的背影，跟着舔了舔鼻尖脸上的污血，低头又嚼了起来。那秃头，再没了声息，只剩下尸首偶尔抽动。

再回去时，起了云，月亮全躲进了云里，山谷里涌起了浓雾，只剩下几团亮子拼命地烧着，勾勒出卫剑锋高大的身子和爹苍老的轮廓，一坑人又凑在了一处。

那使刀的女人已被放倒在地，被紧紧绑住了。

“真是那人的女儿？”爹阴沉沉地问道。

“是。”

那女人该是挨了一掌，晕了过去，跟着卫剑锋又说：“这女人挨过拍，震失了能耐，不然阿二他们一准没。”

阿二！雪花！阿大的眼睛，从回来就四处找兄弟和妹子。

爹看见阿大失魂落魄，似是知道他的心事，淡淡地说：“废了条胳膊，脸上划了个口子，算命大，抬进坑了。”

爹！阿大心里疼，却不敢露在脸上！

一个兄弟，阿二一条胳膊，雪花一张脸，换了东厂番子几条命，在爹看是划算的买卖，但在阿大看来，是拧着心的疼。阿二以后怎么办？没了手，爹还会用他？雪花破了脸，可怎么活？她那么好看。

"那俩跑的，放了哪个？"爹又问了过来，毫不理会阿大看着他的祈求目光。

"放了老头，秃头让爷爷嚼了。"阿大低着头。

"嗯？"爹一愣，跟着放声狂笑，"好！好！老人家有眼！有眼！没几天信儿就到了北京。往后爷爷顿顿有肉！"

是，爹眼里只有一件事，其他，都不重要。

卫剑锋没说话，弯腰打量着那女人举过的半具尸首。"是个锦衣卫？"

卫剑锋没说话，弯腰摘下那尸首上的腰牌，拿在手里掂了两下，跟着冷着脸塞进了那人的嘴里，又拍了拍那人血污斑驳的脑袋，冷冷地说："他不配。"

忽地，他又似想起了什么："不对！应该还有一个，也是锦衣卫，个子不高，黑脸。"

丢了一个？阿大心里一凛："跑了？"

"该不是。"卫剑锋想了想，又说，"他被几个人铐着，又画了图，该是绑来画影的。兴许他们下来之前给灭了口，在山上。"

"找！死了活了都要。"爹一声令下，十几个人跑上了山，跟着爹宣布，"其他人走！磕头！"

河边平滩，早有兄弟点起了火，用的是整棵的树干烧的，足足三堆，堆成了三个角，还泼上了助火的油，巨大的火堆烧得山谷里映满了红光，也像温暖的手把众人围在了中间，搂进了怀抱。

祭拜火神娘娘的架子也摆在了中间，每一个进到火堆的人都跪拜下去。很快，哭喊就声声响起，声音最大的自然是爹，永远是爹。

那盖着架子的大布，此时也被揭了下去，卫剑锋搀扶着吃过解药在渐渐苏醒的梁正跪在了架子面前。

弯刀月、杀人夜，一晚上的杀，为的就是这一刻，不对！不止这一晚上。

“哥，我们等了一辈子，才等到今天。”阿大在他们身边跪了下去，深深凝视着梁正的眼睛。

梁正的眼睛却没看他，而是扫视着平滩上的一切，人、尸首，还有架子上的东西，眼神里是惊慌和恐惧。

哥，你惊的是哪样？我原来会说官话，还是刚才宰人的那出戏？是纳闷这锦衣卫和番子哪来的，还是你眼里原本衰老疯癫的我爹，此时在哭号呼唤着一个你熟悉的名字？对！你看见了，那名字刻成了牌位，摆在那架子上，我们都在拜的密密麻麻一百三十四个牌位最前面。没错，哥，你没看错，那牌位在你们孤子营也有一块，你还带了来。

“这牌位，是谁呀？”我问过。

“我们俩的爹。”你答我。

我怎会不知道？哥，我其实认字，我当然知道他们是谁，那俩牌位，也陪了我们一辈子！

锦衣卫梁义辰。

锦衣卫卫华岘。

是了，阿大轻轻搂住了梁正的肩膀，你最想知道我们到底是什么人，对吧？

阿大疲惫地喘着气，这一晚，好累，头好疼。

哥，我是花子、是乞丐；是送金子去北京求赏、老实巴交的一个矿农；也是个满嘴谎话的骗子；还是会装疯卖傻做戏的戏子。对！你不知道吧？我想换哪个脸就换哪个脸，装蒜的本事天底下没人比得了我；我还是被爹打磨了二十年、不知道疼的一块硖头，诏狱里的那些打，算是陪我玩；噢，噢，最要紧的，我还是苦等在这穷山恶水里二十年，一心想弄死点这朝廷什么人的讨命鬼、杀人匪！我们一坑人都是，现在我们终于得了逞。不对！这才刚起了头。这金坑，你以为我们想献给朝廷？操他妈的朝廷！哥，听得见吗？操他妈的朝廷！那块金子就是个钩子，我们大老远去北京钓他们来，钓他们排着队来，我们宰绝了他们！

哥，该死，我忘了说，我还是二十多年来一直在替你预备这事的兄弟，这事也有你一份！

天可怜见，把你俩给了回来。

章拾陆
盖被

如果不是饵和钩的毛病，那可就奇了，汤显祖抬头看了看天，流云奔走，阴沉如墨。

虽说要下雨，但这湾水面朝着山谷通风的地方，且是活水，水里不会闷，又是临天黑，鱼最爱咬钩的时候。

可水面下一点动静没有，只有蜉蝣引起的点点涟漪。挂着红地龙，从苏州捎来专钓池底鱼的小嘴重钩，在水底似乎入了定一般，任凭那虫如何扭动，也不见有鱼啄它一口。

“留个念想吧。”他凝视着河塘深处，微叹了口气，“遂昌这水，不容人了。”

“老爷。”身后的云升听出了他的意思，答了一句，“大家都说，这几年难为您了，您走，乡亲也念您的好。”

“多嘴。”汤显祖轻喝了一声，小到云升都未必能听见。跟着拽起钩来，换了条地龙，又放了出去。

可水面倒是一下子就炸开了锅，雨撒了泼似的掉下来，跟着就是大风。于是汤显祖站起身来，云升利索地帮他裹上蓑衣，还撑起一把油伞。

一主一仆，快步离开了塘子。天色昏暗，塘子两边的竹子，被裹雨的狂风打得乱响。

老何早就在院子口叉腰等着，看见汤显祖二人归来，忙小跑了过来。他是个天生凸眼，此刻又在恼着，紧瞪着儿子云升，一张怪脸在大风里披头散发，好像个鬼。

这莽汉，又在火他儿子。

汤显祖把蓑衣脱了给他：“他催我了，莫怪他。”

老何哼了一声，云升不敢看父亲，低下脑袋，小步跑着往院子里面传话。

院子不大，是个半三合的，左侧厢房缺了一半。原本是一个乡绅给相好的寡妇安置的宅子，房还没完全盖好，乡绅就出门遇害在半道，家境衰落，正室就撵跑了寡妇把房子收了回来，后又卖了出去，三四番倒手，成了县衙的资产。因为离县里远，且没人住，就一直荒败着，里面的草快撵上了房。汤显祖辞官之后就看中了这处宅子，出了点钱把这处重新修缮了一番，说好修缮款抵部分房租，走时留给县里，余下的每月一两半银子的房租，汤显祖从没欠过。

其实这里除了竹子细一些，和家乡没什么两样，是个适合谱曲子的好地方，只是他这几年来都没那个心情。如今辞了官，无事一身轻，索性先不回老家，在遂昌住了下去，留在老家的妻儿也准备着搬过来。

何娘早备了饭菜：两根新掐下来的丝瓜；带着皮的腊肉和院外刨的竹笋炒了一个，只放了两棵红山辣，汤显祖也没在意，那东西先传到福建，又传到了两浙，汤显祖喜爱得不得了；原本想做他钓上来的鱼，谁知空手回来，何娘就赶紧去掏了两个鸡子儿，拽下几簇晾着的地皮菜，又对付了一道菜，还给他温了一壶驱寒的黄酒，抛进去了几片姜。汤显祖自斟自饮，听着雨声，竟然把之前欠缺的两段戏在心里补上了，这让他稍有高兴。

雨后，鱼该活起来了，汤显祖想再回河塘赶一拨鱼，但老何说了个事："刚县衙里来了人，说曹阉监让老爷明天去一回。"

汤显祖一愣："什么事？"

老何他记性差，许是忘了，支吾了半天，倒是何娘在边上边收拾边搭话："他们说——曹公公多日未见汤大人，甚是挂念，奈何公务缠身无法进山，望汤大人明日去县衙一聚。"说完她瞪了老何一眼。

老何仿佛没看见，又说："那个没了鸡子儿的太监想干啥我不知道，可您不能自己去，我得跟着。"他年轻时伤过人的胳膊筋肉仍然紧绷。

"云升跟我去就行，没什么事。"

能有什么事呢？我都不是县令了，况且即便真要怎样我，曹金身边的锦衣卫，你老何能拦住？汤显祖心想着，却没说，老何忠心，他知道。

"带个娃去干啥，给他把尿？"老何不依，"我就得跟着，不塌心。"

"行，但是你不能胡说话，最好啥都别说，也别动，跟着就好。"汤显祖没多想，就答应了他。

"那行。"老何一挺腰板，转身走了。门外传来何娘数落他的声音，抱怨他给老爷添乱，老何大声吼了回去。

一对老夫妻、一个没长大的书童、一座半旧的院子、一根钓鱼竿，半屋子跟随他一路来的书。此刻他这个年已半百的前任遂昌县令，就靠这些活着。

弱冠中举，而立及第，却不会朝廷那套，只能在大明东南辗转至今。但偶尔他还会有些庆幸：遂昌虽远且小，但治小县如驭大国，在这一亩三分地的小县，立学、劝农、释囚这些他想过的治国之道，无不一一实现。

可这有什么用呢？百姓过得再好，也不是天子，他们念我的好，也没办法保我的官。管了五年的遂昌，在曹金带着征矿税的圣旨来了之后，跟我就没关系了。汤显祖一想到这儿，心里就生了烦躁，这种烦躁，几乎每天都萦绕着他。

老何两口子吵完了嘴，何娘端来了净脸净脚的盆子，打足了开水放上，便小心翼翼地问："明早要不要早点吃？"

汤显祖愣了一下，没多想，就回："不必。"

何娘点点头："那还按往常。"说着给汤显祖铺好床，点上了长桌上的油灯，就下去了。

洗漱好，云升已经在长桌前了。长桌是每晚吃罢了饭一定要坐的地方，是他写戏的地方。

但今天汤显祖没心思写了，他脑子里一直在琢磨曹金找他到底是何事。曹金只监矿税，是万历直接派来的矿监，眼里、心里只有金子，来找他，也只有这个事。

一者矿上遇了麻烦，矿民不听他使唤，要我出面？那都是你骗来、胁来的矿民！二者，重定金课，想与我商量，这是你主子万历亲自定的数目，想反悔？

想到这儿，汤显祖心里生了恼怒，自从曹金奉旨开矿以来，自己当了几年的帮凶，现在都辞官了，还要继续下去？原本自己治理得风调雨顺的遂昌，就因为一个矿，搞得自己官都没了，这口气憋在心里，比任何一块矿碳都沉。

等等，还有第三种可能：难道朝廷有其他差遣下来？想到这儿，汤显祖心口一跳，这种可能有吗？杨文举、胡汝宁这些自己曾经上疏弹劾的奸臣尚在，自己断然无出头之路，除非张居正死而复生，或是皇上重振清明，想起自己了？

种种无法确定的念头搅得他心神不宁。别说写戏，再想下去，怕是连觉都睡不好了。

“不写了。”他把笔扔下，“去跟你娘说一声，明早还是早点吃吧。你也早点睡下，明天早起。”

第二天早上，何娘早早就做好了饭，清水熬的米粥，昨天剩下的地皮菜没再端上来，又做了一道新的，白菜、萝卜、丝瓜、青笋切丁就着肉丁炒的咸菜，两个黄面馒头顶上卧了两个干枣。汤显祖只就着咸菜吃了一个馒头，喝了两口粥，边吃边在脑子里盘算着。

这时候天色已经亮了，主仆三人在林子里前行，走了二里路就上了乡道，一直通往县城。要翻几道山，其中一道大的，当地人叫二沟岩，一路跟随着山下的一道水脉，像刀子一样划开峡谷。一路上遇着多道水路，也有溢出的泉水，大大小小，六十七八处。这算是地上看得到的，在地下和山体里，更是水路纵横，几乎不可探。遂昌金坑就延绵在这一片山里，所谓硬山狂水出丰金。

在他看来，采金是把命给了上天，是闭着眼睛走悬崖，是黑天里上刀山，是捆着手脚过大江。他看着隔着水的对面山岩，大大小小因水脉冲击而塌出的洞口，黑沉如墨，那洞不知道是多少年才被冲出，矿民们却要在可数的日子里硬凿进去，在他看来，这是违天意的事。

“云升，你来说说，曹金找我是什么事？”汤显祖问。

云升哪敢说：“我……不……不敢胡说。”

傻孩子。

“说！”老何刚想张嘴训斥云升，汤显祖摆了摆手，老何就闭了嘴。

云升耷拉着眼，低着头说：“曹公……”

“阉监！”老何一听就急了，“阉监是你爹啊？公什么公！”

汤显祖大笑：“你别吓他，让孩子说。”

“该是矿上的事。”

这孩子看得准。

“没准是又闹了。”云升的声调一字一小，到最后几不可闻，还边说边拿眼睛瞟着汤显祖。

“要是真闹上了，先来找我的，肯定不会是曹金。”矿民的脚，比曹金快多了。汤显祖在任上时，矿民闹了三次，每次都是先来告诉他，再由自己从中调和。

“老爷说得是。”云升也明白了，但后半句似乎又藏住了——但是老爷您，现在已经不是县令了。

傻小子，我能看不出你的心思？“即便现在我辞了官，矿民们还是认我。”

“谁不认？”老何接了口，“谁都认，就他妈的皇帝鸡子儿不认！”

老何啊老何，你可小点声。“在城里你这么吼，小心锦衣卫听见。”汤显祖有点担心。

“我不吼。”老何搓搓手，提了提背上的包袱。

说话间，最大的那座山就翻过去了，从下去的半山上，能看到县城平躺在山谷里。

红头咬的叫声这时候几乎听不见了，换成了溪边人家的鹅叫。这便是从山里出来，下到了官道，这些铺路的石板每一块汤显祖都亲手摸过。铺路是他上任后的第一件事，沿路这一带的百姓，很多他都叫得上名字来，遇上他，不少人忙不迭地放下物事，打起招呼。

“汤大人，久没见您啦！”

“沟子里头不好住，缺什么您就过来拿！”

也少不了调笑：“汤大人缺你们家小媳妇，给送去行哇？”

“汤老爷缺你妈跟你妹子！”老何的土话笑着骂了回去。

沿路都是低矮简陋的民居，土木搭的，只有快进了县城内才能看到石头围起、有青瓦的房子。在整个遂昌，一共有一百多座青瓦石头房，占了二成不到，算是富户。

路上乡民许久没见汤显祖，都从家里拿出东西，新打的果子、地里的菜、网子上拽下来的野鸡，七七八八。汤显祖一一推让，但一一地给，最终拗不过，就只留下不是种的、养的东西：两只野鸡，还有小半篓果子和新挖出来的种种野菜。老何向人借了副扁担和筐，让云升扛着。

县衙门前两个乡兵站岗，看见汤显祖来了，放下长枪小跑着过来招呼，还要帮老何和云升卸下行李。

“不用不用，别劳动你们。”汤显祖连忙止住。现在他辞了官，在衙门口前让官兵伺候，显是不对劲。

“曹公公交代您来不用等着，先在偏堂稍歇喝茶。”

“有劳有劳。”汤显祖于是走进了衙门。老何在后面，云升给他拽了拽肩膀上扛行李压出的褶皱，提了提裤子，老何不耐烦，但也由着云升做了。

还给上了茶，配上七八块桑叶点心，这是当时汤显祖在任时的待客之礼，规矩还没变。

没坐多一会儿，一句招呼声从侧堂传来：“汤大人！”声音尖，当今皇帝亲自任命的两浙矿监总管、遂昌百姓口中的“搜山使者”曹金小跑着过来。他是个和绰号不相符的胖子，走起路来一步三颤，半举着胳膊，要抱汤显祖。

倒是做得一手好戏，你我何曾这么熟络过？汤显祖没让他抱着就急忙跪下：“死罪死罪，草民汤显祖叩见曹公。”

“哎哟，哎哟，”曹金一脸惊慌，扶他起来，“汤大人您这是，何来的死罪？”

“在下如今草民一个，曹公叫草民大人，草民这不是死罪是什么？”汤显祖缓站起来，却仍弓着身子。现在我不认自己是官，你也就别拿官话来压我。

“欸！当什么呢，叫惯了大人，改不了口，汤大人一日为官，终身为官。”说罢曹金大笑了几声，发现汤显祖身后的何家父子，“这二位是……？”

“家里下人，老何，小何。快叩见曹公。”

“免，免。都不是外人，自家人不行礼。”曹金胖手一挥，老何半曲着身子正要跪，当即就直起来了。曹金也没理会，却看见了旁边的东西：“这还带着鸡来？”

“乡野村夫，没给您准备什么东西，路上乡亲见着草民，给了些山里打的，东西不值钱，在个新鲜，曹公可别挑。”

“服！汤大人在遂昌五年，民心所向。急流勇退，朝廷之殇啊！”

“是草民才疏学浅，负了皇上和曹公的栽培。”我有心治世，却奈何不了你们折腾。

曹金一摆手：“如今我羡慕你呀，你是当世文圣，即便辞了官，也逍遥快活。我呢？自小长在宫里，一身臭肉，撒个尿都撒不远，除了拼死给皇上卖命，我身后没路啊！”

曹金微侧着身子，眨巴着眼望着汤显祖。

孔圣保佑，老何你千万别笑。汤显祖笑着说：“曹公这般得皇上信任，有的是前路。”

“嘿！”曹金掐着脖子怪笑一声，拖着长音，“哪儿啊，汤兄一走，就是把我的前路给堵了！”

“曹公言重，显祖先前不过边塞小吏，能管得了什么。”是，我就是把包袱给你，又怎样呢？我不当你的替罪羊。皇上差来给他挖金子的是你，不是我。

“哎！你我心知肚明。”曹金话如刀划竹叶，带着几分嘲讽，“话说透没劲，汤兄，我没半分怪你的意思。说一千道一万，被皇上差来采金的不是你，是我。这个事，你可以辞，我，没法跑。”说完他严肃的胖脸，裂开了一道沟壑般的笑，声如裂帛。

刚才那些都是假笑，这才是真笑。这太监大半辈子在宫里，每句话都带着刀，每一个笑里都藏着毒。此时此刻，他大概恨死我了吧？

怪你名字里有个“金”字，汤显祖此刻，多少有些幸灾乐祸的心思：“听人说，现在拉龙过了，曹公可以放心。”

遂昌金坑是个旧坑，万历下令复采前，积水已百年，坑中积水从复采那日起，一直没停过，算来已有两年。

拉龙是排水的法子，选丈余长的竹子或木，竖着切两半，再挖成中空，呈一头封口的船形，另一头敞着，横卧水中，矿民一人一龙，数龙一组，分十余组，不分昼夜往来拉水。

“怕的就是水排空了之后。”曹金喝了口茶，脸上写满了忧愁，“遂昌的水满在金坑里，是百年前的旧事，咱们尚能推脱给祖宗，现在水给排光了，要是还采不出金子来，这，汤兄，该推给谁呢？”

算你活该，“搜山使者”是你，况且我上疏给皇上的奏表里，也明明白白写着此举劳民伤财，且未必能有所获，是你一再向皇上担保此处有金，现在又怕挖不出来了？

“探金采金，原本就是老天爷赏的，难免……”

曹金没等他讲完，就斜眼扑哧一笑：“曹某虽不在朝野，但多少也能看出来，汤兄这些年官场的弯路到底走错在哪儿。”

走错在我不能像你们这般无耻谄媚，走错在我必须守着为官不伤民的底线。“汤显祖才质鲁钝，愚朽不教。”

“行！你是好人、好官，治小县、管小民，大手儿一个。但这个事你我是伺候皇上，皇上要的东西——”曹金拿手指轻轻敲着桌面，

“你再好好想想？”

什么意思？

见汤显祖不说话，曹金凑过身前，看了看汤显祖身后的何家父子。不等汤显祖示意，云升拉着父亲退后了几步。曹金才小声说道：“咱说透亮点，这遂昌金坑里能挖着金子，给！挖不着，也得给！”声似蚊咛，却猛如虎啸，“你那句‘老天爷赏的’，可对付不了咱们陛下。你好好盘算盘算，遂昌能给什么？”

能给什么？你在这儿住了一年多，还不知道？

“此乃朝廷机要，草民已不是遂昌县令，不该妄言，只是这遂昌地处偏僻，物产稀薄，所产之物，无外乎些土产。”

“呸。”

曹金把口中的余茶叶子吐回杯里，斜着眼睛瞄着汤显祖，变了脸色：“翻来覆去就这几句，你以为你辞了官，这事就脱了干系？没直接砍了你，你以为是皇上开恩？你以为是朝廷里有人给你求情？好好想想，想砍你的头，什么时候更容易点？”

一语点破，汤显祖也想过此节，自己辞官为何如此顺利？他屡次上疏停采，已是障碍，但杀掉他后文官们难免口诛笔伐，于是就准了他请辞，让他当平民。若他继续添乱，再随便找个地方上的罪名安在他头上，撒上黄土一把，世上谁会知道一个草民的命是怎么没的？

自己虽然脱离了官场，终归还是命悬一线，但现在，也没的选。“陛下仁慈厚德，留显祖不死，草民感恩戴德。只是这遂昌政务、矿务，实在没有草民说话的份儿。”

“蠢！别说当不成官，怕是你这个脑袋都留不住！”曹金的脸色越发阴沉，“北方三围匪患，处处都是要钱的地方，你们不是皇上，你们不急，等脑袋搬了家，你们跟谁去哭？枉你汤显祖会写几个字，连这个道理都不懂，你要脑袋何用？”

他急了，这副嘴脸，汤显祖早看够了。你骗鬼呢？分明是万历喜好金物，要拿金子装他的内宫。

“汤显祖如今草民一介，死不足惜，只是望曹公明白。”汤显祖镇了镇喉咙，看着他的眼睛，“自古云，金脉乃龙涎所凝，金脉即龙脉。遂昌所蕴之金，富汉、唐、宋三代，实乃旺国之脉，如今枯败，实乃三代气数已尽，此刻若强逆天命复采，必断我大明龙脉，此为一；二者，遂昌自古穷山恶水，有居所者方不过千户，其余风寒露宿，若增税以替金课，必生民变，此乃断我大明民脉。”

他知道自己每说一个字，曹金的脸色就难看一分，但怎么也没想到，说到最后，曹金会发疯。

“断、断、断，断你奶奶！”一杯热茶泼在汤显祖脸上，“没完没了，还反了你了！”

欸？

汤显祖被热茶泼脸，又烫又疼，惊得魂不守舍。这是皇帝钦差太监，怎么撒起泼了？

但马上，更泼的人来了。

老何从身后一步上前，一把掐住了曹金的脖子，嘴里骂着：“你个没鸡子儿的太监！”

疯了？

汤显祖魂都飞出了窍。

该死！该死！这个做事不动脑子的莽汉。

老何嘴里兀自咒骂不停，遂昌土话连着口水泼洒在曹金头上。曹金发出的怪叫被紧捏在喉咙中，发出尖锐的咿呀声，惊恐万状，四肢乱晃。

汤显祖的怒喝和云升的哭叫比乡兵的拉扯管用，老何终于被拉了开来，两个乡兵死死把他按在地上，捆成了个粽子。

“死罪！死罪！”汤显祖重重跪地，磕起响头，云升也一起哭着磕头。

汤显祖此刻悔到无以复加，心口积的苦水，怕是怎么拉龙也拉不干净。真不该带他来！

曹金捯气费了好一阵工夫，张大了嘴在那里喘气，像极了那些被自己钓出水底、在水面翻白的鱼。这个深宫里娇生惯养的太监，没挨过这种打，被吓了个半死，瘫在椅子上扭动，又指了指云升，乡兵把他也绑了起来，跟老何一起押了下去。

“求曹公饶他父子俩性命，草民必舍身相报，若他俩死，草民绝不苟活！”

求饶，只能求饶，阿弥陀佛，孔圣保佑。

听了这话，曹金一声长长的呻吟，算是缓过了劲，扭动着身体坐正了，又剧烈地咳嗽了两声，哑着嗓子费劲地说道：“汤显祖，你口出大逆之言，你那……你那个谁，胆敢杀害陛下钦差，都是死罪……死罪！”

“全怪草民教导无方，愿二罪并罚于我。”说罢，又磕了几个响头。

曹金喝了口茶，又咳嗽了半天，才说：“死不死，活不活，我做不了主。为皇上办事挨了杀，这事得皇上定。”

可事提不提，在你。

“你啊，”曹金清清嗓子，“管不好自己的嘴，也管不好下人的手。这要是换了马堂，这会儿估摸留不下全尸。”

这是实话。“求曹公开恩。”

“得看你。”曹金从怀中掏出一封信给汤显祖，“宫里来人颁的。”

同样的信封、信纸，皇帝御笔手写，汤显祖见过两回，不假。信里对各矿监太监采金过慢严加训斥，勒令各地加紧进度。

“信就这一封，几个金坑走了个遍，到我这儿是最后。催金的手谕这是第三次了，再交不上金子，大家伙儿得掉脑袋。以皇上的脾气，我的先掉，然后你的，再然后是山里那一坑人。”曹金的眼神从信移到汤显祖的脸上，“我改不了掉脑袋，能改的是先后。”

你现在已经能先砍三个了。

“遂昌有金没金，皇上不管，要的是钱，金的银的，带色能花的就行。遂昌山里挖的，坟底下埋的，枕头下头塞的，都是钱。挖不出金子，那就凑去。”

你终于把这句话说出来了？

“这是断民脉。”

话没说完，曹金猛地给了他一巴掌，没什么力气，不疼，但突然。跟着他狰狞着抓住汤显祖前襟拽近了过来，口中一股臭气：“少他妈摆弄你那张酸脸，我见得多了。没钱给皇上，全他妈得死。汤显祖你再让我听见半个不乐意，我去后院亲手剁了你们家那俩要饭的，完了再剁你，你信不信？”跟着又补了一巴掌，“你他妈信不信？”

大明朝快完了，铁定是快完了。汤显祖心想，如果没有老何父子，此刻自己就算一口痰吐在曹金脸上，然后被他剁了，也不愿再与他同流合污。

汤显祖心里激血，脸上却是一团绝望的平静，缓缓说道：“你想怎样？”

曹金放开他，抖了抖手：“法子不是我的，山东陈增先前就用过，知道？”

不知道才怪了！遭天谴的东西！山东矿监陈增先预报了巨量年产，后产量不足，挟地方官员为爪牙，勒索当地富户补足年产，并连掘当地富户祖坟强取墓中金银，有不从者即冤定罪名法办。为此文官累次上疏澄明恶行，求罢免惩办陈增，但又怎样呢？万历只认钱，不认是非。

中涓凿空山河尽，圣主求金日夜劳。但愿我有幸，看着大明朝早早归进尘土。

“两件事：第一，先盯矿，现在坑里的矿民全是懒货，我的人天天在那儿盯着，还是出工不出力，打着都没用。这些人不认皇上不认我，但是认你，你得盯着。水头些天就排清了，现在往外头淘泥，爆山的家伙也都进去了。”曹金敲着桌面，“十天，我得见着金子。能出了货，天下太平，你钓你的鱼，我做我的差。”

如果出不了呢？

“要是出不了，就是第二。”曹金从怀里掏出个镶着金边的簿子，扔到了汤显祖怀里，“这遂昌有钱的，你按人头给我往上写，送你这堆土货的我不要。”曹金踹了踹身边汤显祖带来的礼，两只倒挂着的山鸡吓得拉了几滴稀屎。

曹金厌恶地站起身来：“陈增那套连商带农都搜的法子，是吃鸡不清屎，我还嫌脏。我只要有钱的，遂昌本地住的，连正主迁出，祖坟还在本地的，都算。活人的钱凑不够，坟里找死人要去，数凑够了两万，今年咱还有脑袋吃饭说话，没凑够，这县牢，直接改坟地算了。”

汤显祖胸口里似是腾起一团火焰，到年底只有三个月，两万金？遂昌金坑已经数百年，所藏剩余够不够两万两都难讲！

是他们想贪污。

汤显祖知道这里头的把戏，陈增、马堂、赵钦、高淮，万历派出的每一个矿监税监，无一例外地雁过拔毛，分明逮着只鹰，送到皇帝眼前的是鹌鹑。

认命吧，这大明就是这般，暗无天日，人间苦难。

“懂了吗，汤兄？”曹金又笑眯眯地扶起了汤显祖，“刚才多有得罪，汤兄莫怪哟。”

“十天？”汤显祖直视曹金的眼睛，“不够，怎么办？”

“那就多找点人。”曹金咧着嘴又笑了起来，“有抓鸡挖菜的能耐，坑里刨矿去。”

事到如今，只能走着看。现在水、泥都排了，引风四天后施火爆，六天时间，不管金子银子，够见着了，哪怕只见着一丁点儿，也能证明遂昌的矿还在，大家就有活路。

“我的人，怎么办？”

“好吃好喝，不打不骂。”曹金拍着汤显祖的肩膀，“什么时候他们走，得看你。”

恶鬼掐死你罢了，没鸡子儿的太监！

“坑里，谁在？”

“刘忠、陈兴旺，二十几个番兵，还有三个锦衣卫。”

刘、陈两个恶狗一样的东厂太监，矿里的人，肯定没少受罪。

“借曹公马。”汤显祖实在不想和他多说一句了。

“随汤兄拿。”曹金喝了一声，“给汤大人备马！”随手从腰间拽下来个墨绿的鼻烟袋子，“进坑给锦衣卫看，他们认得。”汤显祖单手接过：“显祖告退！”

曹金咧嘴笑了：“快去！快去！别耽搁。”

汤显祖大步往外走，乡兵慌忙牵过马来。马倒是好马，轻轻一踢肚子就蹿了出去。你也知道我一刻都不愿意耽误吗？你也知道我要去救人？这年头，有的人真的还不如畜生。

于是他又一踢马，加快了速度，向县城外飞奔。路旁的乡民一脸错愕，连话都不及问，只能目送他远去，彼此间瞪瞪眼睛。

遂昌金坑离县城二十几里，虽不远，但路不好走，坑洼弯曲的旧时矿路已经荒败百年，重拓这条路就用了多半年。说是拓，其实就是把路上的落石移开，大的石头用火爆轰开，小的直接投入道旁山涧。

待拐过了十来个山脚，进了矿坑所在的山谷，日头已到了山尖，今晚是回不去了，汤显祖也没打算回去，接下来的这些天他要死守在坑里，直到采出金来。

“老爷？”一个娃子从谷间河滩上叫了起来，光着屁股，朝汤显祖拼命挥手，跟着扭头扯着嗓子喊了起来，“汤老爷来啦！”

一排脑袋从河边的草荡子里探了出来，几十个，有男有女，大的十岁不到，小的还只能爬，团在其他孩子怀里，小脑袋们欢叫着跑了过来。

一张张黑脸，耷拉着鼻涕，都衣不遮体，唯一干净的是眼睛和笑脸。

汤显祖看了他们，好一阵心酸。

都是苦命的后代，大明朝真真正正的草芥，在脏床上出生，在暗无天日的坑里刨命，又在脏床上死去，祖祖辈辈反复如此。自己苦读、入仕，不就是想改了这些人的命吗？可此时，自己却无能为力。

不！还有的救！

“你们爹娘呢？”

“在坑里。”一排排小手指向半山腰的金坑。

“你们谁跑趟腿去我家？”

“我！”一个半大小子叫着。汤显祖认得他，叫韦阿大，个子比别的孩子粗壮不少，于是点头：“去把你何娘叫来，越快越好。”让何娘带着盘缠住县城，守着老何，说罢汤显祖下马：“会骑马吗？”

“不骑，马没我快！”说罢，韦阿大就提提裤子跑了，确实比马还快。

于是他继续往矿口上走，小童们在他身后吵闹地跟着，还唱起了歌。

离矿口半里地，有个半截土坡，坡上拿砖泥堆了几间伙房。两间大房，是给矿民住的，分男女各一间。还有两间小的，一间住的是三名锦衣卫，另一间原先是汤显祖来时住的，他辞官后就给了太监刘忠和陈兴旺，现在收拾得比其他房子整齐了许多，屋顶还添了瓦片。

坡顶门口站着的是司马拓，三个锦衣卫中岁数最大的那个，硬朗的身子像棵树。

锦衣卫平时是轮哨，一人在外守矿，两人下到坑里。他站在坡顶，应该是早就看见汤显祖从山脚拐进了谷，待汤显祖近了，才从坡顶跃了下来。土坡高八九丈，他只在半途坡腰中的石头上过了两三下，就轻巧地落到地上，落地时腰不弯腿不曲，一身的能耐。

“汤大人。”司马拓拱手行礼，声音直嗓子，是北方汉子。

“草民一介啦，不是什么大人。司马大人，劳烦带我进坑。”汤显祖俯首回礼。

司马拓没再言语，只是上下打量着汤显祖。

“忘了忘了。”汤显祖掏出曹金的鼻烟袋子，“来得急，给了这个。”

司马拓接过，看了看，又递回了过去，侧身让路：“请。”

后面的小童们吵闹着跟了上来，被司马拓微瞪了一下眼吓得呆立住了，再一瞪，小鱼般跑开。有几个胆大的没走，求他：“叔，让我们进去吧，爹他们七天没出坑了。”是韦阿大的弟弟，叫韦阿二。

我的天！

“七天没出坑？”汤显祖问。

“是，吃住都在里头。”司马拓微一点头，一脸沮丧，扭头对小童说：“别闹，里头黑，乱跑迷了路，你爹都救不了你。”

“回去，见了你爹，我跟他说。”汤显祖知道这些娃的爹都是谁，一百多个矿民，他记得每一个人。

汤显祖快步疾走，司马拓跟在后面，不见急，却始终没落后于他。

“汤大人已经辞官，曹公怎么还授您矿务？”司马拓是锦衣卫，不归曹金的东厂管，但是要管矿，该问的事仍是要问的。

汤显祖实在是没心情把今天所遭遇的讲上一次，只是回了一句：“他限令十日内，见着坑里出金。”

司马拓一愣，微微沉思了一下：“要把刘忠和陈兴旺找来？”

汤显祖停下，这什么意思？“他们没在坑里？”

“嫌矿上饭粗，进山抓野味去了。”

“逼着矿民干活儿，他们却玩去了？”

司马拓虽然面无表情，话里却带着别样的味道：“矿监矿监，只要矿，谁真的监过？”

还不如你们这几个锦衣卫。“你两个兄弟，在坑里？”

“是。”

“还在帮矿民做工？”

司马拓点了点头。

唯一难得的是这三个锦衣卫，汤显祖打量了打量司马拓的手，漆黑粗糙，显然是在坑里做了许久的矿民的手。

司马拓、梁义辰、卫华岬，三个锦衣卫出淤泥而不染，他们是这个遂昌金坑仅存的暖和人，能和这些苦命的矿民不分彼此，亲如兄弟，若是没他们，只怕这些矿民早被番兵们欺打透了。

正要继续走，司马拓却没动，问了一句：“汤大人，司马拓是个粗人，想问您个道理。”

“您讲。”

“这坑里，到底有没有金子？”

“有人说，就算没有，咱也得变出来。”汤显祖看着他的眼睛。你明白我的意思吗？你当然会明白，你不是粗人，复姓司马，你祖上可都是聪睿通天的人物。

“变不出来，这些人会死吗？”

死？

汤显祖凝视着近在十丈开外的矿坑洞口，那是个经历千百年挖掘的古老矿坑，地下延绵的坑道如同树根错节，阴沉幽暗，仿佛通到地府。

欸？

眼角的余光之处，是什么？汤显祖眯着眼看了看，不是矿民的箱子，是官箱。他又往前走了几步，看清楚了，箱上刷了个黄道儿。

忽然一件事猛地冲入汤显祖脑海，回想起曹金的话如同巨钟敲过——“水排光了，淤也清了，爆山的家伙也进去了。”

“火硝？要拿火药爆山？”汤显祖急问。

“陈兴旺刚从北京提的，说是火爆的法子太老、太慢，要直接炸。”

重要的不是怎么爆，而是什么时候爆。

“哪天排完的水和淤？”不祥的黑云爬到了他的脸上。

司马拓也愣住了。

“妈的！快说，哪天排的？”汤显祖骂了起来。

“前天。”司马拓的声音里也满是惊恐。

汤显祖怒骂了一句：“谁定的今天爆？”

“刘忠。”

“没人说给他？风柜都不铺完，闷亮还没过火，就爆，还用火药？”汤显祖的声音已经颤抖到自己都听不出来。

“矿民劝过好几次，说不该使火药，劝了就挨番子打，我们拦，还是打坏了三条胳膊，说今天要是不爆，就得死人。”

一群疯狗！这是要命的差错！

没等他回过头，矿洞深处传来了一声沉闷的轰鸣。

天！

汤显祖的心跳戛然而止，喉骨卡在了脖子深处，那是坑洞深处火药爆炸的响声。跟着，他想到了更可怕的事情——他们，那些矿民怎么不出来就炸了？不对劲！这不对劲！

“快进！快让他们出来！”汤显祖抄起洞口旁竖着的掘棍，往坑里跑，“不要命了！盖被了怎么办？”

司马拓紧跟两步就超过了他，可噩梦远比他们的脚步要快。

又一声巨响，地都动了几动。

“天！！”汤显祖一声惨叫！

他听得出来，这不再是火药爆炸之声，而是巨岩轰塌的声音，如怪兽怒吼，如轰雷迎面，如山崩眼前，虽然远在坑洞深处，但转瞬即到耳畔。

完了，完了！

盖被了！盖大被了！

刹那间万念俱灰，一年多来，他每时每刻都在惧怕着的这个声音，终于无情地来临。

他眼前一黑，绝望比黑暗更凶猛地笼罩住了他。

有水，四矿害之一。拉龙处之，排水清淤后，地下水脉变化，岩石罅隙松软，遇雨则闷热潮湿，岩石不固，为四矿害之二闷亮。需引风固岩，并以巨木为梁支撑罅隙渗水处，十日后方可小量火爆。汤显祖盘算用引风伴烧干草，可以救急，使十日缩在四日，万不承想，一天都没给他，两害未处理妥当就爆，还用的是远比火爆威力大出多倍的火药爆山！

盖被，四矿害之尽！

碎硖砸身，万劫不复，草芥蝼蚁，无处逃生。

愚蠢、该死的太监！一群群的王八蛋！一百多条人命在里头！汤显祖疯了般嘶吼起来！

不！他们不蠢！他们知道风险，打猎是假，离坑躲祸是真，成了就成了，不成也不会死了自己。

“兄弟！”司马拓疯了一样狂叫着冲进了洞中，向黑暗的深处冲去，黑色的长袍如闪电一闪即逝，随即一团比他长袍更黑的尘土冲出洞口，遮盖住了他的影子。

“被还没盖完！”汤显祖被坑洞里涌出的灰尘拍打得张不开嘴，口中无力地吼叫着，直至口中、双眼被烟尘堵满，站立不住跪倒在地。

回来！

又一声巨响传来，这一次更长、更缓，细碎密麻，那是巨石落下后，连带着更多散碎石头陆续掉下。

啊！

遂昌金坑完了，一百多条命啊！

汤显祖绝望地嘶叫，一声声弱了下去。

他跪着，在烟尘里痛哭流涕。

说来奇怪，有一瞬间，他的脑海中闪过另一个事——怪不得自己没有钓上鱼来，知道大难来临，那些鱼早已逃之夭夭。

人真的比不上畜生，鱼都知道大明朝的金脉断了、龙脉断了。

身后，矿民之子围拢到他身边，瞪大着眼睛，盯着漆黑如地府般的洞口。

那里似乎传来了濒死的冤魂同样绝望的呼喊——

阿大！阿二！阿大！阿二！

阿大，阿二，阿大，阿二……

章拾柒
弃牌

“那时候遂昌山里有种鱼，老大，黑身子，还有黄白花，可凶咧！吃鱼、吃蛤蟆，还吃水耗子，那会儿我们爱逮，逮来放一起看它们咬架。”

梁正沉默不语，盯着眼前奔流的河水发呆，耳边是韦阿大和自己一样流利的官话在喋喋不休。

“你爹来了之后，见我们抓，也不说啥，就干了件事。”

听见他说自己的爹，梁正就看了看他。自己小时候爹总是不在，横竖没见过几回，那时岁数又小，对爹其实毫无记忆。若是他们说的是实话，爹和这一坑人朝夕相处了两年，他们该比自己还知道爹。

阿大也知道这事值得再讲，就又说：“那天我记得太阳最毒，他带着我们下河拿网子拽上来一条，就在坑口那河里，那老大个儿。”阿大比画了比画，笑着又说，“我们猜他是想抓来吃，可没想，他也不抓上岸，就把鱼放在水里揪着，让我们看，你猜咋？还不得好几千只芝麻大点儿的小鱼崽子，紧围着那条大鱼。你爹就说——”

他学着，那表情，那声音，是真的换了张脸，一个自己熟悉又陌生的人：“这鱼啊，生了小鱼，爹娘都死死在边上护着，谁来咬谁。

小鱼见了爹娘被抓着，也会紧拽着爹娘往回，拽不回来也不走，要死也死在一块。赶上水里没吃的，爹娘要饿死，小鱼还会往爹娘嘴里跑，拿自己肉让爹娘吃。”

韦阿大又看了一眼梁正，回到了他本来的样子：“噢，对了，他还说听老人讲，这鱼死了同一窝的鱼，还会哭叫。”

哭？

梁正心里一疼，眼睛发紧。不对，就算他们给自己讲了遂昌那场矿害，还是有太多疙瘩没解，没法全信。可不知怎的，听他讲这些，自己宁愿信是真的。

“你爹说这鱼叫孝鱼，让我们别逮了，还敲我们脑袋说——要是你们见了爹娘没了命，你们咋办？”韦阿大揉了揉脑袋，又说，“打那以后，我们多饿多难，再没吃过那鱼，真的，我们啥都吃过，就不吃那鱼。你爹说，吃了它们，就多了一群没爹没娘的鱼崽子。”

阿大跟着就别过头去。他怕看见自己眼睛湿了，怕让自己难堪，还是他自己也……

过了好一会子，阿大揪了根河边的狗尾巴，塞在了嘴里，狗尾巴头子一下一下地晃荡，他吸溜着鼻涕。

“那天盖被，阿二他们跟那堆小鱼崽子一样，往里跑，汤老爹撵都撵不过来，结果冲是冲进去了，可又埋里头两个。”阿大嘿嘿笑着，“那会儿小，啥都不懂。那么大一床被盖的，山都稀碎了，能让我们几个小崽子刨出人来？汤老爹叫来的村民，上百人刨了七八天，救出来的才就一个，还是我们爹，他抢在阿二前头进了坑，没跑几步也给埋了。”

司马拓，那个装疯卖傻、风烛残年的锦衣卫。他瘫了的下半拉身子，就是这么来的。那场矿害之后，他就不再是锦衣卫，而是这些矿民之子的爹。

“我爹真在里头？”梁正问，又似自言自语。这差不多是他从那晚之后的第一句话，他知道，自己是明知故问。

阿大点点头，又说：“你爹我爹，剑锋他爹，所有人的爹娘，都在里头，可刨不出来。听汤老爹讲，山里头水道兴许都改了，要么就是人给碾烂了钻了土，要么就是顺着水化给了鱼。”

自己听过那火药爆的动静，似是在心里又响了一回，操他妈的，疼死！疼死！疼死！梁正捏紧了拳头。

“他们说，我爹死在辽东。”

“呸！”阿大把嘴里的半截草根吐了出去，草根头子平着扎进水里，也有能耐。

跟着他又笑，那笑带着凄苦，也带着恨：“操他妈的官府，能说实话？他们还说是我们用错了火药咧！操他妈的，倒赖给了我们？几个狗日的太监听见了响动，都没敢进矿，跑得比麻狸子还快。我们去县衙找他们说理，跟着太监就调兵来打我们，那么长的枪——”阿大比画，又嚼了口草，“顶着我们脑门撵，让我们滚。汤老爹还给关了。我们爹，说是锦衣卫，那就是他们不要的狗，扔在矿上，腿都烂了，要不是老百姓可怜我们，我们早他妈死了。”说完，韦阿大提了口气，吸了吸鼻涕，又说，“押着、打着逼我们爹娘挖坑刨金子，死了人就他妈当我们是野狗，操！汤老爹说，那火药，我们不让使，是他们瞎鼓捣点着的——哥，你知道我在火药局那晚上为啥怕了吧？到现在我还怕。我天天做噩梦，天天梦见我爹我娘在遂昌那坑里头叫唤，还有你爹，也跟着叫。哥，我知道，他们是活活疼死的。我一闭眼，就梦见他们在地底下拿手挠硖头，梦见他们手上、脸上都是血，哥，我就……”

阿大的眼泪掉了下来，他垂着头，小声嘟囔着：“操他妈的官府。”

梁正的眼泪，也终归是没忍住，爹和剑锋他爹是怎么死的，从头到尾都没有个交代，只是简简单单几个字——走差没了。没有尸首，没有案由，甚至娘都不知道他们是不是真去了辽东和河南。原来，是给那万历去挖金子，怕露了线头贪了金，就不交代。出了事，又怕问责，才又不给说法。

对二人来说，一直都以为爹死得没名没姓，可若阿大说的是真话，就是何止没名没姓，简直死得尸骨无存，到哪朝哪代都刨不出来。

“我爹，是啥样的人？”梁正又问。

“好人一个！跟卫大哥他爹，都好。我们爹娘在坑里干活儿，他们也轮着班跟着干，比我们爹有劲，那独轮装硖头，单只手都能推着，赶上石头稀，拿手都能捻开。你行吗？”阿大抹抹脸，嘿嘿笑着，又看过来。

爹的能耐该是比自己强，梁正摇了摇头，可又有什么用？该死，还是没名没姓地死。

“那会儿你爹说，刨完了遂昌的坑，就让我爹把我们给他带走，去北京，打小掰我们，让我们当锦衣卫，说是刨土挖矿，传不了代。我娘不干，当娘的怎么舍得离了儿？死活不让我爹答应。我爹扛不住我娘磨叽，就跟你爹嘀咕，你爹想都没想，就说——”他又学，“那就一起走，跟我们过，好赖都能有个营生。他俩跟正儿、锋儿，认把子。”

阿大又吸溜了一下鼻涕，可能是眼角鼻梁太酸，吸不利索，索性按住鼻孔擤了出来，这一擤倒好，又把眼泪挤了出来，慌忙一把抹去，傻笑了起来，又说：“那天在诏狱见着你俩，我跟阿二跪下哭，是你俩跟你们爹那时候一样一样的，除了你那胡子，当时惊得我，悬没把屎挤出来。”说完大笑了起来，可鼻涕流得更多了。

怪不得，当时你俩哇哇地哭，原来是这回事。

“你俩扮戏瞒了我们快一年。”梁正又望着河水。在他心里仍对所有人存着疑，这件事实在匪夷所思，一群对朝廷身负血仇的矿民，被一个残废的锦衣卫带着，在云南深山里花二十年挖了个金坑，两个矿农拿一块金疙瘩当钩子，一路坑蒙拐骗去了北京，引来官府的人，杀了报仇，这怎么听怎么像是戏园子里的戏。

韦阿大也收了笑："是戏，可在我们手里，就做成了真。"跟着他递过只手，手心里是几颗黑绿色的果子，像杏仁。

什么东西？

"这东西，叫麻癞子，有这东西，这戏就做得出来。"

梁正捏过来一颗，仔细打量，没瞧出疙瘩来。这果子有啥能耐？

"吃一颗，只是恶心、发烧。"阿大嘿嘿一笑，"吃上十几年，哥，什么打都扛得。"说罢，他从怀里拽出来把小刀，撸平了袖子，在胳膊上深钻着一个眼子，血呼呼地涌了出来，可那脸却仍是笑着，没看见眉头拧一下，没看见眼皮抖一分，宛似什么都没有。

吃这东西，不怕疼？梁正心里一惊。

"爹这二十六年，把锦衣卫、诏狱、东厂都琢磨透了。"韦阿大收起了果子，"要骗过天底下鼻子最灵心最狠的人，不发狠没戏。先要扛过去打。诏狱里打人的法子传了上百年，没失过手，也没人能扛过去，钢筋铁骨硖头嘴，他们都有法子撬开，是人就得服软，是人就得怕疼。可偏巧，遇上了我们不知道疼是什么玩意儿。这一身肉，随他们糟践。你说，他们能问出实话？"

自己不让卫剑锋去诏狱，就因为那里不是人间。梁正点了点头，想瞒过他们的打，除了不怕疼，还得心狠，舍得祸害自己。

"你们就没想过，一个眼神露了馅儿？"再怎么不怕疼，眼神、表情、心思，还是会写在脸上。

韦阿大嘿嘿一笑："我装蒜露过馅儿？"

没有，从见你那刻起，你就是个老实巴交的山里矿农，可现在，我觉得你是另一个世间的人。

“走，带你去个地方。”阿大起身。

自己在这河边坐了一整天，也该走走了。梁正心想。

二人沿着河往上，走了估摸二里地，绕到了山后，又沿着河边一只脚踩出来的路上了山，一路没了树和草，皆是硖头，山又极陡，像刀一样戳在地上。跟着拐了半个弯，对面又是另一座一模一样的石山，和脚下这座伴着肩，却又不相连，活像原本连在一起的山，被从中硬砍了一刀。那刀口最下面，是几十丈深的悬崖谷底和那发了疯般湍急流淌的大河。

两座山之间连着两条铁链子，悬在半空之中，被风吹得摇摆不定。

“哥，我们装蒜的能耐，在这儿练的。”阿大又是古怪一笑，看着一脸蒙的梁正，见他不懂，就转过身，走了上去。

疯啦！底下是悬崖！

梁正吓得魂都没了，想伸手去抓，却没抓住。

只见阿大左右脚各踩了一条链子，大步地走向对面的山。脚似是粘在了铁链上，身子却在左右摇摆。风婆子见他上了链子，似是急了眼，非要把他扔下去一般，呼啸着用狂风拉着拽着他，让他每一步都踉踉跄跄，仿佛随时会掉下悬崖。

阿大放声大笑。

梁正瞪大了眼珠，心提到了嗓子眼。

直到阿大走到两山当间，竟然还能在上面转个身来，风吹卷了他的头发如同茅草，全身的衣服紧紧贴在身上，像棵硬挺在冬天的松。跟着他笑嘻嘻地看着梁正，身子晃悠着说道：“哥，扔硖头拍我！”

“快回来！疯啦？”

“拍我！”他非要让自己信不可，信他的能耐，信他报仇雪恨的心，信他没骗我。

梁正拾起块不大的硖头，扔了过去，没敢使劲，擦着他身子过去。那阿大的脸，一下就变成了一副乞求模样，眉角耷拉，抽泣起来：“老爷！小的知道错了！求老爷打我，使劲打我。求老爷，拿大的拍！”

那表情，就是当时初见时号啕大哭的样子，如出一辙。

又一块硖头过去，韦阿大闪身躲开，身子一歪，好悬没掉下去。梁正又是一惊，可再一看，阿大鼻涕眼泪还挂在上面，脸却又换成了一脸淫笑：“怎么着？想打完再让老爷疼你？”

跟着，下一个眨眼，又是一脸鸨儿般的腥臊媚态：“讨厌，老爷就会折腾人。”

再然后是狂暴，脸拧成一团，发着狠，成了疯子：“我打死你个没鸡子儿的太监！”

紧跟着又是委屈、号哭、阴毒、疑惑、惊恐，种种状状，在万丈悬崖之间，在被狂风吹得乱摆的铁链上，韦阿大每躲开一块飞来的硖头，就换一张面孔，像个活鬼一样，自顾自地唱起了戏。

这时，每一阵风，每一块扔来的硖头，脚下深渊传来的水的吼声，似乎都和他毫无关系，他每一张脸都紧盯着梁正，鼻涕、眼泪、尖叫、咆哮、颤抖，说来就来，毫无迟慢，毫无破绽。

直到把梁正知道的人所有能露出来的面容都使了个遍，韦阿大才轻轻巧巧地下了铁链，看着梁正那惊讶得目瞪口呆的一张脸，忙说：“别动！”跟着，他学着梁正，摆出了一模一样的一张脸，同样张大了嘴巴，失掉了魂儿，“这手儿，算不算能耐？”

这种练戏的法子，上天下地，古往今来，自己听都没听说过！

“爹说，挨打不疼只是第一环，外皮练硬了，还得练里头。上这链子，练的就是胆硬，刚开始还拴着腰挂着，到后来站上三年，世上什么事都不怕。练完了胆，还得练心，不让人揪着缝子，才能遇事压得住性子。拿石头拍我们，惊着吓着，久了才能心稳，遇事才不慌；最后是练脸皮子，得会装，吊在天上，挨着打，担着惊受着怕，练出来的脸才准，才能记得住。一个眼神歪了，一个声调偏了，都是差错。”韦阿大淡淡一笑，似是在说和他毫不相关的另一个人，“我们一坑人，太阳顶着得练，刮风下雹子也得练。”

“掉下去没命！”梁正吼他。

“没命，也是命。”韦阿大毫无表情地看着他，又指了指远处，“山那边还有几处，狼窝子，开水锅，竹尖子海，我们轮着去。”

疯子！疯子！梁正心里打着哆嗦。

“世上千万条路，我们能走的没几条。一帮穷山沟里的要饭花子，跟东厂斗，我们只能靠算计。”韦阿大坐了下来，看着对面的山，“天南海北，花子残废能去哪儿？爹当那大鱼，拉着我们一帮小鱼崽子，要饭过了五年才踅摸到这地方，只有在这儿，才能放开身子，把我们想的法子一点一点弄出来。”韦阿大又说，“这山高水远，又在出金的地方，好藏，易守难攻。”

“要真想报仇，该去北京。”话一出口，梁正就觉得错了。司马拓一个瘫子，带着一群毛都没长的孩子，怎么报仇？连遂昌的县衙都进不去。

韦阿大却没计较，只是悠悠地又说：“爹讲过，当官的眼里，这世上什么东西都能变色，就金子不变。谁当皇上谁当官，都他妈认金子，只要有了金子当钩，不用我们去，他们自己来，金子摆在这儿，不愁没人杀。你信不信？放跑的那个，没几天，就又得带人来。”

“盖被了！盖被了！”那天夜里司马拓的狂吼，自己就算离得远，也听了个真真切切。那是多大的刻骨仇恨？

要是剑锋死了，自己会不会和害死他的人拼命？梁正不敢想。

他没再说话，只是呆看着对面的山硖，一块一块，悬空错落，看似坚硬如铁，却又脆弱不堪。几滴水、几块浮尘落下，一小撮儿那种火药，那硖头转瞬就成了人头落地，它们砸在身上是哪种疼？爹真如他们所说被埋在那些石头堆里？为什么自己的记忆里娘说爹死在辽东？田尔耕到底为什么选自己和剑锋？如果自己不是和这些矿民有渊源在先，是不是也会被他们杀了？等等这般，疙瘩像脚下河水轰起的泡沫，起了又灭，灭了又起。

直到卫剑锋的声音在身后泛起了回音：“阿大，你爹叫你。”

阿大支棱着起来，看见卫剑锋对他点了点头，快步走下了山。

刚想到你，你就来？见了卫剑锋，梁正心里一阵火。有生以来，怕是自己从未对卫剑锋发过这么大的火，那晚他还给了兄弟一巴掌，那脸到现在还肿着。

其实打他那巴掌，梁正也疼。

“还恨我？”卫剑锋没坐在自己身边，站着看向远处。

半天梁正都没开口，心里却是一串儿霹雳炮仗砸向卫剑锋：我当你什么事都跟我讲！去诏狱提韦家兄弟时被涂文辅、许显纯堵住给你下这个差，你跟我说了吗？接东厂杀人的差？亏你是我弟弟！你还给那杨振和番子引路？好！就算你最后没当他们的帮凶，还把他们弄死，你就没错了？你就可以不跟我说了？你压根儿就没想过告诉我！你当我是什么？是你哥？

还有，路上你看出了韦家兄弟总洗澡洗头是毛病，遇着匪抄家伙带着能耐，夜里总醒闹头疼，这些事都只是疙瘩，犯不上起疑，那你背着我夜里进这矿探路，戳破了司马拓和这些矿民的底，还看见了那一百三十四个牌位，看见了你爹我爹的牌位，这些事都一个个保真没错地戳在眼前，你为什么不告诉我？你为什么不说半句？你瞒得我死死的！

你还麻翻了我，和他们一起杀了那群你带来的人！还杀的是东厂的杀人鬼活阎王，他们是比杨振还惹不起的番子！你要咱俩以后怎么活？咱们回不了北京！咱们当不成锦衣卫了！我们刚过了几天安稳日子？我们现在是匪！大明朝的匪！

梁正心里的火，烧进了脑袋。

"从小到大，我不知道你能瞒我这么多事。"心里的千言万语，嘴上却只能轻轻说一句。

"我要是都跟你说了，你会咋办？"

"跑！带着你跑！"梁正吼道。

"往哪儿跑？"卫剑锋是不敢跟自己吼，但声音也带着顶头，话更是冰冷如刀，"天上地下，哪块地不姓朱？哪条河不姓魏？"

只这一句，就能把自己憋得没话。

山谷回音里，"魏"字如雷轰鸣，遮住了大河滔滔。

是，能跑到哪儿去？这天底下，哪个地方是不归东厂管的，是锦衣卫去不到的？恐怕也只有这儿了。

"你信他们？忍了二十六年，为报仇？"

"我信！韦阿大我在路上就觉得不对劲，他早看出来我给杨振他们引路，也没动手害我，那坑里他们给咱爹刻的牌位不是新的！那天晚上这一坑人给我看了本事！他们爹知道我们爹所有的事，也知道锦衣卫和东厂咱都不知道的事儿！他说的每句话，都扛得住我琢磨！最要紧的，他们有我爹的东西！"

梁正回了头，看了看兄弟斩钉截铁的脸，那张比硖头还硬的脸咬着牙说："这仇换了我，我也报！咱们爹死得没名没姓！他们骗了咱一辈子！哥！"

有生之年，没见过卫剑锋和自己如此顶嘴，刹那，梁正的心软了，也疼了。

兄弟二人再一次对视了许久，眼神一枪一刀，但这次，输的是梁正。

“可报给谁？那些番子是曹金，还是万历？”

“都一样，都他妈一样，谁再来，这仇我报给谁！”卫剑锋揪下了自己的锦衣卫腰牌，扔向了对面的山。那腰牌砸上了硖头，滚落到了悬崖之下，落入河中消失无踪。

直到回声被风婆子越拽越远，成了天边那朵云，卫剑锋才吸了吸鼻子。

“跑了的那个番子，会再带人来。魏忠贤要的东西，不会放，这一坑人早晚都会死。”梁正仿佛看到了一坑人不久的将来，一串脑袋，挂在车上、马上。

“田尔耕找到咱时，咱们就没了命。来的是杨振，灭完了矿民，就是我们。”卫剑锋冷冷地说道，“路上我跟你说过，谁想暗算咱，我有刀。”

那晚杨振要卫剑锋麻倒自己，再杀了矿民，然后就要对卫剑锋下刀，自己倒着，卫剑锋一对五，没胜算。

就算自己在，杀了他们，这天下又能去哪里？不管怎样，仍是无路可走。

梁正一生，从未如此绝望过。

于是他叹了口气，也解下了自己的腰牌，轻轻地扔到了悬崖之下，跟着缓缓地站起身来：“走吧。”

回去的路，比上山难走，脚再沉，也沉不过这时候自己的心。

被盖被摧毁的伙房还孤单单地摊在那里，这时梁正才注意到了硖头上的斑斑血迹。

盖被，矿民把夺去自己亲人性命的矿害，还给了害那些人没命的罪人——朝廷、东厂。

看了那血和硖头许久，梁正才觉察出了山谷里一片闹腾。矿民们从山谷的另一侧山里推出了许多东西，大车小车，乱成了一团，把一车车东西推挤到了坑洞门口，都是吃食。

成半扇的山猪，堆成了一座山，每扇都怕是得上百斤，从腔子到蹄子比人都高，这些猪肉全是熏腊妥了的，泛着黑红色的油光；同样的法子，还对付了岩羊，也是座小山，但羊肉不如猪肉出油，全都是干柴棍子似的，显然会是有特殊的吃法；还有一架子一架子吊起来的腊鸡，那东西虽也是熏干了，但走水里一滚，肉似是又能涨起来；熏成了的鱼，拿筐装了几十件，那东西再放到火上一蒸，咸香丝毫不比湖广的吃法弱；然后是土椒塞满了肚子的肥鸭，也穿挂了嘴，每一绑都是几十只；至于其他的野鹿、野鹅、会钻山的犰狳、下套子抓的兔子，多得都难以计数。

还有野菌子，好多梁正见都没见过，更叫不上名字，认识的有双头白、平盖、大花梅子、兰花菇，还有长毛的猴头伞，再长上眉眼，就是个猴子脑袋；寻常可见的田头、香菇，更是散乱地胡扔着，不分种不分类，都先晒干了不长绿毛，才能久放。

怪不得不再管那被砸毁了的伙房，这是要搬家？梁正心里正纳闷着，听见有人叫自己。

“梁正、剑锋！”

是司马拓，此时他坐在平滩上，阿大伴在身边，不时地招呼左右往来搬运的矿农，显是在指挥众人搬运。

那风烛残年的司马拓，自己爹的把子兄弟，虽然残废，只能坐在椅子上，但此刻再不是初见自己时的疯癫，而是刚烈、凶猛，不怒自威，让人无法抗拒，带着股不容分辩的杀气，像会说话的山神爷爷。这才是他真正的样子？那张疯脸，也是变出来的。

唯有那双眼睛，明亮温柔，像双手一样抚摩着自己的脸。“就正午头子能看仔细你，再让我看看。”

那眼睛里荡悠着眼泪，从上到下，仔仔细细地看着梁正的每个呼吸、每个眨眼。不知怎的，梁正竟然丝毫不觉得难为情，反倒觉得这眼神看过自己几十年了一般。

“像！跟剑锋像他爹一样，是一张脸，像我兄弟，像我兄弟！”司马拓声音抖着，看向天空，“义辰，你有后。”

“我娘说过，我爹有俩把子兄弟，一个是剑锋他爹，另一个太久了，我记不得名字。”梁正跪了下来，“司马叔，对不住您，孤子营里没您牌位。”

司马拓哈哈大笑：“这身瘫肉，最多算半死。”跟着指着梁正身后的枪，“给我。”又对身边的人说，“都起开，一丈半。”

一丈半？梁正一愣，他知道？

跟着，司马拓接过梁正给的枪，抚在手里，仔细端详：“一样，一样。”

跟着手腕一抖，枪似乎活了一般在他手腕上转了一圈儿。这是反身撩枪的起势。梁正眼角一抖，他会我家的能耐？

是了，他要让我信，让我信他是爹的兄弟，爹的手艺能耐，除非是兄弟，谁都不可能知道。

跟着，司马拓坐在椅子上，双手抡开自己的两把枪，风烛残年的老人，此刻眼睛里闪着精光，仿佛回到了青春年少，仿佛回到了兄弟切磋时的英姿勃发。

“义辰，你儿的枪！”他大叫着。

那枪银顶乱点，雪花纷飞。左右双七点、撩拐、上天梯、下七点，每一招都工工整整，和自己如出一辙。

梁正眼睛越看越湿，这都是爹枪本子里留下的能耐，没错，没错，自己早走过无数遍的招数，有生之年竟然看到了另一个人也使，梁正心里的疙瘩随着每一下血避子的甩动而消逝无踪！

“雪花半枪！刃柄同长。”司马拓边舞着枪边喊，跟着，他把双枪往前一递，在枪即将离手之际，双手扣住枪尾的铁核桃，双臂往后拽起，那是梁正无比熟悉的枪招。跟着就是两条银龙舞了起来，卷着地面上的碎叶碎碳，毫不留情，狂风暴雨。司马拓似是拼尽了他自己老迈身体里仅存的力气，也要亮给梁正看，此时他就像面镜子，让梁正仿佛看见了自己。

是我爹的兄弟！他是我爹的兄弟！他没骗我！天底下，没人知道这招！

待到身前似是被狂风卷过，地面上的闲白东西被司马拓打了个干干净净，他才似龙吟般一声长啸，收了招，花白斑驳的胡子迎风飘荡，此刻他即使已经气喘吁吁，但在梁正眼里宛若天神。

“你要还是不信，”司马拓没等喘匀了气就又说，“给你个东西。”

跟着他从椅子下拽起一个长盒，放在膝盖上。那长盒是硬木凿的，看不出精致，司马拓却如捧着世上无比珍贵的宝物，轻轻地打开，嘴里喃喃地说道：“义辰，你的玩意儿，给了你儿。”

天！

梁正扑通跪了下来。

盒子里躺着的，是两把和自己的枪一模一样的雪花枪，只是更旧，却擦拭得光亮如新。

爹的兵刃！

司马拓微笑着和他说话的脸，依稀就是爹的样子。“你们爹出事那天，按矿里的规矩，没带着进坑。锋儿爹的那两把，已经在他身上，这是你家的。”

自己没吃过麻癞子，但梁正还是狠狠地一头磕在地上，此刻疼又算得了什么？

见枪如见爹！

“爹！”

“梁大哥的能耐，和卫大哥一般地上了天。”阿大在身边说着，“多少番子也不抵他俩。”

司马拓却收了笑容，问他：“你怎知道？”

阿大一愣，低着头不敢再说话，任司马拓继续说着：“那几个番子，不过是扔来探路的，几个撬门爬梁的贼，对付打更看门的凑合，真到了事上，他们算老几？我问你——”他一把抓住阿大的手，把阿大拉到身边，“儿，那些真狠的、真厉害的、真比鬼还凶的，来了吗？南司四十九顶铁脸，来了吗？诏狱下三层那几条只吃人骨头的长毛畜生，来了吗？还有夜里嚼铁栅栏磨牙、没皮的血鬼，来了吗？东厂还有十二个红白档头，三十年前南京城使幻术切人脑袋的绿眼剑客、黄头鬼，还有教那娘儿们钻刀的独眼倭寇，来了吗？西北边军还有群吃狼骑熊的汉子，都来了吗？”

那一刻，司马拓的脸仿佛是山顶的万年玄冰，仿佛是古木沉入水底，那都是梁正听都没听过的名字。

“您二十几年前就讲过这些人……”阿大小声嘀咕，后面的话，几乎咽回了嗓子。

司马拓冷冷地说：“那些人，长生不死！大明杀人要命的国宝重器！谁能弄死他们？就算入了土，也能爬出来。那才是真真正正的能耐，你们谁都没见过。咱这一坑人，接下来对付的就是他们。那几个番子杀人的能耐跟他们比，不过是在澡瓷堂子里搓泥儿！”

没人说话，可谁都知道，拿这一坑五十几个人对抗权倾大明的东厂，是出唱不起调子的戏。

许是应着景，来衬司马拓的威吓，此刻风也忽地硬了起来。山的远处，黑云凝到了一处，聚在山尖，一道脆亮脆亮的闪电劈上了山顶，暴雨将至，空中飞散着薄雾般的雨滴，群鸟赶在那黑云到来之前，从四面八方扎进山林，那吵声伴着雷声滚滚而来。

“你们瞅那云，待会儿老天爷打雷劈树的时候，树再不乐意，也得挨着。那些皇帝老子、王爵大官，就当自己是老天爷，上下千年，再不乐意，老百姓也得挨着。咱这把耍了他们，埋了他们人，就算没这金坑，他们也得再来，打雷放闪要我们命。”司马拓凝视着乌云密布，转头又望向梁正和卫剑锋，平稳地说着：“儿，能见着你们还在，叔知足。这坑娃儿不是你们，他们没处可去。你俩走，叔不留，换个名，换个活法，你们还是你们，你们爹娘还认。”

是走是留，梁正想过好多次，此刻看着司马拓深望着自己的眼睛，竟从心里涌起了豪气。

一坑为了爹娘报仇都甘心看不到日头的孤儿，哪个不和自己一样？他们能为了爹娘复仇，自己就不能了？

“甭管谁来，我有刀。”卫剑锋冷着脸说道，“我爹的刀。”

换作是爹，他会怎么办？扔了兄弟？

这一切，或许是老天爷早已定好的，从何抗来？

于是梁正也起身，把他爹的双枪挂在了身后，从今往后，自己得当爹。

“我要是走了，就算背着我爹的枪，他也不认。”

卫剑锋、阿大，所有人，都看着他。

司马拓紧紧地捏着阿大的手，又打量四周正一车一车往坑洞里搬运的一坑儿女，笑了起来，对梁正和卫剑锋轻轻说道：“儿啊，他们来，就来。他们啊，再凶再厉害，咱也有治他们的法子。”跟着，他又冷冷地一笑，“他们挨了骗，真以为这只是个金坑。”

梁正和卫剑锋都愣住了。梁正望了望那洞口，不只是金坑，还能是什么？

司马拓的眼睛，一动不动地盯着梁正的脸：“儿，都说人死了，得进阴曹地府，对不对？”

是！死人在地府里剥皮、削骨、抽筋、水呛火燎，在十八层地府里受遍酷刑，偿还罪孽。

“不对，在咱这儿不对。”司马拓笑着摇头。

跟着他凝视着漆黑无边的幽深洞口，许久之后，冷笑了两声，钢刀似的双唇里仿佛要说出那巨大坑洞里梁正没有看到的阴暗秘密。

“儿，阴曹地府，咱让王八蛋活着进一回。”

续篇
暗会

又是个看不见月亮的暗夜。

开后门前，老赵按嘱咐吹熄了油灯。

谢启光守在门侧，把院子上下里外所有自己眼睛能看到的地方扫视得像他第一次来一样，之后才轻轻开了个门缝，又是一阵打望。

确定前后都没有看见什么，他才开了门溜了出去。

每次去，只能一个人。

他沿着胡同墙边小心地走进黑暗，那时他紧瞪着眼睛，如同大雪里年迈脆弱的冬鸦。

避开了所有大路，每到路口，就停下打探。

今天穿的是黑色直裰，不显眼，自己多少年靠不显眼活着。

走了三四炷香的工夫，拐了七八条胡同巷子，终于到了要去的地方。那是个靠近打鱼厅的酒店，附近没住什么达官显贵，也和衙门口离得远。此刻迎客的灯快烧到了头，随风闪着渐渐暗了下来。店里的客人，也走得稀稀拉拉。

这样的店京城里外零散着几十上百家，除了招牌，其他门面摆设几乎都一模一样。菜卖的是寻常的南北菜，并无招牌，不好不歹，平平常常。

来吃菜喝酒的没有官员显贵，他们不乐意来这种没名没姓的地方，但这地儿，脚夫杂贩那类苦命人也花不起。隔绝了这两种人，这里就不会谈议朝政，更不会有人撒泼骂娘。来的都是京城老实本分的百姓，有点正经钱，过稳当日子。这种人，不招番子和锦衣卫。

自己从入官的那一天起，要保的不就是这些人吗？皇帝达官，换千百个朝代，都好不了；苦命花子，任他太平盛世，也还是那么多苦难。

权官、百姓、苦命。自己不怜惜两头，保的是中间。这种人在，社稷才在。让他们有口饭吃，不被政党之争祸害，不被苦匪加难，这大明社稷才有将来可说。

其他人，都是棋子。

“狗官！”

谢启光想起左光斗那个学生这么骂自己。随他，他什么都不懂，终有某天他会明白。

伙计见谢启光进了店，既不亲热，也不怠慢，仿佛他只是个来喝点酒的路人。

每次窗沿下夹了条子，写好了时辰地点，他就都要如同今天一般，卡在店家打烊前到，前前后后，每次去的店都不一样，但路数相仿。

今晚真正要去的那个地方，得从这没名没姓的小馆子出发。

站着来，躺着出去。

随意点上两三样菜，垫垫肚子，叫的是爆肉，生了，临打烊厨子贪快。还有水煮的羊皮块子，肉应该不新鲜，但蘸了料水，还算遮去了味道。又瞎点了个青菜，叫不上名。自己对吃食从不讲究，能进嘴、嚼得动就行，反正只是为了饱。因为曾有过几次没点菜，直接喝酒，但实在难受，那酒里的药进了肚子，要有菜垫底才起效得快，若是没菜，肚子里多少有些翻江倒海。

待吃得还有四成富余的时候，他开始喝酒。今儿的酒可不咋的，谢启光只喝了三两杯。城里又没烧锅了？他从酒里就能知道这北京的城防，几个门都不让进大车，这是要防人跑出去，也防人进来；肉不新鲜，是进肉的门也封了。

还有东林党没抓完，局势仍是不稳，想干什么都只能等了。这些该死的东林党，原本的平衡全让他们自己给祸害毁了，愚蠢。

他边叹着气，边又喝了两杯，差不离了。

今天那些人往酒里下的药量够足，显是想让自己快点倒。要说的事多？

等到店里最后一桌客退了桌时，那药开始蹿劲，谢启光听见了伙计报账给他们，却没看见他们付钱，就闭上了眼睛，沉沉昏去。

像个京城夜里满含心事的中年汉子，喝多了酒，在店里趴着，仍是毫不显眼。

这是今天身处黑暗的开始，剩下的事，交给那些人来做。

那些人没准就是这里的伙计，又或者是别人，总之都是听了令来的。他们会先装作不认识自己，轻轻推搡，没准还会拿拿脉，见自己确实晕了，才会熄了灯，关了店，把自己从后门运出去。没准用轿子，或者是架车，再或者，干脆是直接背着，反正给人看见，无非是背着醉鬼回家，并不打疑。

再然后，兴许到什么地方之后又换了拨人，或者再换辆车？反正该是在京城里不显眼的地方兜圈儿，躲开房梁上谁也说不准有没有的锦衣卫，然后拐多少道弯，才把自己送到这个不知道在哪儿的深宅大院。

然后再一拨人，除了自己的衣服，里外都脱，又查过了自己的身子，又给灌了醒药，然后就放在这屋里的床上，等自己醒来。

一切做得隐秘至极，也平常至极，仿佛是一件京城夜里没人察觉、没人发现、从未发生过的事。

在那床上，谢启光从昏迷中醒来。再睁开眼时，他都会尽力回忆，想找到这一串过程里的蛛丝马迹，等到他知道这是徒劳的时候，药劲通常就都差不多散去了。

那些人，绝不会让他知道这里是哪儿。

用番子和锦衣卫的行话，这叫一点线头没有。

躺着的地方是间窄屋，一片纯粹的漆黑，没窗，更没任何摆设，只有张床，一张台桌，桌上一盆清水、一块白巾子，是给他洗脸准备的。

后面的事，得醒着，每一个眨眼、每一口喘气，都得醒着，错过一个耳朵，错说一句，完了！

衣服在他昏过去之后已经被人换好，黑色短褂，外套一件棉衣，一条素黑裤，一双黑皂鞋，是京城寻常到根本看不出任何线头的衣服。

当然，最少不了的，是还有一方洗脸之后要戴在头上的黑色头罩。戴上它，就是今晚的仪式。

谢启光轻轻把头罩戴上，把自己的眉脸全罩入黑暗之中，是真正的黑暗。

跟着他轻轻敲了敲台桌，发出了响动。没多一会儿，一只手拉住了他的衣袖。那手轻柔到几乎没有力气。是男，是女？手大，手小？完全察觉不出来。最好是个女人。自己为了没牵没挂，多少年没碰过女人了？

沿着那只手拉动的方向缓步走着，出了房门，然后就是右拐，再往前。带着自己的人，显是怕自己磕碰到两侧的墙壁，于是走得很慢。五十三步，又左拐，再二十步，谢启光心里算着步点，但他知道没用，每次来，都从不同的房间出发。

这地方，似乎有使不完的房间。

加厚的头罩隔绝了一切光线，但他仍知道被带进了一个黑暗的大厅。这里除了和他一样前来赴会之人发出的窸窣的脚步声之外，没有任何声音。

那些人和自己一样，也是在酒店灌了药，还是勾栏，还是在家？自己毫不知晓。

他试图从脚步声中琢磨那些人都是谁，但也是徒劳，给穿的黑皂靴大了自己的脚许多，走路便是蹚着走，遮掉了本该有的步点。

这些人，真是心细到了极处，丁点儿的痕迹都不给人琢磨。

听脚步声能勾画出这里大致的样子。最远处，该有十丈开外，宽处，也有五六丈，高不详，此处是个足够宽敞的厅堂，没有光亮，显然是没置放任何灯具，也没有窗，即使有，怕是也被遮了个严实。

京城里能有多少这样大的房子？谢启光想过很多次也想不出来。也许是在地下也说不准。再说，这里一定是京城吗？自己昏过去多久，自己都不知道，鬼知道被搬到了哪里。

每个和自己一样赴会之人，都该是从自己来的方向就近而坐，彼此之间没有任何交叉经过，这也是防备，更是为了安全。谢启光又仔细听着，仍如往常，离自己最近的人也是一丈开外，连呼吸之声都听不到。

那只手搀扶着自己坐下，有椅没桌。

跟着，一件东西碰了碰谢启光，他端到手里摸着，是方砚台，于是又还了回去。

没人掀起头罩，没人说话，没人咳嗽，没人发出一丁点儿声响，所有人只是黑暗里的砚大人、笔大人，笔墨纸砚，如意扳指，还有各种各样摸不出来路的寻常东西，摸到什么，今天就是什么名字。

这是一个深埋在光打不到的深渊里的集会，谢启光没给它起名字，因为他不会跟任何人提起。

在哪里？和自己一起的人是谁？集会的主人是谁？全不知道。并不是自己选择了他们，事实上第一次来的时候，是他们绑了自己。

这集会背后的主人，似是有一双能看到一切的眼睛，审视着京城内外的每一个人，挑选了一个个看似有用之人。他们都是谁？不知道。也许有文官、武官，太监、权臣，或许有杂役、家丁，商人、寻常百姓，但无一例外，每个人都不会透露出丁点儿自己的身份，也无法察觉别人的身份，但无一例外，所有人都聪明绝顶、心细如发。

谢启光知道，或许他们都和自己一样，表面可能是阉党，是东林党，也可能哪边都不是，无论身份如何，他们应该都和自己一样，是推动大明车轮在黑暗里前行的手。

他们在这里低沉私语，说出自己看到、听到的大明内外廷所有的秘密和动静。

给所有人听，给大厅尽头的那个人听。

这些秘密和动静，有的能掀起惊涛骇浪，也有的说完就隐进了迷雾尘埃。

没有声响，没有任何声响，像过了一万年那么久之后，一个声音才从大厅最远处传来。

那声音就算听过多次，却每次都能让谢启光一阵心惊胆战，毛发耸立，如同鬼魂上身。

那是个恐怕刚刚会走路，还带着五六岁的奶味，却一腔杀气威严的小娃在说话："诸位，咱开始吧。"

［本案后续请待后作——《掠金》］

图书在版编目（CIP）数据

探金 / 烟书著. — 北京：中国友谊出版公司，2019.6

ISBN 978-7-5057-4642-8

Ⅰ. ①探… Ⅱ. ①烟… Ⅲ. ①长篇小说–中国–当代 Ⅳ. ①I247.5

中国版本图书馆CIP数据核字（2019）第057006号

书名 探金

作者 烟书

出版 中国友谊出版公司

发行 中国友谊出版公司

经销 新华书店

印刷 嘉业印刷（天津）有限公司

规格 880×1230毫米 32开

10.25印张 292千字

版次 2019年9月第1版

印次 2019年9月第1次印刷

书号 ISBN 978-7-5057-4642-8

定价 46.00元

地址 北京市朝阳区西坝河南里17号楼

邮编 100028

电话 （010）64678009